權力巔峰

SUPREME POWER

卷1 天羅地網

夢入洪荒 著

目錄

Contents

第一章

老狐狸

「石書記，你放心，我老胡好歹也在官場上混了二十多年了，吃過的鹽比他看過的還要多，我要讓他閒得蛋疼，到時候感覺沒有什麼意思之後就自己捲舖蓋滾蛋。」

說完，兩隻老狐狸相視一笑，一切盡在不言中。

七月飛火。太陽炙烤著大地。天氣悶得讓人發慌，稍微動一動，便滿身是汗。

關山鎮。鎮長辦公室內。

柳擎宇靜靜地坐在鎮長的位子上，心中思緒萬千。

今天，是他軍轉幹之後，正式上任鎮長的第二天。他是前天下午在景林縣縣委組織部的一個排名最末的副部長李有福的陪同下來到關山鎮的。當天晚上在鎮裡領導陪同下吃了晚飯之後，李有福便連夜趕回縣裡了。

此刻，是上午十點鐘，柳擎宇已經在辦公室裡面坐了兩個多小時了，然而，在過去的一天一夜外加兩個小時的時間內，鎮裡面沒有一個人來他這裡彙報工作，更沒有任何文件和資料傳遞到他這裡，他好像被整個關山鎮給遺忘了一般，像是透明人，被人完全忽略掉了。

柳擎宇眉頭緊鎖，他在思考著。他心中清楚，這肯定是鎮委書記石振強的小動作，因為他發現，自從自己上任之後，這個鎮委書記就對自己另眼相看，或者說是下馬威也不為過。

前天接風宴上，除了和比自己早一個月上任的鎮委副書記秦睿婕碰杯喝酒以外，其他人的態度則「曖昧」多了，不是互相對飲，就是與書記石振強觥杯交籌，而且每喝一杯，石振強都會朝他若有若無地笑上一笑，似是在示意自己在鎮裡的威望……

柳擎宇靜靜地坐在椅子上，大腦飛快地轉動著。然而，他想破頭也想不出來為什麼鎮委書記石振強會帶頭針對自己。

按照常理來說，自己剛剛到任，不可能和他產生任何利益衝突和其他矛盾，但是偏偏石振強上來就給了自己一個**下馬威，他到底有何用意？是何居心？**

就在柳擎宇琢磨石振強的用意時，石振強也正在聊著他。

在石振強的辦公室內，常務副鎮長、鎮黨委委員胡光遠坐在石振強的對面，臉上露出一絲幸災樂禍的神色，看向石振強說道：

「石書記，我真沒有想到，這次新來的鎮長居然是一個才剛剛二十出頭的毛頭小子。我很納悶，他到底有什麼背景，居然**廿二歲就當上了鎮長**，這也太誇張了吧。該不會這小子是個官二代或者富二代吧？否則的話，怎麼可能這麼年輕就當上鎮長呢？」

石振強的臉色十分平靜，他知道胡光遠對這個突然空降的毛頭小子搶了本來屬於他的鎮長寶座十分不爽，總是想要給對方上眼藥，雖然他這兩天已經給柳擎宇一個下馬威了，卻沒有絲毫放鬆警惕，當然也不會做得太過分。

因為他曾經試圖查閱柳擎宇的來歷，卻發現除了一份簡單的經歷之外，以他鎮長的許可權居然無法查閱更加詳細的資料，這一點是他對柳擎宇有所忌憚的主要原因。

不過雖然有些忌憚，他卻不懼怕，因為他是縣長薛文龍的人，薛文龍在景林縣經營數十年，勢力盤根錯節，新任縣委書記夏正德雖然上任快一年了，仍被薛文龍壓得死死的，可以說，在景林縣，薛文龍一言九鼎。

有薛文龍給他撐腰，他石振強誰都不怕，更何況柳擎宇只是個剛二十幾歲的毛頭小子。

不過對胡光遠來自己這裡的用意他也明白，不外乎是想到這裡刺探一下柳擎宇的底細，以便知道如何採取下一步的計畫。

對於這一點，石振強自然是樂意看到和支持的，他雖然不方便直接對柳擎宇出手，但是找一個馬前卒衝鋒一下，試探一下柳擎宇的實力和火力還是很有必要的。

石振強便笑著對胡光遠說道：「老胡啊，這個柳擎宇的簡歷我看過，絕對是個少年天才啊，他的簡歷上顯示，他十四歲便考上了清華，三年時間拿下電腦專業學士、碩士、金融管理學學士、碩士學位。十七歲被特招進入軍隊，五年之後，也就是今年退役，退役時的級別不詳，退役之前的部隊不詳，但是你想一想，他能夠直接過來當鎮長，足以說明此人非常厲害。老胡，你不要小看這個年輕人，不然你可是會吃虧的啊。」

石振強對胡光遠的個性十分清楚，這傢伙是個倔脾氣，做事喜歡逞能，越是說他不行，他越是來勁。

果不其然，石振強剛剛說完，胡光遠便拍著胸脯說道：

「石書記，你放心，我老胡好歹也在官場上混了二十多年了，吃過的鹽比他看過的還要多，我倒是要好好領教一下這個年輕人到底有多厲害。哦，對了，石書記，我已經吩咐下面的人把所有文件都送到我這裡來，柳擎宇那邊一點都不給他送，我要讓他閒得蛋疼，到時候感覺沒有什麼意思之後就自己捲鋪蓋滾蛋。」

石振強淡淡一笑，並沒有表態，只是提醒道：「老胡，一定要注意班子的團結啊。畢竟柳擎宇同志是鎮長嘛，雖然他沒有什麼工作經驗，但是你是老同志，要多幫幫年輕人。」

胡光遠一聽石振強這樣說，便明白石振強的意思了，連忙說道：「石書記您放心，我一定會注意團結，多替柳擎宇同志分憂的。」

說完，兩隻老狐狸相視一笑，一切盡在不言中。

鎮長辦公室內。

柳擎宇坐在椅子上，經過一段時間的思考之後，臉色已經平靜了許多。對於自己現在在關山鎮所遭遇的困境，他早就有了充分的心理準備，因為在進入官場前，老爸就曾經對他說過：

「擎宇啊，你確定真的要踏入官場嗎？其實，以你現在在軍中的表現，要是留在軍中，將來肯定也會大有作為的。」

柳擎宇清楚地記得，當時自己的表情十分平靜，對老爸說道：「爸，我非常清楚自己的選擇，因為我小時候就有一個夢想，那就是要**當官，當一名好官**。」

想到自己曾經的誓言和理想，柳擎宇不由得露出一絲冷笑：困難算什麼！身為前狼牙特戰大隊的老大，我柳擎宇什麼困難沒有見過！

柳擎宇拋開所有的雜念，再次把自己從網上搜集來的一些資料和關山鎮的地圖攤開放在桌子上。

作為關山鎮的鎮長，雖然現在自己還只能算是代理的，還需要經過人大選舉，但柳擎宇卻早已把自己當成實實在在的鎮長了。這些資料他從昨天上任的第一天起，便開始仔細地研究起來。

關山鎮共轄廿五個行政村，全鎮共有八千戶，總人口三萬一千多人。鎮域總面積六一點八平方公里，其中耕地總面積兩萬八千多畝。

關山鎮地處山區，地勢比較低，在關山鎮外兩公里處有一座關山水庫，這座水庫的存在很好地調節了關山鎮的水利情況，但由於關山鎮地處深山之中，交通不便，人均耕地較少，所以這裡老百姓的日子過得十分清苦，尋常人家想要吃一頓肉只能等到逢年過節。

再次研究完資料後，柳擎宇感覺到心裡沉甸甸的，一邊研讀著地圖，一邊思考著該怎樣帶領關山鎮的鄉親們走向小康生活。因為在柳擎宇看來，身為一名鎮長，帶領老百姓們走向富裕，這是鎮長的職責。

就在此時，窗外原本毒辣辣的太陽正飛快退去，黑色的雲層彷彿萬馬奔騰一般從西邊的天空中疾馳而來，很快地，整個關山鎮上方的天空就像被潑了墨一般，黑得嚇人。

正在研究資料的柳擎宇感覺到眼前光線一下子暗了下去，不由得一愣，看向窗外的天色，臉色便沉了下來。

他總感覺這兩天關山鎮的天氣有些悶得過分，空氣濕度太大，像三溫暖一樣。想起自己剛剛看過的資料，柳擎宇的眉頭皺得更緊了。

想到此處，柳擎宇拿出電話撥通了在氣象局工作的大學同學陳天傑的電話：「鬼才老弟，快點幫我預測一下關山鎮最近幾天的天氣情況。」

陳天傑和柳擎宇一樣，都是以十四歲的年紀就考上清華的天才少年，由於陳天傑對氣象學特別感興趣，常利用課餘時間鑽研此道，被柳擎宇稱為氣象鬼才。

接到柳擎宇的電話，陳天傑沒有任何廢話，立刻調出相關的氣象雲圖認真研判了一下，隨後便給了柳擎宇回覆：

「柳老大，關山鎮的天氣情況十分複雜，以我的預測來看，關山鎮和整個景林縣未來三天內將會有大暴雨，但是事先聲明，這種機率並不是太高，僅僅是『有可能』而已；但我相信地方氣象臺在播報的時候，肯定會報導局部地區有短暫暴雨，因為他們絕對會按照機率最高的情形做預報。」

柳擎宇聽完後心中不禁一驚，雖然陳天傑說景林縣未來三天有大暴雨的機率很低，但是他卻清楚，在大學時，陳天傑的預測便以不走尋常路著稱，往往他認為機率很低的天氣，一旦他提出來，往往會應驗成真。

所以，對陳天傑的話，柳擎宇十分上心，一下子就焦急起來，因為他非常清楚，萬一景林縣下起大暴雨，那麼關山水庫必然會出現險情；如果關山水庫一旦出現潰堤情形，整個關山鎮大部分地區將會成為一片洪澤之地，鄉親們必定損失慘重。

想到這裡，柳擎宇再也坐不住了，立刻拿起桌上的電話撥通了鎮委書記石振強的電話，沉聲說道：「石書記，我一個在北京氣象部門工作的同學說，咱們關山鎮這邊很有可能會連下三天暴雨，我看咱們是不是開會部署一下水庫和沿岸大壩的防汛工作啊。」

接到柳擎宇電話時，石振強正在電腦上玩接龍，正玩得興起呢，聽到柳擎宇這樣說，便隨手點了一下景林縣的天氣預報頁面，發現只是局部地區會有暴雨，而且明天和後天顯示僅僅是陰天，於是石振強一邊用滑鼠操作著遊戲，一邊拿著電話說道：

「小柳啊，我剛才看了一下天氣預報，上面說只是局部地區會有短時間的大雨，並沒有說是我們關山鎮，而且短時間的暴雨並不會對水庫造成任何威脅，完全沒有必要這麼興師動眾嘛！當然啦，對你這種積極工作的態度我是非常欣賞的，不過，我們做事情必須要講究成本，所以開會部署什麼的我看就不必了，一會兒我給水庫管理科打個電話讓他們注意一下，盯著點也就是了。好了，我這邊很忙，先掛了。」

石振強說完就掛了電話，心裡對柳擎宇的話完全沒當回事，多大點兒的屁事也值得勞師動眾，這小子很不安分啊！關山水庫建了幾十年了，什麼樣的暴雨沒經歷過？就是真的連降三天大雨，最多也就是水庫漫了而已，能出多大的事?!年輕人就是容易聽風就是雨，腦熱衝動，這個要不得。

聽著嘟嘟的掛斷聲，柳擎宇壓住心頭的怒火，恨恨地放下了電話。他哪裡聽不出石振強電話裡的不耐煩和應付的語氣，柳擎宇的眉頭緊緊地皺起來。

一想到水庫一旦發生險情將帶來的嚴重後果，柳擎宇心說這件事情關係重大，雖然自己和縣委領導連面都沒有見過，但還是應該向縣委領導彙報一下。他立刻撥打縣委書記夏正德的電話。然而，夏正德的電話一直處於無法撥通的狀態，無奈之下，柳擎宇只能先打給縣長薛文龍了。

電話很快接通了，柳擎宇趕緊把自己瞭解到的情況跟薛文龍彙報。

薛文龍早就聽說柳擎宇到關山鎮當鎮長的消息，不過柳擎宇在上任前並沒有到他這裡來拜碼頭，因此他早已經把柳擎宇排除在自己的人馬範圍之外了。

聽柳擎宇說只是他同學說景林縣會有大雨，心中立刻把柳擎宇列入到了不靠譜的行列，於是應付道：「嗯，我知道了，再見。」說完直接掛斷電話，嘴裡還嘮叨著：「你同學能有多大，他說的話能信嗎？有天氣預報是準確的嗎？你們鎮委書記還啥都沒說呢，你操哪門子心啊！真是一點規矩都沒有！」

見縣長薛文龍是這種態度，柳擎宇知道，縣長肯定沒有重視自己的意見，這讓他十分無奈。

此刻，窗外的天越來越黑了，風也越來越大，雷聲轟隆隆地響徹大地，一道道赤練蛇般的閃電不時照亮黑暗的天空。

室內的燈光已經打開，借著燈光，柳擎宇看著地圖上的關山水庫和上游景林水庫的位置，心中充滿了焦慮，一旦大雨要是連下上三天三夜的話，就算是再好的水庫也很難守得住。

等待縣裡的指示嗎？縣委書記電話打不通，縣長不重視，根本不可能有啥指示；等著鎮委書記石振強來召開指示會議嗎？更不可能了！對方根本就不屑自己。

危機就在眼前，已經不能再等了！百姓的利益大於天！不能等，不能靠！必須要儘快動員百姓轉移重要財產並加固水庫大壩，一定要想盡一切辦法確保老百姓的生命財產安全！

想到這裡，柳擎宇立刻站起身來，邁步走到常務副鎮長胡光遠的辦公室，敲門後走了進去。

此刻，胡光遠正坐在電腦前看電影，看到柳擎宇走進來，立刻關掉頁面，笑著站起身來說道：「小柳來了啊，有事嗎？」

說話間語氣雖然客氣，但是稱呼上卻直接將柳擎宇降格了。

柳擎宇不由得一皺眉頭，冷冷地說道：「胡鎮長，你還是叫我柳鎮長好了，小柳這個稱呼我聽著有些不太習慣。」

柳擎宇雖然初入官場，但是在軍中待了好幾年，執行過各種任務，什麼情況沒有見過，胡光遠的這種小把戲怎麼可能看不出來。

看到柳擎宇表情不佳，胡光遠只是呵呵一笑，說道：「好，柳鎮長，有啥事？」

柳擎宇臉色嚴峻地說道：「胡鎮長，我剛才認真研究過關山鎮和關山水庫的情況，也查了過去關山鎮的情況，關山鎮地處低窪地帶，往年遇到暴雨或者是大雨天氣，整個村子便路況堪憂，就是拖拉機也不容易出入。而水庫剛巧建在關山鎮的上方，容量是五百萬立方米，介於中型水庫和小型水庫之間，一旦暴雨下個不停，水庫水位上漲漫過堤壩，關山鎮頃刻間就會被大水給淹沒。如果水庫出現管湧或者無法承擔水壓導致潰壩，大水湧進關山鎮，後果將不堪設想啊。」

胡光遠聽柳擎宇這樣說，臉上露出一絲歉意說道：「柳鎮長，真是不好意思啊，你來晚了一些，石書記已經通知我，過一會兒陪他到下面的鄉鎮進行調研，我還不知道啥時候回來呢。要不你再找找別人。」

聽胡光遠這樣說，柳擎宇也沒有辦法，只能轉身離開。然而，柳擎宇前腳剛剛離開，胡光遠便飛快地編輯好一個短訊從群組發了出去。

等柳擎宇去找其他的鎮黨委委員時，這些領導不是不在辦公室，就是已經有了工作安排，柳擎宇只找到鎮委副書記秦睿婕。

秦睿婕笑著從辦公桌後面站起身來，和柳擎宇一起在沙發上面對面地坐了下來。雙方也相互仔細打量起來。

在秦睿婕眼中，柳擎宇身材高大，足足有一米八九，皮膚呈古銅色，顯得十分健康，並且長得也很帥，面龐稜角分明，一雙大眼睛裡寫滿了剛毅和自信，雖然對方只有廿二歲的年紀，但是看起來卻很成熟。

在柳擎宇眼中，秦睿婕看起來有二十五六歲的年紀，身高約一米七五左右，容貌出眾，身材前凸後翹，一身紅色套裝被她的好身材襯托地益發亮麗。尤其是坐在對面沙發上，她那雙修長筆直的美腿更是勾人魂魄，憑秦睿婕的條件，做模特兒絕對綽綽有餘。

雖然震驚於秦睿婕的美麗，但是柳擎宇還是很快收回目光，正色說道：「秦書記，我是過來找你商量一下我們關山鎮的防汛工作的。」

秦睿婕一愣，隨即問道：「你和石書記沒有談過嗎？」

柳擎宇嘆息一聲，把自己和石振強、胡光遠等人的對話情況跟秦睿婕說了一遍。

秦睿婕聽完，立刻柳眉緊鎖，陷入了沉思之中。柳擎宇則表情平靜地望著秦睿婕。

柳擎宇從胡光遠那裡出來的時候，便想明白了很多事情，雖然不知道什麼原因，但是他感覺到關山鎮的這些鎮委委員們對自己似乎很有意見，有意地在孤立自己。要想破局，**他必須拉攏一些支持自己的力量才行。**

關山鎮幾個鎮委委員的簡歷他研究過，知道秦睿婕剛剛到任一個月，是最有可能被拉攏過來的委員，所以他和秦睿婕第一次的單獨會面，便開誠佈公的把自己所遇到的問題全都擺在了檯面上。

看到秦睿婕沉默不語，柳擎宇十分真誠地說道：

「秦書記，我知道我過來找你，可能會讓你有些為難，但是我必須要十分嚴肅的告訴你，或許很多人、甚至是縣裡領導，都認為我們景林縣和關山鎮不會下多大的雨，但是我這個同學在上學的時候就被稱為氣象鬼才，他的預報準確率非常高，一旦他的預報應驗，那麼不僅僅是我們關山鎮會受災慘重，恐怕整個景林縣都會受災嚴重。

「對於縣裡的情況，因為級別的原因我無能為力，但是我已經把情況通知縣長薛文龍同志了，至於他怎麼做，我主導不了，不過對於我們關山鎮，不管其他人支持不支持，我都會盡力去做，我不希望我所執政的鎮出現任何災情，那是對百姓不負責任的表現。我可以諒解你的立場，所以秦書記，你不必太過為難。你先忙，我去號召百姓上大壩加固堤壩去。」

說著，柳擎宇便站起身向外走去。

柳擎宇這一招是以退為進。通過這一招，他就能立即分辨出秦睿婕是一個什麼樣的官員，如果她是一個想著人民的官員，那麼就會支持自己，如果她只是一個為了自己官位考慮的官員，那麼她支持不支持自己都無所謂了。

看到柳擎宇邁步離開，秦睿婕的柳眉鎖得更緊了。

當柳擎宇快要走到門口的時候，秦睿婕突然說道：「柳鎮長，你說，我們要怎麼展開工作？我支持你！」

柳擎宇緩緩轉過身來，看向秦睿婕說道：「秦書記，你確定你的選擇嗎？這次的任務將會很辛苦，需要冒雨……」

後面的話柳擎宇沒有說下去，眼睛緊緊地盯著秦睿婕的眼睛。

秦睿婕眼中露出堅毅之色說道：「柳鎮長，雖然對於你說的我半信半疑，但是我相信你為國為民的這份心是真的，以後的情況我不敢保證，但是這次防汛工作，我願意配合你。」

柳擎宇等的就是這句話，因為柳擎宇非常清楚，失去鎮委書記以及常務副鎮長等其他委員的支持，他想要全力展開工作已經不可能，但是有了秦睿婕這個鎮委副書記的支持，還是可以完成一些關鍵性的事務。

隨後，兩人商量了一下，決定分頭行動，秦睿婕負責組織人力和帳篷等防汛物資，到關山鎮一些地勢較高、山體比較穩固不會發生土石流的地方搭建帳篷，以備應急之用。而柳擎宇則負責說服老百姓去水庫大壩上加固堤壩。

確定分工後，柳擎宇並沒有傻傻的馬上就開始，而是先把鎮政府辦公室主任洪三金喊了進來：

「洪主任，你立刻給關山鎮所有村的村支書或者村長打電話，通知他們立刻派人到水庫大壩上負責加固堤壩，否則水庫很有可能會發生潰壩危機。」

其實，洪三金在來之前就已經接到了胡光遠的短訊，告訴他不要配合柳擎宇的工作。所以洪三金聽到柳擎宇的指示後，面露難色地道：「柳鎮長，現在外面下著雨，而且天氣預報說我們這邊根本不會有什麼大暴雨，恐怕下面那些村支書、村長們未必會按照您的指示去辦啊。」

看到洪三金推三阻四的，柳擎宇的臉色當即沉了下來，冷冷說道：

「洪三金同志，你要記住你的身分，你是鎮政府辦公室的主任，對我的指示你不需要質疑，只需要去執行就可以了，出了任何問題由我擔著。現在，請你當著我的面一一給各個村子打電話，通知他們關山水庫很有可能會發生潰壩危險，然後跟著我去辦事。你要是不願意的話，可以把辦公室的副主任喊來，我立刻任命他為辦公室主任。」

見柳擎宇如此強勢，洪三金的頭一下子就冒汗了。雖然他知道胡光遠有石振強的支持，但是面對眼前這個年輕人，他還是不敢掉以輕心，尤其他擔心柳擎宇會真的直接把自己拿下，提拔副主任上來，那可就虧大了。現在不過是打個電話而已，就算胡光遠知道也應該不會有多大的反應！

於是為了自保，他硬著頭皮開始給各個村子的村支書或村長打電話。

等他一一通知完後，柳擎宇馬上說道：「現在立刻找一個司機帶我去各個村子，做撤離家園的準備。洪水隨時都有可能到來，我們必須要未雨綢繆。」

聽到柳擎宇居然要勸村民們撤離，洪三金只覺得柳擎宇實在是太瘋狂了，尤其是聽到他居然提出要用車，更是無語。無奈為了自己的官位，只能苦笑道：「柳鎮長，現在鎮裡已經沒有車了。」

柳擎宇用手一指鎮政府大院裡停著的三輛汽車，質疑道：「那裡不是停著三輛嗎？怎麼會沒車呢！」

洪三金苦著臉說：「柳鎮長，您有所不知，那三輛車分別是石書記、胡鎮長以及鎮人大主任劉建營的專車，都配有專用司機，其他鎮委是不能動用的，你的專車現在還沒有配備呢。」

聽到這裡，柳擎宇的臉當即陰沉下來，問道：「那公務車總有吧？」

洪三金搖搖頭：「咱們關山鎮比較窮，只有這三輛汽車。其他鎮委如果要用車的話，一般都是自己去找分管的部門借車。」

柳擎宇的臉色更加難看了。鎮委書記、常務副鎮長和人大主任都配有專車，分管的鎮委委員也有車可用，偏偏自己這個鎮長無車可用！**這實在是太讓人憤怒了！這十足是針對自己！**

柳擎宇的怒火在飛快地飆升著！

洪三金能夠從柳擎宇的身上感受到一股強烈的殺氣，讓他渾身發冷。

洪三金是個頭腦非常靈活之人，他知道對年紀輕輕就做到這個位置的柳擎宇，自己絕不能得罪，所以他眼珠一轉，咬著牙說道：

「柳鎮長，要不這樣吧，用我的私家車，車雖然破了點，但還是可以湊合著用。」

柳擎宇怒火雖盛，卻沒有打算立刻就爆發，他知道自己剛到關山鎮，一切必須從頭做起。要想站穩腳跟，必須循序漸進，從點到面，尤其是洪三金的這番話讓柳擎宇稍微緩和了一下，點點頭說道：

「好，那就辛苦洪主任了。你去準備車子，十五分鐘後樓下集合。」

說完，柳擎宇再次把目光注視到桌上的地圖思考起來。洪三金很快的離開了。

柳擎宇雖然暫時平息了怒火，但是心裡卻把這件事情給記了下來，等有機會，他一定會把這一局扳回來的，因為**他柳擎宇還從來沒有向任何人服軟過**。

十五分鐘後，柳擎宇和洪三金會合後，上了洪三金的私家車。

洪三金問道：「柳鎮長，咱們去哪裡？」

柳擎宇毫不猶豫地說道：「去馬蘭村，那裡距離關山水庫比較近。」

汽車冒雨疾馳，在電閃雷鳴中駛向馬蘭村，停在了村長田老栓的家門前。

兩人下車後，直接推開村長家的大門走了進去。

此刻，五十多歲滿臉褶皺的村長田老栓正坐在堂屋和幾個人一起搓麻將呢。看到柳擎宇他們走了進來不禁一愣。

隨即田老栓看到政府辦主任洪三金，立刻站起身來滿臉含笑地說道：「哎喲，這不是洪主任嗎？怎麼下雨天的跑我家裡來了？有啥指示嗎？」

說話間，田老栓雖然臉上帶笑，但是語氣中對洪三金卻沒有任何的尊敬。其他幾個打麻將和旁觀的人也紛紛哄笑起來。

洪三金知道自己在田老栓等人眼中沒有什麼威信可言，只能一副公事公辦的語氣看向田老栓說道：「老田，我身邊這位是咱們關山鎮新上任的柳鎮長，之前我通知你們各個村子做好撤離安置和關山水庫大壩加固防護工作，就是柳鎮長親自指示我做的。你們現在準備的怎麼樣了？」

田老栓聽完，瞥了柳擎宇一眼，發現柳擎宇居然是個剛二十歲出頭的奶娃子，臉上不禁露出一絲淡淡笑意，但是眼底深處卻隱藏著一股濃濃的不屑之色。

老田頭當村長多年，各種事情見得多了，在他看來，像柳擎宇這樣的官員大多都是官二代或者富二代下來鍍鍍金，很快就會調走，根本沒有什麼能力可言，不過老田頭非常清楚，這樣的人絕對不能得罪，於是他便笑著向柳擎宇伸出手來說道：

「哎呀，是柳鎮長啊，真沒有想到您這麼年輕啊，這大雨天的，不知道您親自冒雨前來有啥指示？」

柳擎宇看到田老栓到現在為止依然在自己面前裝糊塗，心中暗自想道：農民有農民的智慧，田老栓活了這麼大歲數，絕對是一條老狐狸。

他便握住田老栓的手使勁地搖了搖，聲音有些焦慮地說道：

「田村長，說實在的，我是來勸你們立刻組織村民做好隨時撤離準備，以及籌集人手加固關山水庫大壩的。我已經得到一個訊息，關山鎮這幾天很有可能會有接連的暴雨天氣，形勢十分危急，希望你能夠配合我的工作。」

柳擎宇沒有和田老栓繞圈子，開門見山直奔主題。因為到了見真章的時候了！

眾人的目光都注視在田老栓的身上，房間內的氣氛也一下子凝重起來。

田老栓猛的抬起頭來看向柳擎宇說道：「柳鎮長，不是我不支持你的工作，而是我不敢支持你的工作。」

柳擎宇一愣：「為什麼？」

田老栓沉聲說道：「柳鎮長，您剛來可能不知道，我們馬蘭村的村民前些年可是被鎮裡的領導們給坑慘了。幾年前，鎮裡鼓吹村民種植蘑菇，說是只要我們種了就能賺大錢，而且鎮裡還說會有專門的公司到這兒來進行收購，鎮裡可以做擔保。我們當時認為鎮裡領導的話可以信賴，便各家湊錢拉起了幾個蘑菇棚，一年之後，蘑菇大豐收，但是鎮裡所說的那個收蘑菇的公司卻一直沒有來，所謂的擔保也不了了之，讓我們損失慘重。

「後來鎮裡又叫大家種蘋果樹，還說鎮裡負責通路，保證沒有問題。這一次村裡有很多人就不願意種，結果鎮裡說，如果不種的話，以後就不發給各種農業補助了。無奈之下，我們只能種果樹，結果到了蘋果收穫的季節，漫山遍野紅澄澄的蘋果啊，又脆又甜，卻因為交通不便運不出去，最後全都爛在樹上、地裡。

「柳鎮長，您說接連發生了這樣的事情，對鎮裡領導的話我們還能相信嗎？你說要我去號召村民做好撤離準備，您認為這可能嗎？而且天氣預報都說明天只是陰天，今天頂多也是局部地區有大雨，所以水庫根本就不會有什麼危險的。柳鎮長，請恕我直言，我不能接受您的指示。」

聽田老栓說完這番話，柳擎宇的心一陣糾結，他怎麼也沒有想到，鎮裡竟然還做過這樣的事情。他的目光帶著幾分質詢看向旁邊的洪三金，洪三金滿臉尷尬地點點頭，證明田老栓說的都是真的。

柳擎宇沉默了一會兒，點點頭說道：「好吧，田村長，既然你有這麼多的苦衷我也理解，我不強求，但是我希望你能夠借我村裡的大喇叭用一下，我希望事先給村民們提個醒，讓大家有個心理準備，這樣可以嗎？」

柳擎宇說得十分真誠，田老栓不好再駁了柳擎宇的面子，點點頭，帶著柳擎宇到了屋內，擰開小電臺，讓柳擎宇坐到旁邊，示意柳擎宇可以講話了。

柳擎宇拿過麥克風，略微思索了一下，便開始講了起來。

他首先提到自己得到的氣象資訊，接著說明自己擔心一旦關山水庫大壩潰壩村子可能遭受到的災情和危機；最後告訴村民，鎮委副書記秦睿婕已經帶人在鎮子東面的天王嶺附近搭建帳篷，如果想要避難的村民可以去投親靠友，也可以去天王嶺那裡安置。

講完後，柳擎宇站起身來看向田老栓說道：

「田村長，我知道我這個新鎮長在你們各個村支書和村長眼中沒有什麼威信，但是我要告訴你，我所說的每一句話都是真的，我衷心的希望村民不會因為洪水而遭受傷害。我一會兒還要去其他村子進行宣傳，宣傳完之後，我會一直駐紮在大壩上，希望田村長你能夠慎重考慮我的意見。告辭了。」

說完，柳擎宇昂首挺胸邁步向外走去。

豆大的雨點劈里啪啦的打在柳擎宇的頭上、身上，柳擎宇沒有一絲一毫的閃避，直接朝汽車走去。洪三金撐著雨傘緊緊地跟在柳擎宇身後。

看著柳擎宇離去的背影，田老栓不禁喃喃自語：「難道這個新來的鎮長是真心想要為我們老百姓做點事情？」

第二章

危機重重

柳擎宇說的不錯，這是一個危機重重的夜晚，多處發生管湧和滲透，但是在柳擎宇的帶領下，大家齊心協力，最終守住了大壩。凌晨六點鐘，大雨也沒有停止的跡象，但是雨勢已經小了很多，險情也暫時穩定下來。

此刻，上了汽車的柳擎宇心情並沒有多麼憤怒，雖然田老栓的語氣並不是很友好，但是柳擎宇卻非常理解他，因為他明白，田老栓雖然對自己有些不敬，但是他這種態度卻是對村裡老百姓的負責，**身為領導者，自己必須有這種寬容的胸襟。**

洪三金上車後，立刻對柳擎宇說道：「柳鎮長，您別生氣，這些村長村支書們都是賊骨頭，沒有好處很難使喚得動他們的，要不我們先回去吧？」

柳擎宇搖搖頭，「做事情遇到點困難是正常的，我們繼續走下一個村子，去隔壁的孟二莊，我們接著做村長和村民的工作，至少要讓村民們知道在天王嶺那邊有安置帳篷，萬一有危機發生，鄉親們不至於手足無措，有個心理準備和期待。」

洪三金心中十分鬱悶，被抓壯丁的感覺十分不爽，但他卻也只能硬著頭皮上陣，誰讓自己是鎮政府辦主任呢。

接下來，洪三金帶著柳擎宇逐個的把廿五個行政村全都轉了一遍，等轉完之後已經是下午四點多了，他們連中午飯都沒有吃，柳擎宇的聲音都沙啞了。

最後一個村子轉完後，洪三金看向柳擎宇說道：「柳鎮長，我們是不是該回去了？」

柳擎宇擺擺手，「不能回去，既然現在沒有一個村子願意響應我的號召，那麼我就赤膊上陣吧，他們不來，我一個人去加固補強大壩，我盡力而為，有多大力氣使多大力氣。」

隨後，柳擎宇讓洪三金帶自己到鎮上買了鐵鍬、鐵鎬和麻袋、雨衣等物資，讓洪三金開車直奔關山水庫大壩。

來到大壩，柳擎宇和洪三金巡視了一圈後，柳擎宇找到一段看起來比較脆弱的堤壩河段，便開始打樁、搬運沙土，忙碌起來。

雨一直在下，雨衣根本擋不住瓢潑的大雨，柳擎宇和洪三金的身體都被打濕了，到後來，洪三金承受不住，柳擎宇便讓他回車上休息去了，他自己則繼續在大壩上奮鬥。

夜色漸漸黑了下來，柳擎宇的視線也顯得朦朧起來，汗水、雨水混雜在他的臉上已經分不出來，他的手腳也早被雨水泡得有些發白，但是他仍然堅持著。

大壩上的河水一直在持續地上漲。此刻，距離大壩最近的馬蘭村內，田老栓發現暴雨下了一整天居然還沒有停止的跡象，有些坐不住了，立刻跟家裡人打個招呼，便糾集兒子田小栓以及村裡的幾個年輕人一起上了大壩。

田老栓對大壩的情況瞭若指掌，沒費多大工夫便找到了柳擎宇正在加固的那段脆弱堤段，當他看到這段堤壩上竟然打了許多樹樁、堆了很多麻袋的時候，當時就是一愣。

這時，田小栓突然喊道：「爸，水位一直在上漲，距離警戒線只有不到一米的距離，情況有些危險啊。」

田老栓早就發現這種情況了，此刻，他想起柳擎宇所說的那番話來，眉頭不禁緊皺起來。到現在為止，他並沒有看到柳擎宇的影子，在他看來，柳擎宇說會親自駐守在大壩上，恐怕只是一句空話而已。

就在這個時候，一陣腳板在泥水中行走時發出的啪啪聲從遠而近，濃重的喘息聲也漸漸清晰可聞，田小栓的手電筒向著聲音方向照了過去。

燈光下，就見柳擎宇肩頭上扛著一大麻袋碎沙石正腳步艱難地走了過來。所有人全都呆住了，他們怎麼也沒有想到，柳擎宇竟然**真的遵守他的承諾！**

田老栓目光中露出不可置信之色，新上任的鎮長竟然一點架子都沒有，默默無聞的在做事?!

柳擎宇這時也看到了田老栓等人，不過他並沒有說話，而是默默地把麻袋放好，又拿起另外一個空麻袋，邁步向大壩另外一側裝填沙石的方向走去。

此刻，雨下得更急了，柳擎宇走幾步身體就會打滑，大壩下面，河水也在瘋狂地上漲著，危機隨時都有可能發生。然而，對於這種情況，柳擎宇卻好像完全沒有看到一般，依然在默默地忙碌著。

田老栓走過去拎了拎柳擎宇剛剛放下來的麻袋，臉色大變。這一麻袋重量至少有一百多斤，而現場堆放了這麼多沙石，顯然柳擎宇已經工作很長時間了。田老栓真的被感動了，人心都是肉長的啊！

田老栓拿出手機，撥通了村支書孟慶超的電話，大聲說道：

「老孟，立刻使用喇叭進行廣播，一方面叫村民做好隨時撤離的準備，另外一方面組織村裡的男丁自帶乾糧、工具和麻袋、車輛到水庫大壩上來巡邏護壩，現在水位上升得很厲害，如果再不進行加固的話，恐怕真的要撐不住了；另外，再派人去天王嶺那邊看一看柳鎮長所說的帳篷搭建的怎麼樣了，如果情況危急的話，必須要儘快撤離。」

孟慶超和田老栓搭檔很長時間了，配合十分默契，毫不猶豫就應承下來。

掛斷電話後，田老栓又給附近其他村子的村長們打電話，把關山水庫的情況跟眾人說了一遍，讓大家趕快號召人手上去大壩進行加固和防護、巡視。

打完電話後，田老栓帶人向柳擎宇方向走去。

大壩另一側的沙石灘上，漆黑的夜色中，柳擎宇正彎腰用鐵鍬鏟起一鍬沙石往麻袋裡面裝著。田老栓來到柳擎宇面前，一把抓住柳擎宇的鐵鍬說道：「柳鎮長，你歇會兒吧，這事還是交給我們。」

看到田老栓他們過來，柳擎宇知道，現在田老栓等人已經相信自己的話了。但對田老栓的要求，他只淡淡地搖搖頭說道：「沒事，我行的，幫我撐開麻袋吧，一個人裝效率太低了。」

聽到柳擎宇的話，田老栓露出一絲感動之色，他走過去拎起麻袋，然後對其他人說道：「你們立刻找工具裝麻袋。」

很快的，眾人便熱火朝天地幹了起來。

過了不久，大批馬蘭村的村民陸續來到大壩上，加入加固防護的隊伍，現場燈光點點，一派繁忙景象。

柳擎宇自始至終都在第一線，此時柳擎宇的臉上、手上、腿上早已沾滿泥沙，除了一直陪在柳擎宇身邊的田老栓父子，幾乎沒有幾個人能認出他來。

雨越下越大，絲毫沒有停下來的意思，當天晚上，氣象臺緊急發佈了暴雨紅色警示，這時候，關山水庫大壩上的水位距離警戒線已經不到二十釐米了，水位還在不斷快速上升著，村民們都開始擔憂起來。

田老栓看著沿線堤壩，心中充滿了感動。他知道，如果沒有這個新來的鎮長，恐怕今天晚上馬蘭村就要被洪水給淹沒了。

從自己來到堤壩，這個年輕鎮長已經在第一線奮鬥了五個多小時，連口水都沒有喝，一口飯都沒有吃，但他還是不知疲倦地堅持著。

如果說一開始田老栓只是對柳擎宇欽佩的話，那麼現在他真的有些崇拜了。畢竟，即使是作秀也需要毅力和體力，而這個年輕鎮長一口氣幹了這麼久竟然還能夠堅持在第一線，這已經不是體力和毅力的問題了。

「柳鎮長，歇一會兒吧，您已經五個多小時沒有休息了。」田老栓對柳擎宇說道。

柳擎宇擺擺手，咧嘴笑道：「沒事的，我以前是當兵的，身體硬朗，能抗得住。估計今天晚上水位還得上漲，還不能休息啊。累點沒什麼，只要咱老百姓的生命財產安全了，我才對得起自己的良心啊。」

說完，柳擎宇繼續忙碌起來。

田老栓的眼睛有些濕潤了。這麼多年來，他聽過很多官員，包括縣長、市長說過類似的話，但是在田老栓看來，那些官員純粹是作秀，沒有誰真正為村民們幹過多少實事，柳擎宇的這番話才是真正發自肺腑的，他是**用實際行動在闡釋著他的理念！**

凌晨兩點，所有的村民在經過七八個小時的奮戰之後都已經有些撐不住了。

田老栓立刻叫村民們休息，以便應付後半夜可能出現的危機，同時對柳擎宇說道：「柳鎮長，大家都休息了，您也休息一會兒，喝點水，吃點乾糧補充一下體力吧。」

柳擎宇的確累壞了，肚子也骨碌碌地叫了起來，便點點頭說道：「好。」

放下工具，柳擎宇和田老栓等人圍坐在一起，從車上拿出早已準備好的礦泉水和乾糧等食物分給村民們，一起坐在雨中吃了起來。

吃飯的時候，眾人才知道，和大家一起奮鬥在第一線的年輕人居然是鎮長，而這個鎮長竟沒有一點架子，這讓大家對柳擎宇不由得生出一絲欽佩之意，柳擎宇的威望也在無形中樹立了。

加上田老栓在一旁有意引導，所有人都發自真心把柳擎宇當成了大家的精神支柱和領導。

飯剛吃到一半，便聽到有人大聲喊道：「不好了，這邊出現管湧了。」

聽到驚呼，柳擎宇趕緊丟下手中的食物和礦泉水，拔腿就跑了過去，其他人也跟著快速衝了過去，用沙袋將管湧之處圍起來，暫時控制住險情。

這時候，柳擎宇已經累得沒有一點力氣了，只能站在靠近大壩的一方指揮著眾人繼續進行加固。

就在這個時候，一個浪頭突然席捲而來，柳擎宇腳下一滑，人一下子被捲入湍急的河水中。

田老栓一看，頓時急著大聲喊道：「柳鎮長掉河裡了，快點救人！」

然而，面對湍急的河水，眾人卻是束手無策。

此刻，河水之中。柳擎宇由於身心俱疲，四肢早已酸軟無力，只能奮力地掙扎著。然而，河水實在太湍急了，已經沒有多少力氣的柳擎宇再怎麼掙扎也無濟於事，他的身體被河水一路向下沖去。

柳擎宇的身體上下沉浮著，他感到有些窒息。田老栓和村民們雖然束手無策，卻沒有放棄，一路沿著大壩追逐著柳擎宇的身影，一邊大聲喊道：

「柳鎮長，你一定要堅持住啊，千萬不要放棄。」

柳擎宇的神志開始模糊，但是，他還在堅持著，不斷用雙手雙腳向下拍打著，以便產生一些向上的浮力，把腦袋抬出水外。

時間一分一秒的過去，柳擎宇的體力幾乎快被用光了。

也許是上天眷顧，在柳擎宇下行的河道上突然現出一棵被狂風吹倒的大樹，大樹的樹幹和枝葉都倒在水中，只有樹根部分還與大地藕斷絲連。

柳擎宇迎面撞在大樹上。

一直緊緊追逐柳擎宇身影的田小栓見狀，趕緊大聲喊道：「柳鎮長，抓住大樹！」

此刻快要失去意識的柳擎宇恍惚間似乎聽到呼喊聲，內心深處湧出一股濃濃的求生欲望，迷迷糊糊中，他雙手抱住粗大的樹杈，田小栓立刻大聲招呼村民齊心協力把大樹給拽了上來。

在眾人的協助下，柳擎宇很快恢復如常，眾人才鬆了一口氣。

田老栓勸道：「柳鎮長，我們先送您回鎮上吧。」

柳擎宇擺擺手：「不用，我稍微休息一下就沒事了，大家不要在這裡圍觀我，還是去巡視大壩吧，今天晚上估計咱們有得忙了。」

柳擎宇說得不錯，這是一個危機重重的夜晚，多處發生管湧和滲透，但是在柳擎宇的帶領下，大家齊心協力，最終守住了大壩。

凌晨六點鐘，以往這時候天都放亮了，然而今天，天色卻依然黑漆漆的，大雨也沒有停止的跡象，但是雨勢已經小了很多，險情也暫時穩定下來。

此刻的柳擎宇已經疲勞至極，這一次不用別人勸說，他便決定好好休息一下了，因為他知道，後面很可能還會有更加艱苦的戰鬥，必須保持體力。所以他靠在帳篷邊上，一邊喝著礦泉水，一邊吃著火腿腸。

然而，吃著吃著，柳擎宇便睡著了。

田小栓和眾位村民們看到他的左手拿著水瓶停在嘴邊，拿著火腿腸的右手停在半空中累到睡著，眼角全都濕潤了，田小栓拿出手機拍下了這一幕。

與此同時，鎮委書記石振強正帶著其他鎮委委員們象徵性的來大壩視察，對幹部民眾鼓勵了一番，前後待不到二十分鐘的時間，還找了記者拍了不少雨中視察的照片便離開了。自始至終，石振強連柳擎宇的面都沒有見到。

柳擎宇睡了有三個小時後便自動醒來，隨後和村民們一直忙到晚上十點多。

這時，暴雨總算停了，水位也穩住了，氣象臺發佈了明天的天氣預報，說明天是晴天，終於雨過天晴了。

但是大夥兒卻不敢離開大壩，因為柳擎宇曾經告訴大家，很有可能雨還得再下一兩天。雖然對這個結論有些質疑，但是之前的經驗讓眾人對柳擎宇充滿了信任，所以大家依然堅守在大壩上。

後半夜一點多的時候，負責值守的村民驚聲尖叫起來：「不好，關山河水位突然暴漲，這到底是怎麼回事？」

這時，田老栓的手機響了，當他聽完電話後，立即垮下臉罵道：「我操他媽的景林縣，這幫玩意兒也太不是東西了！」

「村長，到底怎麼了？」一個村民問道。

「關山水庫上游的景林水庫因為大壩的壓力太大，決定開閘放水，縣裡已經通知下來，讓沿岸村子做好撤離村民的準備，再有兩個小時他們就要開閘放水了。」田老栓雙眼充滿怒火的說道。

說完，田老栓邁步向柳擎宇的帳篷走去，邊走邊說道：「這件事情我們必須得儘快告訴柳鎮長，請他拿主意。」

田老栓把得到的消息跟柳擎宇說，柳擎宇一聽就急眼了，跳起來雙眼噴火說道：「縣裡到底是怎麼回事，怎麼能這樣做呢？景林水庫的水一下來，關山水庫首當其衝啊，我們關山鎮就完了。不行，我得給縣裡打個電話。」

柳擎宇回到車上，拿出自己的手機，直接撥通縣長薛文龍的電話，憤怒的質問道：「薛縣長，我聽說景林水庫要開閘放水？這是不是真的？薛縣長，你知不知道，景林水庫一旦放水，關山水庫立刻就會有潰壩和決堤的危險？」

縣長薛文龍接到柳擎宇質問的電話，心中有一種說不出的膩味，在他看來，柳擎宇這個鎮長實在是太幼稚，太沒規矩了，有這樣跟領導說話的嗎！

但是考慮到柳擎宇身分的神秘性，他暫時還不想和柳擎宇直接鬧翻，所以耐著性子解釋道：

「小柳啊，你有所不知，如果景林水庫不放水，縣城就要被淹沒了，到時候損失可就大了，身為領導幹部，必須要有犧牲精神，要顧全大局嘛！雖然我也知道你們關山水庫壓力會比較大，但水火無情，這也是沒有辦法的事情，總不能讓縣城被大水給淹了吧！對了，景林水庫下游沿岸各鎮，縣裡都通知了，尤其是你們關山鎮，更是要小心謹慎，絕對不能掉以輕心，你要及時組織老百姓進行撤離，確保百姓的生命財產安全，這是你這個鎮長的職責，出了問題拿你是問。」

說完，不等柳擎宇有任何反應，直接掛斷了電話。

柳擎宇剛被掛電話，又有一個電話打了進來，這次打來的是鎮委書記石振強：

「小柳啊，我和胡光遠同志、王學文同志馬上要連夜趕到縣裡開會去，鎮裡的事就由你全權負責了。你務必要做好關山水庫的防汛工作，確保全鎮居民的撤離安置工作，否則出了問題我是保不住你的。」

說完，石振強便自行乘車離去，同行的還有副鎮長胡光遠和王學文。

車上，王學文臉色有些尷尬地看向石振強說道：「書記，現在把事情全都交給柳擎宇，萬一要是出了紕漏怎麼辦啊？縣裡會不會要我們來負責，找我們的麻煩？」

石振強充滿自信地擺擺手說道：「怎麼可能會找我們的麻煩呢，我們可是去縣裡開會，是柳擎宇全權負責組織防汛工作的，出了問題自然是由他來負責，這點你不必擔心。而且說實在的，等一個小時後洪水一下來，不知道鎮裡會變成什麼樣子，我們還是儘快離開這個是非之地為好。你們兩個的家人都撤到縣城了吧？」

兩人都點點頭。胡光遠說：「嗯，昨天晚上就遷移到縣城去了。」

石振強滿意地說：「這就好，接下來的事就讓柳擎宇去折騰吧！」說完，石振強的臉上露出一絲高深莫測的得意之色，後面的很多事情，他早已安排好了。

此刻，柳擎宇站在關山大壩旁，看著關山河洶湧澎湃、仍在不斷上漲的河水，轉頭對身邊的田老栓說道：

「田村長，關山水庫肯定是保不住了，為了盡可能的減少損失，你現在離開這裡去叫村民快速撤離，除了貴重物品，其他的東西都不要帶，趕快去天王嶺那邊避難，只要人沒事，什麼都可以再建的。另外，你再通知一下其他村子的村長支書們，讓他們也立刻安排村民向天王嶺或者附近的高處移動。一小時後，我會下令炸毀部分堤段大壩，以確保洪水只往農田裡灌，儘量不要淹沒你們的房子。」

田老栓臉色嚴峻地點點頭：「好的，柳鎮長，我聽您的。」說完便憂心忡忡地離開了。

柳擎宇立刻撥通鎮派出所所長韓國慶的電話：

「韓所長，我是關山鎮鎮長柳擎宇，現在你立刻送幾公斤炸藥到關山水庫馬蘭村段的大壩上來。」

韓國慶早已經得到洪水要來的消息，正在動員家人撤往縣城呢，接到柳擎宇的電話，掩飾著心中的不耐，推託道：「柳鎮長，不好意思啊，我這邊太忙了，現在顧不上，要不你再找找別人吧。」

柳擎宇聽了，冷冷說道：「韓國慶，我不管你現在到底在做什麼，但是我要告訴你，石書記去縣城開會去了，鎮裡的所有工作由我一個人來主持，如果你抗拒我的指示的話，那麼從現在起，我會立刻解除你派出所所長的職務，永不錄用。」

聽柳擎宇這樣說，韓國慶卻只是淡淡一笑，同樣冷冷地回道：「不好意思柳鎮長，人事任免你沒有資格單獨決定，需要上黨委會進行討論，而且我正在執行石書記交給我的公務，所以暫時無法執行你的指示，抱歉。」接著便逕自掛了電話。

這下柳擎宇可是被氣得不輕，雖然不知道韓國慶到底在做什麼，但是在這個時候，他竟然一點都不為老百姓考慮，柳擎宇當即決定等忙過這一段之後，必須要拿下韓國慶，以儆效尤，好樹立自己的威信。

不過現在，柳擎宇暫時還顧不上這些，他撥通副所長賈新宇的電話：

「賈所長，我是柳擎宇，剛才我給韓國慶打電話，他拒絕執行我的命令，所以已經被我就地免職，你現在暫時代理鎮派出所所長職務，立刻在一個小時內給我送五公斤炸藥到關山水庫馬蘭村段的大壩上，有問題沒有？」

「沒問題，沒問題，我馬上行動。」賈新宇接到指示，立刻毫不猶豫的答道。

此刻，賈新宇正在鎮派出所值班。雖然他只是副所長，但是每到汛期的時候，他都會主動要求夜間值班，以備應急。

同時值班的還有他的兩個嫡系人馬：王朝和馬漢，三人都是貧困農家出身，知道在洪水來臨之際各種事情特別多，有警察的派駐和幫忙，會讓很多老百姓感覺到心中踏實許多。

雖然賈新宇不清楚柳擎宇要炸藥到底去做什麼，但就憑柳擎宇在這時候依然堅守在關山大壩上，這份胸襟和氣魄就足以讓他欽佩。所以他二話不說，直接找到武裝部部長尹春華，從他那裡協調來五公斤炸藥後，便立刻帶著王朝親自駕駛警車冒雨趕到水庫大壩上，把炸藥送到柳擎宇的手中。

「柳鎮長，這炸藥是我特地從武裝部那邊協調來的，可以遙控引爆，遙控距離是兩百米，希望能夠對您有所幫助。」

柳擎宇看到賈新宇額頭上不斷滴落的汗珠，以及他雙手拿著炸藥包雖然氣喘吁吁卻很穩健的樣子，心中對這個副所長多了幾分欣賞。

當有些官員開始為自己家人謀取後路，甚至自己都已經跑路的時候，眼前這個不起眼的副所長卻在短短的四十分鐘內把炸藥包送到自己手上，這樣的人的確是一個很好的同志。

柳擎宇輕輕點點頭，笑著說道：「怎麼樣，留下來陪我一起等待時機炸壩洩洪吧，敢嗎？」

賈新宇毫不猶豫地說：「柳鎮長都敢，我又有什麼不敢的，沒有問題！」

隨後，柳擎宇又給美女副書記秦睿婕打了個電話，讓她加快進度。

此刻，在關山鎮，不管是鎮上還是各個村，喇叭都在大聲的廣播著景林水庫即將開閘放水的消息，要求大家儘快遷移。只見各個村子的連外道路上，村民們拖家帶口的，各種車輛正一輛接一輛地向天王嶺方向而去。

又是一個多小時過去，兩個小時的時限已到，這時，柳擎宇接到秦睿婕和各個村長打來的電話，告訴他村民全部都撤到了安全地帶。

此時，關山河的河水已經如萬馬奔騰一般徹底沸騰起來，一個接一個的洪峰前仆後繼地湧現，河水開始向大壩上蔓延開來。

柳擎宇知道，過不了多久，河水就會漫過大壩了，所以，要想最大程度的減少損失，只能炸毀部分大壩，從而避免大壩被沖垮導致洪水走向失去控制。

想到這裡，柳擎宇立刻找到一個合適的堤段，把炸藥擺放好，同時把隨同人員也安置好後，便撤到兩百米外的地方，上了汽車，輕輕一按遙控鈕。

沒幾秒鐘時間，一陣劇烈的爆炸聲響起，大壩被炸開一個口子，奔騰的洪水終於找到了宣洩口，順著缺口瘋狂的湧入，向著綠油油的農田方向狂奔而去，瞬間所過之處一片洪澤，顆粒無收。

而此刻，洪三金駕駛著汽車開始狂加油門向遠處衝去。隨後眾人找了一個安全的地方，把車停了下來。累了整整兩天兩夜的柳擎宇終於可以安心地躺在車內呼呼大睡。現在的狀態已經是他能夠爭取到的最好的結果了，他問心無愧。

然而，疲憊不堪呼呼大睡的柳擎宇卻沒有想到，與此同時，縣城內，**一個針對他的陰謀已經徐徐拉開。**

當天夜裡，暴雨並沒有像天氣預報的那樣停止，仍然淅淅瀝瀝的下著。

到了第二天上午，更是出現長達一小時的暴雨，整個關山鎮早已成為一片洪澤。由於柳擎宇和秦睿婕提前做好準備，雖然很多老百姓的農田甚至房屋都被淹沒，但是整個關山鎮沒有一個人員傷亡。

直到第二天下午，大雨才終於停了，天氣開始轉晴。

兩天後，洪水退去。但是天王嶺上依然人頭攢動，很多老百姓不得不滯留在這裡，因為他們的家被洪水給沖毀，已經無家可歸了。

此刻，柳擎宇和秦睿婕更是忙得焦頭爛額，因為這次洪水實在是太猛烈了，以至於大水過後，很多老百姓囤積在家中的糧食等物品幾乎全都被沖走。雖然秦睿婕準備了一些物資，但畢竟一個小鎮的民政部門能準備的物資有限，根本不足以支撐全鎮數萬百姓的生存所需。

好在電信基地台沒有什麼問題，讓兩個人可以透過手機硬著頭皮向縣裡和四周鄉鎮協調救災物資。只是得到的消息卻讓兩人十分失望，這次景林縣受災的不止關山鎮，有好多鄉鎮由於撤退不及還淹死了不少人，更別提支援關山鎮了。

就在兩人束手無策的時候，去縣裡開了一天一夜會的鎮委書記石振強和副鎮長胡光遠、王學文回來了。

回來之後，石振強立刻讓鎮委辦主任王東洋通知柳擎宇和秦睿婕參加鎮黨委會議。

鎮黨委會議在鎮委辦公大樓三樓會議室召開。

由於鎮委大樓新建不到三年，全部採用鋼混結構，所以除了一樓淹了點水外，整個建築並沒有什麼問題，洪水退去，依然可以繼續使用。

鎮委會議室內，九名關山鎮黨委委員全部到齊。

柳擎宇的目光從在座其他八人的臉上一一掃過。

鎮委書記石振強此刻坐在主席台上，臉色十分暗沉。鎮委副書記秦睿婕坐在自己對面，低頭擺弄著自己美麗的指甲；常務副鎮長胡光遠、副鎮長王學文、組織委員石景州、宣傳委員姜春燕、武裝部長尹春華、紀委書記孟歡則神態各異地坐在椅子上，沉默不語。整個會議室氣氛顯得十分沉悶。

石振強輕咳一聲，說道：

「各位，今天是柳鎮長上任之後我們召開的第一次黨委會，也是一次非常重要的黨委會，雖然我這個書記不願意批評別人，但是這一次，我必須得好好批評一下柳擎宇同志，在這次的抗洪救災過程中，你做得實在是太差勁了，非常不到位。你看看，我們關山鎮現在都成什麼樣子了？你這個鎮長是怎麼當的！要知道你把這次工作做成這個樣子，當初我真應該把胡光遠同志留下，讓他來負責主持這次抗洪救災工作。

「柳擎宇同志，你還是太年輕，太沒有經驗了，雖然你有一顆熱心，但是你的工作方法非常不對頭，導致你的工作效率非常低，全鎮的損失非常慘重。柳同志，不是我說你啊，你剛參加工作時間不長，不懂的地方就要積極向胡光遠、王學文這樣的老同志多多請教、學習嘛，你說現在整個關山鎮的工作被你做成了這個樣子，你讓我怎麼向縣委縣政府交代啊！柳同志，你太讓我和大家失望了。」

石振強說完，胡光遠便立刻接口道：「是啊，柳同志，你這次工作實在是太欠缺水準、欠缺效率了。你看人家城關鎮那邊，各種工作都有條不紊的，縣委縣政府領導給予了高度表揚呢，柳同志，我建議你好好地去看一看，學一學，不能閉門造車啊！」

胡光遠說完，整個會議室的氣氛一下子緊張起來，委員們都看出來石振強的意圖非常明顯，顯然是想要**抓柳擎宇當替罪羊**，為這次關山鎮所受的的災情負責啊。

這一招絕對夠陰險、夠無恥，但是卻又不得不說，這一招也是對大家十分有利的事。畢竟發生了這麼大的災情，肯定得有人要負責任，揪出柳擎宇來負責，總比自己去負責的好。於是委員們全都緘默不語，關鍵時刻，自保為上。此刻，眾人的目光全都聚焦在柳擎宇的臉上。

秦睿婕聽完石振強的話後，臉色顯得十分難看。對於石振強的心理，她把握得非常清楚，但是她知道石振強在鎮裡的勢力十分強大，說一不二，雖然對柳擎宇一心為民的品德十分敬佩，但是考慮到自己的身分，她暫時還不想和柳擎宇綁在一起，所以只能心中充滿憤怒。

在眾人的注視下，柳擎宇緩緩抬起頭來，眼中怒光一閃，突然猛的一拍桌子，站起身來，伸出手點指著石振強的鼻尖冷冷地說道：

「石振強同志，我不得不說，你真的是夠無恥，夠陰險，但是我要告訴你的是，我不管你有多無恥，多陰險，但是你最好不要對我柳擎宇使用，否則的話，我會讓你悔不當初！

「你剛才口口聲聲說我抗洪搶險工作沒有效率，那麼我想問一問石同志，你可知道我都做了哪些工作？你又知道關山鎮的災情如何？損失如何？我們關山鎮死傷了多少人？現在還欠缺多少物資嗎？尊敬的石書記，石振強同志！你知道嗎？你敢給我一個肯定的回答嗎？」

聽完柳擎宇的這番話，石振強只能陰沉著臉悶不作聲，他沒想到，這個年輕人竟然敢發飆，還用手指著自己。最要命的是，柳擎宇所說的事他完全一無所知，根本答不上來！

但是他又不能被柳擎宇的氣勢給震懾住，否則對自己的威望將是一個沉重的打擊，這是他所不能容忍的。所以他站起身來，撥開柳擎宇的手怒聲說道：

「柳擎宇，你這是做什麼？拍桌子拍得響就證明你工作做得好嗎？如果這樣可以的話，還要我們黨委會做什麼？你給我坐下！有話好好說。」

柳擎宇緩緩收回手，卻仍是站著望著石振強說道：「石書記，不要玩這種轉移話題的把戲，沒有用的，現在請你回答我剛才的問題，你知道關山鎮現在是什麼樣的情況嗎？」

在石振強看來，一個懂世故的官員在發怒之後，應該立刻收斂一下自己的怒氣，平心靜氣的繼續開會討論。但是他卻看錯了柳擎宇，柳擎宇做事一向喜歡直來直去，所以他的這番批評之語對柳擎宇沒有任何用處，柳擎宇依然對他緊追不放。

這種情況下，石振強也看出來了，自己不回答柳擎宇的問題，恐怕柳擎宇不會甘休，不過柳擎宇的問題也難不住他，他淡淡說道：

「我剛剛從縣裡開會回來，你還沒有向我彙報工作呢，我自然不知道鎮裡的情況如何。」

石振強一個太極推手打出來，柳擎宇第一波質問宣告失效。

說完，石振強的嘴角流露出一絲淡淡的不屑冷笑，心中暗道：「柳擎宇，你一個小屁孩，跟老子比還嫩得很呢！**官場可不是你有道理就能混得開的。**」

然而，石振強卻萬萬沒有想到，他這個想法剛冒出來，柳擎宇又是一招出手了。

「石書記，如果你非要這樣說的話，我也勉強認可你這個理由。不過我想問一問你，三天前，在這場大雨剛剛開始的時候，我有沒有親自給你打電話，向你彙報關山鎮要下暴雨，提醒你召開防汛會議討論此事，有沒有？你回答我！如果當初你按照我的提議召開會議，全體鎮黨委一齊動員，我們關山鎮的防汛工作又怎麼會如此被動？眼看著景林水庫就要開閘放水了，你卻帶著幾個黨委委員說是去縣裡開會，開的什麼會？會議重要嗎？是老百姓重要、抗洪救災重要？還是你那個所謂的什麼會重要？

「不要跟我說什麼冠冕堂皇的理由，石同志，我認為你根本就是慫了怕了，你是擔心自己被洪水給沖了。而且我得到準確消息，你的家人早就遷移走了，石同志，我想問問你，像你這樣拈輕怕重的幹部有什麼資格來指責我柳擎宇?!

「說句不好聽的話，石同志，你根本就不像個男人。你可知道，在這三天多的時間裡，水庫大壩一直都是我在負責，天王嶺的帳篷搭建和百姓撤離工作則都是秦睿婕同志負責，石同志，各位委員，大家好好看看，秦同志是個才二十多歲的女同志，她一個人毫無怨言的擔負起這麼沉重的工作，她容易嗎？但是她沒有一句怨言！在座的很多同志們，身為一個大男人，你們難道不感覺到羞愧嗎？你們對得起老百姓嗎？你們還是個男人嗎？」

柳擎宇慷慨激昂地說完這番話，會議室內呈現著一股詭異的氛圍。

石振強的臉色陰晴不定，心中的怒火已經直衝到腦瓜頂上了，雙眼充滿憤恨地望著柳擎宇。

胡光遠和王學文兩人臉色也十分難看，他們沒有想到柳擎宇的言辭竟然如此犀利，句句直指問題的核心。

丟臉的事已經做了，但是誰也不希望被別人知道，尤其是石振強他們這些領導們，他們喜歡別人**捧著他們**，**供著他們**，即便有不滿意，也必須憋在心中，因為這是**他們眼中的官場規則**。因為他們是領導。

但是，柳擎宇卻根本不信這個邪！偏偏來打臉！而且還打得啪啪響！

此刻，除了武裝部部長尹春華、宣傳委員姜春燕這兩位一直在大力協助秦睿婕的人以外，其他黨委的臉色也不怎麼好看。

沉默，壓抑的沉默。誰也不想率先開口。

這時，柳擎宇再次打破沉默，看向石振強說道：

「石同志，做人不要太過了，不要把別人都當成傻子。我是當兵的出身，就是一根筋，如果你要是實實在在的為老百姓著想，你指東我決不向西，但是，如果你想要搞一些烏七八糟莫須有的罪名去整我，我柳擎宇奉陪到底。話我先撂這兒了，如果你這次膽敢繼續否定我和秦書記以及其他一些實在幹事的黨委委員的功勞，我柳擎宇絕對不會答應。我不是向你向縣裡邀功，我不在乎那些虛名，但是我絕對不允許別人往我身上潑髒水！絕不允許做事的人受到批評，沒做事的逃兵卻在旁邊指手畫腳的！你想都別想！」

柳擎宇說完，直接坐了下去，目光直視著石振強，沒有一絲的妥協。

在柳擎宇這種鋒利目光的注視下，石振強還真不敢再輕舉妄動了。因為他非常清楚，柳擎宇提前通告自己關山鎮要下大雨的這件事絕不能鬧得盡人皆知，否則自己這次真的有可能會丟人。尤其這件事情鬧大了，對自己沒有任何好處。所以，他只能暫時打消當初規劃中的一到鎮裡就拿柳擎宇興師問罪的第一步計畫，等待著以後找機會執行第二步計畫的時候再拿下柳擎宇，畢竟大災當前，他也不敢掉以輕心。

其實他心中也非常清楚，柳擎宇這一次的表現堪稱完美，他之所以要來個先聲奪人，就是想要抹去柳擎宇和秦睿婕的功勞。所以，等柳擎宇說完之後，他立刻沉聲說道：

「好了，其他的事暫時不討論，先談一談救災的事。現在洪水既然已經發生了，再說別的已經沒有什麼意義，現在當務之急是必須要想辦法讓老百姓恢復正常生活。柳同志，你是鎮長，這是你的職責，你說說吧，你有什麼意見？」

這一回，石振強是來一個乾坤大挪移，偷梁換柱，把話題切換到救災這件事上，堵住柳擎宇還要繼續砲轟的機鋒，隨後一個太極推手，再次將救災這個沉重的任務推到柳擎宇的身上。

他算計得非常清楚，如果柳擎宇把工作做好了，自然少不了他這個鎮委書記的領導之功；如果做不好，正好借這次機會將柳擎宇拿下，從而推常務副鎮長胡光遠上位。

他現在對柳擎宇這個鎮長越來越不爽了，柳擎宇坐在這個位置上，真讓他如鯁在喉，十分難受。尤其讓他最不能忍受的是，柳擎宇實在是太強勢了，竟敢當著這麼多鎮委委員和自己頂嘴，這是過去數年從沒有發生過的事情，這是他絕對不能容忍的。他決定要儘快設計一些圈套，想辦法把柳擎宇給擠兌走，而救災工作就是一個很好的機會。

柳擎宇聽到石振強這樣說，便把注意力放在了救災上，在他的心中，天大地大，老百姓最大。

他略微沉吟了一下，隨後說道：

「嗯，我贊同石書記的意見，救災工作的確是我們下一步工作中的重中之重，而救災工作最關鍵的就是物資和錢。在今天開會之前，我已經和鎮財政所所長張宏軒聯繫過了，他說現在鎮財政所的賬上只有不到三萬塊錢，這點錢根本就不夠塞牙縫的，所以我們必須要想辦法籌集資金，幫助老百姓儘快重建家園，恢復生產。」

柳擎宇話音剛落，已經憋了半天氣的常務副鎮長胡光遠出聲了：

「柳鎮長，你這話說得的確很有道理，也很好聽，但是問題在於，這錢從哪裡來？難道你隨便說兩句好聽話，錢就從天上掉下來了嗎？你這也太空洞了吧！老百姓需要的是實實在在的東西，而不是空話和套話！」

說完，胡光遠用充滿挑釁的目光看著柳擎宇。

對於胡光遠的挑釁，柳擎宇只是淡淡一笑，並沒有和他翻臉，因為胡光遠的話說得很對，不過柳擎宇也不打算妥協，而是把目光看向石振強說道：

「石書記，你是關山鎮的老資格書記了，你能夠籌集多少錢？」

石振強等的就是柳擎宇問出這句話來，他臉上露出得意之色說道：

「柳同志啊，說到救災款的問題，我不得不說你一句，你的確有些以小人之心度君子之腹啊，你口口聲聲說我們去縣裡是打混去了，可實際上，我們這次回來，費了很多心思，最終才從縣財政那裡要來了二十萬的賑災款。雖然這筆款項看來很少，但是很多鄉鎮都受災了，在全縣所有鄉鎮裡，我們關山鎮是拿到賑災款最多的！柳同志，你可是鎮長，你能籌到多少錢？你可不能光說不練啊！」

石振強幾句話就給柳擎宇設下了一個圈套，**直接把柳擎宇逼上絕地，讓他沒有任何退路**。

柳擎宇自然明白石振強的心思，但他只是淡淡一笑，說道：

「石書記，你說得沒錯，我認為不僅僅是我不能光說不練，我們整個鎮黨委會所有委員都不能光說不練啊，我有個提議，所有鎮委委員都應該行動起來，通過各種辦法來籌集賑災款。而且我保守估計，這次我們關山鎮受災如此嚴重，僅僅是確保災民正常生活所需，最少就得幾百萬，災後重建更是一個不小的數字，至少得五千萬。這樣吧，我們先想辦法籌集老百姓的生活物資，我柳擎宇承諾一個星期之內，最少會籌到六十萬，大家都表表態吧，看看你們自己能夠弄來多少錢？」

石振強一下子呆住了，本想自己從縣裡拿來二十萬，正好在柳擎宇面前顯擺一下，誰知這傢伙居然開口就承諾弄來六十萬，這明顯是在向自己叫板嘛，而且還是借力打力，真把他氣得要吐血。

而且柳擎宇承諾會弄來六十萬元，這根本是向自己挑釁啊！如果自己在這件事上認栽的話，以後在大家面前恐怕就無法抬起頭來了。

所以，等柳擎宇說完，他毫不猶豫地說道：「嗯，我是鎮委書記，我已經弄來二十萬，下一步我會想辦法在一個星期之內至少再弄來四十五萬！」

大家都看出來柳擎宇和石振強這是卯上了。

但是誰也不敢放鬆，每個人都很清楚，這次籌集救災款如果落後的話，恐怕以後在黨委會上的發言權將會受到極大的削弱，這可事關面子問題，所以隨後眾人紛紛依次發言，按照黨委裡面的排位順序，各自承諾從五十五萬到二十萬元不等的款項。

最後一名承諾完後，會議室內再次冷場。

柳擎宇這一招算是夠狠的，把所有人都給算上了。所以很多人看向柳擎宇的目光中多了一絲凝重，沒有誰再敢輕視這個年輕的鎮長了，這個傢伙**夠強勢**，**夠狡猾**，能夠**算計人於無形之中**，還讓你不得不咬著牙往圈套裡面跳。

石振強看看沒有人說話了，就準備宣布散會。

然而，讓他沒有想到的是，柳擎宇再次抬起頭來，臉色陰沉著說道：

「石書記，秦書記，各位委員，我現在提交一份人事調整建議，由於鎮派出所所長韓國慶同志在抗洪救災的關鍵時期不遵從領導指示，故意抗命，對整個抗洪救災工作造成了十分嚴重的負面和消極影響，所以我當時下令對韓國慶就地免職，由副所長賈新宇同志來代理所長職務。當然，我知道以韓國慶的級別我無權下達這個指示，但是由於當時是非常時期，時間太緊，所以並沒有向石書記和縣委請示，現在我提議，大家可以討論一下看看到底由誰來擔任新的派出所所長合適，等確定之後，我們報縣委進行審批。」

幾乎所有人都呆住了！誰也沒有想到柳擎宇這個年輕鎮長剛剛到任還沒有三天，竟然要直接插手鎮裡的人事安排，而這絕對是屬於石振強的禁區！以前幾乎沒有人敢觸碰的！

最關鍵的是，派出所所長可是縣裡安排的，理論上，柳擎宇是無權去處理人家的。但是，柳擎宇卻偏偏出手了。

此刻，石振強的臉色要多難看就有多難看，雙眼狠狠地看向柳擎宇。

身為鎮委書記，人事大權是他的逆鱗，尤其又有在縣裡一手遮天的縣長薛文龍做他的靠山，他絕對不能允許關山鎮裡的任何委員敢於在人事問題上向他叫板，並且以前也從來沒有發生過這種事情。但是現在，柳擎宇這個新來的毛頭小子竟然敢拿自己的鐵桿嫡系、鎮派出所所長韓國慶來開刀插手人事，他徹底怒了。

所以，石振強強勢地說道：「我不同意！韓國慶在派出所所長的位置上幹得非常出色，所有鎮委委員全都有目共睹，他的成績是任何人都不能抹殺的。我相信，對柳擎宇同志的這個提議，我們鎮委委員中大多數同志都不會同意的。柳同志，我看你還是收回你的這個提議吧！而且派出所所長這個位置也不是我們鎮裡決定後縣裡就會同意的，你的提議完全是無稽之談！毫無討論的必要！」

這一刻，石振強身上散發出來的氣勢無比強勢，語氣沒有給柳擎宇留下一絲迴旋的餘地，直接是採取命令式的方式。

如果是一般的新任鎮長在面對如此強勢的鎮委書記時，往往也就偃旗息鼓了，畢竟和一把手鬧僵了，對二把手的工作是沒有任何好處的。而且真鬧僵了，上級也容易對兩人都產生意見，殺敵一千自損八百，一般人是不會輕舉妄動的。

但是！柳擎宇不是一般人！面對石振強的命令式語氣，柳擎宇只是淡淡一笑，沉聲說道：

「石書記，我不同意你的意見。什麼叫毫無討論的必要！我的提議是合理合法的，完全按照正常程序來走的，沒有任何問題。我非常清楚我在派出所所長這個位置上沒有任免權，但是，我有建議權啊。我相信對我們鎮裡提出的合理的人事要求，縣裡是不會拒絕的。說到這裡，我不得不再提醒一下石同志，你是否記得你在前往縣裡開會前，和我通電話的時候曾經說過什麼話？」

石振強的眉頭猛的一皺，他沒有想到柳擎宇竟然一點都不按規矩出牌，這讓他十分頭疼，但是經過上一個回合的較量，他又不敢對柳擎宇掉以輕心，所以只能盡量回憶思索著當時的對話。

不過很多人都有一個毛病，那就是對自己不利的事情往往會盡可能地回避，即便想起來了也不願意承認，所以石振裝作失憶道：

「我還真不記得我曾經跟你說過什麼了。我這個人記性不好。」

石振強其實已經想起來了，但是他決定來個死不認帳，反正柳擎宇也沒有任何證據，鎮委會裡面又大多數都是自己的人，柳擎宇說什麼都站不住腳。

然而，讓石振強目瞪口呆的一幕發生了。只見柳擎宇拿出自己的手機，在螢幕上點了兩下，很快，那天兩人通話的聲音便傳了出來：

「小柳啊，我和胡光遠同志、王學文同志馬上要連夜趕到縣裡開會去，鎮裡的事就由你來全權負責。你務必要做好關山水庫的防汛工作以及全鎮居民的撤離安置工作，否則出了問題我是保不住你的……」

柳擎宇目光直逼著石振強說道：「石書記，現在你應該回想起來了吧，當時你說得非常清楚，鎮裡的事由我全權負責，而且當時你不在鎮裡，我是鎮裡最高的行政長官，為了確保抗洪救災順利開展，所有幹部都應該聽從我的調遣。而韓國慶所長卻拒不執行我的指示，對一個小小的送炸藥的工作推三阻四的，石書記，你說對這樣的人，我們還能讓他繼續在派出所所長的位置上幹下去嗎？派出所是幹什麼的？是守土一方，保護人民利益的！韓國慶連這麼一個簡單的事情都不願意做，他還能做得了什麼？」

石振強冷冷地看了柳擎宇一眼，心中有些複雜，他萬萬沒有想到柳擎宇竟然這麼陰險，不過他決定要好好利用一下這個事情，他不相信柳擎宇能夠把他和韓國慶之間的通話也錄下來，所以，石振強沉聲說道：

「柳同志，不管韓國慶說過什麼，做過什麼，他可是我們關山鎮派出所的所長，位置十分重要。即便要決定他的去留，也必須得徵求一下他本人的意見，我們也不能單憑你的一面之詞就草草做出決定，你說是不是？」

柳擎宇笑著點點頭說道：「這沒問題，那就把韓國慶喊過來吧。我們當面對質一下。」

很快地，韓國慶就被鎮委辦主任打電話給喊了過來，列席了本次常委會。

鎮委辦主任是出去給韓國慶打的電話，在電話中已經把會議的情況跟韓國慶說了一下，讓他出席時要小心應對，柳擎宇這次恐怕不會放過他的。而自始至終，柳擎宇對鎮委辦主任出去打電話的行為也沒有加以阻止，就好像不知道他有可能會和韓國慶串供一般。

等韓國慶坐穩後，石振強先發言了，他看向韓國慶說道：「韓所長，聽柳鎮長說，前兩天他給你打電話讓你送炸藥過去，你沒有遵從柳鎮長的指示，可有此事？」

韓國慶連忙說道：「石書記，柳鎮長的確給我打過電話，但是我當時太忙了，聽得不太清楚，而且您也指示我要做好災民的安置工作，所以我就頂撞了柳鎮長兩句。」

說到這裡，韓國慶轉頭看向柳擎宇說道：

「柳鎮長，在這裡我鄭重地向您道歉，和您通電話的時候，我的情緒的確有些失控，所以說話的語氣有些不太友善，但是希望您能夠理解，我們大家所做的一切都是為了工作，我理解您當時的心情，但是我也正在部署災民安置工作，所以心情十分煩躁。柳鎮長，您大人有大量，就不要和我這種小人物計較了吧。」

韓國慶是個聰明人，知道如果自己非要和柳擎宇正面對抗的話，恐怕不會有什麼好果子吃，尤其是在石振強面前，他以為柳擎宇根本不可能掀起什麼水花的，但自己還被叫了過來，這說明石振強並沒有掌控住柳擎宇。所以在這種情況下，他上來就擺出一副哀兵姿態，向柳擎宇認錯，讓柳擎宇無法發飆。

石振強看到韓國慶的這種做派暗暗得意，心道：「嗯，這個韓國慶還真是個人才，腦瓜好使，對形勢認識得非常清楚，以後可以重點栽培一下。看來韓國慶一個主動認錯足以化解柳擎宇這一招了。」

想到這裡，石振強得意地看向柳擎宇。

然而，此刻柳擎宇的表情竟然十分淡定，沒有一絲一毫的焦慮，只說道：「好，好一個韓國慶，好一個派出所所長啊，你的表演能力也太強了！佩服佩服！」

接著話音一轉，眼中爆出兩道寒光：「韓國慶，我可以不追究你頂撞我的責任，但是我想問問你，你確定你接我電話的前後，的確是在進行災民安置轉移的工作嗎？」

韓國慶毫不猶豫地說道：「我確定。這一點我手下幾個幹警都可以作證的。」

柳擎宇冷冷一笑，再次拿出自己的手機來，調出一個視頻說道：

「大家來看一看，我手機上這個視頻，是我們鎮裡十字路口的監視器所拍攝的畫面，從視頻中我們可以清楚地看到，在那段時間內，韓同志正帶著兩個員警在協助自己的家人裝車逃往外地呢。大家都傳閱著看吧。」說完，柳擎宇把手機遞給了鎮委書記石振強。

石振強接過手機一看，臉色立時沉下來，柳擎宇竟然留了這麼一個後手，當真是讓他十分鬱悶啊。

此刻，韓國慶也徹底傻眼，他是鎮派出所所長，鎮裡的監視器他自然知道，視頻的內容會到柳擎宇手裡，很顯然是派出所出了內鬼，他幾乎可以肯定這個人就是副所長賈新宇，但是現在一切都晚了。

當眾人看完視頻後，柳擎宇臉色嚴肅地說道：

「石書記，秦書記，各位鎮委委員們，我相信大家現在都看得非常清楚了，韓國慶頂撞拒不執行我的正當指示在先，又故意欺騙所有委員在後；而且他為了一己之私，置全鎮老百姓的生命財產安全於不顧。對這樣的派出所所長，我們還能夠再相信他嗎？我們還能夠再任用嗎？」

這一下，整個會議室內再次陷入了沉默之中。此刻，所有鎮委委員們都知道，韓國慶是徹底完了。

柳擎宇的這個後招出乎了所有人的預料，無論是**時機**、**地點**、**證據**，選擇的都恰到好處，妙到毫顛。尤其是先用手機通話錄音震懾石振強，給眾人一種他只有這種辦法的感覺，這是**故意暴露自己的底牌**，明顯是在**誘敵深入**。

隨後韓國慶巧妙化解柳擎宇的這個手段，認為自己勝算在握，所以開始撒謊，但是柳擎宇又拿出新的證據，讓韓國慶退無可退，石振強幫無可幫。

所有這一切就好像是精心設計好了一樣，這種心機、這種算計實在是太可怕了。即便是在場中的各位老狐狸，也全都有些膽寒！

這時，鎮委副書記秦睿婕大美女說話了。

秦睿婕俏臉含怒地說道：「在韓國慶這個問題上，我同意柳鎮長的意見，韓國慶太過分了，根本沒有一名黨員幹部的覺悟，更沒有把人民群眾的利益放在心上，還故意當眾欺騙領導，對於這樣的幹部，我們絕對不能再任用了。我建議立刻停止韓國慶的所長職務，並正式下達通知，同時選用新的派出所所長人選。」

秦睿婕的話在委員中引起了共鳴，宣傳委員姜春燕也說道：「我同意秦書記的意見，韓國慶的做法太過分了。」

隨後，其他鎮委委員們紛紛表態，都同意秦睿婕的意見。

第三章

為官智商

秦睿婕的目光不禁在柳擎宇的臉上徘徊著，雖然她知道柳擎宇是個踏實肯幹的人，但是對柳擎宇的為官智商卻不太信任，因為在她看來，柳擎宇的很多行為完全顛覆了官場規則，她很想知道柳擎宁到底會如何接招。

此刻，韓國慶鬱悶得恨不得把腦袋都快要藏到褲襠裡了，他除了心中對柳擎宇充滿了極度的怨恨之外，已經徹底沒招了。只能等著石振強的最終表態。

這時，石振強雖然不得不處理韓國慶，但是他知道此刻自己必須要表現出一種高姿態，韓國慶雖然停職了，但派出所所長這個位置仍然得安排上自己的人。

想到這裡，石振強點點頭說道：「好，既然大家的意見都很一致，我看就按照大家的意思辦吧，韓國慶立刻停職，等待下一步的安排。但是派出所所長這個位置十分重要，不能空著，我看就讓烏俊東同志來擔任派出所所長吧！」

所有人都知道，烏俊東是石振強的人，關山鎮派出所排名第三的副所長，位於副所長賈新宇和顧佳磊之後。

柳擎宇雖然剛到關山鎮沒有多久，但是這次洪災期間，由於他和副所長賈新宇在一起待了很長時間，和賈新宇聊了不少。賈新宇也對柳擎宇十分欽佩，下定決心投靠到柳擎宇的陣營中，所以就把很多關山鎮的內幕告訴了柳擎宇。

石振強說完，柳擎宇就明白石振強的意思了，很明顯，石振強依然想要完全掌控派出所這個強力部門，柳擎宇心中便開始盤算起來。

他雖然十分欣賞賈新宇，而且賈新宇也是排名第一的副所長，但是自己在關山鎮的勢力實在太單薄，就算自己推舉賈新宇也無法把他推上去。可如果要是讓烏俊東來擔任所長，那麼以後派出所這樣的強力部門自己依然無法指揮得動，這是他絕對不願意看到的情況。

柳擎宇的腦瓜轉得飛快，很快的，他便把視線轉移到排名第二的副所長顧佳磊的身上。他聽賈新宇說過，顧佳磊是鎮紀委書記孟歡的人，而孟歡在鎮裡面一直都是以中立的姿態出現，從來不和任何人發生利益衝突，但是也沒有人願意得罪他，因為據說他縣裡有人。

思索到這裡，柳擎宇想到了一個絕妙的點子。

柳擎宇立刻說道：「石書記，我認為烏俊東並不是一個合適的人選，他在整個派出所副所長中排名最後，資歷尚淺，由他擔任所長恐怕很難服眾。我提議由顧佳磊同志來擔任所長一職，顧佳磊同志是軍人轉業的幹部，而且是負責刑偵這一塊的，能力十分突出，也破過不少案子，資歷足夠，我認為他是接替韓國慶擔任所長的最佳人選。」

紀委書記孟歡聽到柳擎宇這番話，眼前立馬一亮。孟歡三十出頭，穿著一件白色襯衫，灰色西褲，人顯得十分精神，又露出幾分沉穩。

聽柳擎宇提到顧佳磊，石振強心中對柳擎宇暗暗咒罵起來：柳擎宇這招乃是借刀殺人、分化拉攏之計。柳擎宇明顯是想透過推薦顧佳磊來拉近和孟歡的關係嘛，自己如果反對他的提議，勢必會引起孟歡的不滿而得罪孟歡；但如果同意柳擎宇的提議，又會丟掉派出所所長這個關鍵位置，一時之間，石振強陷入進退兩難之地。

秦睿婕的目光不禁在柳擎宇的臉上徘徊著，雖然她知道柳擎宇是個踏實肯幹的人，但是對柳擎宇的為官智商卻不太信任，因為在她看來，柳擎宇的很多行為完全**顛覆了官場規則**，這也是她雖然在一些工作上支持柳擎宇，但自始至終都和柳擎宇保持距離的原因。現在柳擎宇突然玩這麼一招，可說是**穩準狠**！不得不讓秦睿婕對柳擎宇刮目相看。她也很想知道，石振強到底會如何接招。

石振強沉默了足足有一分鐘的時間，這才緩緩抬起頭來，冷冷地看了柳擎宇一眼，然後輕輕點頭說道：「好，我同意柳同志的意見，派出所所長就由顧佳磊同志來擔任吧，烏俊東同志由於平時工作中表現出色，晉升為第一副所長。會後以文件形式上報縣裡，最終結果如何由縣裡定奪。」

所有黨委們立刻一致表示贊同，這個時候，柳擎宇自然不會再去觸石振強的霉頭。雖然賈新宇排位下降，但是柳擎宇心中早有考慮，賈新宇既然跟了自己，他就絕不會虧待賈新宇的，而且這次挫折也算是對賈新宇的考驗，看看他能否撐得過去；如果能夠撐過去，柳擎宇將會徹底把賈新宇納入到自己的嫡系人馬之中。

派出所所長之事定下來後，眾人又討論了一下接下來救災的分工，隨後石振強不爽地看了柳擎宇一眼，立刻宣布散會。

剛剛下臺的韓國慶則緊緊地跟在石振強的身後向外走去，柳擎宇走在石振強身後。

一邊往外走，石振強一邊拍了拍韓國慶的肩膀說道：「老韓啊，不要這麼垂頭喪氣的，不就是丟了一個所長位置嘛，你放心，過不了幾天，我就會運作一下，把你調到其他鄉鎮繼續當你的派出所所長去。跟著我石振強的人，絕對不會吃虧的。」

石振強說話的時候，故意壓低自己的聲音，但是音量的大小卻偏偏又能夠讓後面跟出來的黨委們全都聽得到。

柳擎宇聽到後，眼眉立刻就豎了起來，他聽得出來石振強這是在故意向自己叫板示威呢。他的臉色顯得十分難看。

韓國慶聽了，立刻領悟，得意地回頭看了身後的柳擎宇一眼，對石振強說道：「謝謝石書記關心，我一定會緊緊跟隨著您的腳步的。」

隨後，眾人都向鎮政府大門外走去。由於現在是非常時期，所有黨委們全都被分派了任務，這時候沒有人敢馬虎。大家都想在第一時間趕到負責區域去瞭解一下實際情況。

當眾人來到鎮委鎮政府門口外面的時候，全都為之一愣。因為在鎮政府大門外，一個披頭散髮、渾身髒兮兮的女人，手中抱著一個貼滿了孩童照片的布娃娃，正在來來回回充滿焦慮地走著。

看到這個女人，石振強立刻對鎮委辦主任王東洋說道：「這個女人怎麼又來了，讓派出所過來人把她轟走。」

王東洋接到指示，連忙給鎮派出所打了個電話，命令他們立刻派人來帶走這個女人。

這時，柳擎宇發現原本一直站在石振強身邊的韓國慶看到這個女人後，立時臉色大變，隨後悄悄地向石振強身後走去，並且把腰彎了下來，似乎想要把自己藏起來。

恰在這個時候，那個女人一抬頭看到了韓國慶，臉上露出極度的悲憤之色，張牙舞爪便向韓國慶衝了過去，一邊還歇斯底里地吼道：「韓國慶，你賠我兒子的命來！」

韓國慶一看，立刻繞著鎮政府大院想要跑走，那個女人則一把扔掉手中的布娃娃開始瘋狂的追了起來。

看到這一幕，柳擎宇皺眉問向一旁的辦公室主任洪三金：「這個女人是怎麼回事？」

洪三金低聲說道：「柳鎮長，是這樣的，這個女人是個瘋子，在沒有瘋以前，她天天到鎮政府來上訪，說是韓國慶踹死了她的兒子。」

洪三金剛剛說到這裡，石振強的目光便掃射了過來，洪三金便立刻住口不再往下說了。

這時，在石振強的指揮下，鎮委過去的人已經把那個瘋女人給攔了下來，韓國慶則被那個女人追得氣喘吁吁的蹲在地上喘著粗氣。

離鎮政府不遠的派出所的人也趕了過來，帶隊的正是副所長賈新宇。

賈新宇過來後，看到現場的情況，立刻先讓兩名員警把那個瘋女人從鎮委辦人員手中接過去，然後走過來對石振強和柳擎宇說道：「石書記，柳鎮長，這個女人怎麼處理？」

石振強毫不猶豫地說道：「直接帶到你們派出所看管起來，沒事就不要把她放出來了，淨添亂。」

石振強一說完，柳擎宇立刻問道：「賈新宇，這個女人到底是怎麼回事？為什麼她一看到韓國慶就像發瘋了一般追過去？」

聽到柳擎宇這樣問，石振強立刻目光嚴肅地看向賈新宇。賈新宇的腦門上一下子就冒汗了。

身為關山鎮的老員警，賈新宇自然清楚這個瘋女人身上到底發生了什麼事，更明白這件事鎮委鎮政府以前是怎麼處理的。而且他更清楚，石振強等人是絕不希望這件事情被捅出來，但是現在柳擎宇問了，自己到底是說還是不說呢？

此刻，柳擎宇的目光也落在了賈新宇的臉上。以柳擎宇特種兵的嗅覺，他馬上便意識到這裡面恐怕很有故事。而現在，也是考驗賈新宇黨性和對自己是否真心靠攏的時候了。

汗水順著賈新宇的腦門上劈里啪啦地往下掉，顯示著他的內心壓力很大，正在進行著激烈的鬥爭。

足足過了三十秒的時間，賈新宇做出決定，猛的抬起頭來，目光中帶著幾分堅毅地看向柳擎宇說道：

「柳鎮長，事情經過是這樣的，一年前的一天中午，韓國慶和同事在鎮上飯館吃飯喝酒，出來時，韓國慶喝得醉醺醺的，一不小心撞在這個女人趙二丫的身上，差點把她給撞倒。趙二丫當時正抱著兩歲大的兒子，便埋怨了兩句，沒想到觸怒了韓國慶，韓國慶突然從趙二丫手中搶過趙二丫的兒子，提著孩子的雙腳，腦袋朝下狠狠地把他摔在地上，接連摔了幾次才把孩子丟在地上，隨後揚長離去，孩子在送往醫院的路上便宣告死亡了。

「後來，韓國慶讓人給趙二丫家裡送去五千塊，說這件事到此為止，但是趙二丫不服，便天天到鎮委鎮政府來上訪。這件事後來被壓了下去，還把趙二丫弄到縣裡的精神病醫院住了幾個月，等趙二丫出來的時候人便徹底瘋了，經常帶著貼有兒子照片的布娃娃到鎮委鎮政府門前來晃悠，如果看到韓國慶的話就會發瘋……」

還沒等賈新宇說完，韓國慶就大聲呵斥道：「賈新宇，你胡說八道什麼，我從來沒有做過那件事，這完全是你在胡編亂造！」

石振強也怒視著賈新宇說道：「賈同志，你好歹也是派出所副所長，說話做事要憑良心，講究證據，沒有證據的事不要亂說！」

賈新宇不堪一直被打壓，這時再也忍不下去地說道：「石書記，韓國慶，我已經沉默了整整一年了，當時我不敢說，但是現在我必須要說，就算是你們把我這個副所長的帽子摘了我也要說，否則我良心不安！韓國慶，你太膽大包天了！石書記，您也太偏袒韓國慶了！」

說到這裡，賈新宇拿出自己的手機，從裡面調出了一段視頻遞給柳擎宇說道：

「柳鎮長，您看，這是案發時監視器錄下的視頻，當時是中午，我正在派出所內值班。我看到這一幕後，簡直被氣炸了肺，我以為鎮委鎮政府一定會好好處理這件事的，所以當下沒說什麼，只把這段視頻複製下來存到我的手機上。但是讓我沒想到的是，我去吃晚飯回來再查看監控錄影帶的時候，這段視頻已經被刪除了。後來雖然趙二丫一再上訪，鎮裡就以沒有證據為由，對此事不予處理，讓韓國慶一直逍遙法外。」

柳擎宇看完視頻後，臉色驟變，把手機遞還給賈新宇，隨後邁步向韓國慶走去。

看到柳擎宇走過來，韓國慶嚇得臉色發白，聲音顫抖著說道：「柳鎮長，你要做什麼？」

柳擎宇邁步走到韓國慶身邊，猛的抬起腳揣在韓國慶的小腹上，把他整個人踢得飛出去三米多遠，噗通一聲掉落在地上。

隨後，柳擎宇再一把揪住韓國慶的脖領子把他從地上給揪了起來，左右開弓，一口氣打了二十個大嘴巴，直接把韓國慶的臉打成了豬頭。一邊打，柳擎宇還一邊咬著牙怒聲道：

「韓國慶，你他媽的還算是個人嗎！那可是才兩歲大的孩子啊！是，你是派出所所長，但是**誰給你的權力讓你如此欺壓老百姓？誰給你的權力讓你如此泯滅人性?!是誰給你的權力讓你如此肆無忌憚?!**韓國慶，你就是一個人渣！」

「好了，夠了！柳擎宇，你這是在做什麼！你不要忘了，你可是個鎮長，卻不代表你可以隨意打人？你還有沒有一點黨性和覺悟！」石振強呵斥道。

呵斥完，似乎為了緩解和柳擎宇之間的緊張關係，他又語重心長地說道：

「柳同志啊，你還年輕，前途遠大，做人不能太暴躁了，這對你的前途沒有什麼好處。這件事嘛，可以慢慢解決，不能操之過急；而且就算韓國慶在這件事情上行為有些不當，他畢竟是我們鎮裡的高級幹部，我們培養一個幹部不容易啊，必須要給他改正錯誤的機會，不能一竿子打死嘛！何況韓國慶也給了趙二丫家裡一些金錢補償了嘛。」

柳擎宇聽石振強這樣說，心中的怒火更是升到極點，他走到石振強面前，用手指著石振強的鼻子說道：

「給他改正錯誤的機會？石振強，真虧你想得出來！你是聾子瞎子還是啞巴？這趙二丫都這樣了你沒有看到嗎？那個兩歲大的孩子已經死了你不知道嗎？這一年多來你就沒有關注過這件事嗎？石振強，你這個鎮委書記是幹什麼吃的？一年多來連個屁都沒有放過一個，你認為你合格嗎？如果不是我發現了，如果不是賈新宇同志把這個視頻拿出來，這件事還會被處理嗎？事情的真相是不是會被你們繼續掩蓋下去?!

「鎮派出所的錄影存證到底是誰刪除的？你們的心難道都是鐵鑄的嗎？你們的心中還有一點溫暖嗎？難道就一點人性都沒有了嗎？哈哈，改正？石振強，你還想讓韓國慶怎麼改正？孩子都死了！改正？改正你老母啊！」

柳擎宇越說越氣，又狠狠地踹了韓國慶一腳，然後對石振強說道：

「石書記，我提議這件事由賈新宇同志全權負責，同時上報上級公安部門協同調查。這件事我們務必要調查出個水落石出，要給趙二丫、給全體關山鎮老百姓一個交代！不管任何人，我們絕不允許他把自己的權威凌駕於法律之上，我們**絕不能允許任何人騎在人民的頭上作威作福！**」

柳擎宇又衝著石振強冷笑道：「石書記，您是知道的，我馬上就要去縣裡及市裡籌集救災款，所以這件事我現在肯定是顧不過來了，畢竟全鎮幾萬老百姓都還等著救災款來買米下鍋呢！這件事，書記你看著辦吧，但是我可以明確的告訴你，如果你要是膽敢再徇私舞弊，我就直接把這件事情捅到市裡的媒體上，捅到市紀委和省紀委那兒！法律的公平和正義必須得到維護！告辭！」

說完，柳擎宇對洪三金招了招手，上了他的私家車，直奔縣城而去，留給所有鎮委委員一個強勢囂張的背影！

看著柳擎宇離去的背影，石振強被氣得渾身發抖。這個柳擎宇竟敢當著這麼多人的面向自己叫板，甚至還對自己進行恐嚇威脅，這哪裡有一點身為下屬的自知之明，真是豈有此理。他越想越生氣，臉色也漸漸暗沉得猶如黑鍋底一般。

但是一想到柳擎宇所說的話，他又不得不多幾分顧忌，畢竟這件事如果真的鬧大了，恐怕自己這個鎮委書記也得受到牽連，至少也要落得一個管教不嚴、包庇下屬的罪名，這對他未來的仕途之路是非常要命的。他可是有機會拿下副縣長寶座的，所以絕對不能在這時候出現任何差池。

想到這個，他對柳擎宇更是恨之入骨。

偏偏副所長賈新宇這時出聲問道：「石書記，您看這個案子該如何處理？」賈新宇不問還好，他這一問，正好把石振強滿腔的怒火給勾了出來，順勢對著賈新宇便宣洩出來：「柳擎宇不是說了這件事由你來全權負責的嗎？你自己看著辦吧，出了問題你負責！」說完即轉身離去。

回到辦公室，石振強滿臉的怒氣很快便消失得無影無蹤，相反，倒呈現出一抹興奮狂喜之色。

他拿出手機直接撥通縣長薛文龍的電話：

「縣長，我是關山鎮的小石啊，現在有兩件事要向您彙報。」

此刻，縣長薛文龍正忙得焦頭爛額呢，因為這一次暴雨，尤其是水庫的開閘放水，對下游沿岸村鎮造成了很大的損失。已經有不少市裡和省裡的記者聞風而來，估計災情很快就會被報導出去。

薛文龍正在思考著怎麼樣擺平此事，畢竟出現傷亡，肯定就要有人承擔責任，他不想自己有任何損失，還想著怎樣利用這次機會撈取一些政績，以便等自己把縣委書記夏正德給擠走之後能夠順利上位。他已經盯著縣委書記的位置很久了。

接到石振強打來的電話，薛文龍的語氣並不是十分友善，反而有些煩躁地說道：「小石啊，有什麼事快說，我正煩著呢。」

石振強連忙說道：「縣長，是這樣的，在您的正確指導下，我們關山鎮的抗洪救災工作取得了突出的成績，在這次洪災過程中，我們鎮幹部群眾齊心齊力搶險，關山水庫雖然潰壩，但是由於您的指示及時，領導有方，全鎮居民無一傷亡。」

本來正煩得七竅生煙的薛文龍聽到這番話，就好像吃了一顆冰鎮葡萄一般，從上爽到下，心中一個舒坦啊，因為有了關山鎮這個典型案例，就足以讓自己撈取諸多政績了，到時候只要刻意淡化其他受災的鄉鎮，大力宣傳、渲染關山鎮的搶險成績，那麼自己不僅沒錯，反而功勞大大的啊。

他的困境因為石振強的這番話徹底擺脫了。立刻興奮地說道：

「好，小石啊，你們關山鎮取得的成績是非常突出的，這不僅有縣政府的領導功勞，更是你們鎮委領導層的功勞，這個成績是任何人都無法抹殺的。你放心吧，我這就派考察組下去對你們鎮裡的工作進行考察，等考察組回來，我給你和鎮委好好地慶功，到時候再召開一個表彰大會，我會親自過去給你頒獎，以資表彰。而且這件事情，縣電視臺也會好好的進行宣傳，市電視臺那我也會派人去爭取讓你上一下電視，好讓你的出色表現進入市級領導的眼中。」

石振強聽到薛文龍這樣說，立刻知道縣長已經記住自己的好處了，不過他可不敢吃獨食，連忙說道：「縣長，您太抬舉我了，我們關山鎮所取得的一切成績都是在您的領導下完成的，您才是我們鎮取得成績的首要功臣，我們全體幹部都要向您學習。」

石振強的讚譽之詞令薛文龍非常滿意，笑道：「小石啊，我記得你剛才說有兩件事要向我彙報，這第一件事我已經知道了，第二件事情是什麼？」

提到第二件事情，石振強聲音中立刻多了幾分怒氣，忿忿地道：「石書記，這次我們關山鎮不是受災了嗎？新上任的鎮長柳擎宇同志提議每個鎮委都要籌集資金用來賑災，他自己先承諾了要籌集到六十萬，我也只能承諾要籌集到六十五萬，他現在已經往縣裡去了，應該過不了多久就會去找您了。」

薛文龍是多精明的一個人，石振強這麼一說，他立刻就明白是怎麼回事了，立即沉聲道：「柳擎宇這不是胡亂攤派嘛，怎麼能這樣搞呢！不過呢，念在他也是為了百姓著想，我就不批評他了。只是現在我們縣財政困難啊，恐怕我這裡是幫不到他什麼了。哦，對了，我這縣長基金裡還有一些剩餘，你到時候過來一趟，我再批給你四十五萬！這是對真正認真工作的同志的獎勵。」

「好耶，縣長，真是太感謝您了，我以後一定緊密團結在您的周圍，認真做好一切工作……」石振強馬屁拍得啪啪響。

柳擎宇坐著洪三金的私家車來到縣裡，先直接找到了縣委書記夏正德的辦公室。等了一個多小時後，才輪到他進去。

柳擎宇走進縣委書記辦公室，看到在寬大的辦公桌後面坐著一位五十歲左右的男人，此人中等身材，微微有些發福，看到柳擎宇進來，便抬起頭來笑著看向柳擎宇說道：

「是關山鎮的柳擎宇同志吧，坐吧，小李，給柳擎宇同志倒杯茶來。」

夏正德顯得相當熱情，這讓柳擎宇有些受寵若驚，因為他這是到景林縣以後第一次和縣委書記夏正德見面。

不過柳擎宇也是見多識廣之人，很快便穩住心神道：「夏書記，我這次來主要是向您彙報工作的。」

夏正德聽柳擎宇說要彙報工作，立刻坐直了身體，臉色也變得嚴肅許多，點點頭說：「嗯，什麼情況？」

柳擎宇便把關山鎮的災情說了一遍，就在他準備開口跟夏正德提要錢的時候，夏正德突然插口說道：「柳同志啊，看來你們關山鎮的災情也很嚴重啊，這件事情你跟薛文龍同志彙報過沒有？」

柳擎宇連忙搖搖頭說道：「還沒有呢，我一到縣裡就到您這裡來了，我是打算先跟您彙報一下，聽取您的指示之後再去找薛縣長彙報。」

柳擎宇雖然初入官場，但畢竟也在軍中狼牙大隊鍛煉了好幾年，所以並不缺乏犀利的洞察能力，夏正德一問，他便明白這是在試探自己。而柳擎宇也早就聽說過縣長薛文龍和縣委書記夏正德關係不睦之事。他知道石振強是薛文龍的人，處處針對自己，即便是沒有受到薛文龍的指示，一旦自己和石振強之間產生了矛盾衝突，薛文龍也絕對會偏向石振強的，自己要想在關山鎮甚至是景林縣站穩腳跟，就必須要找一個在上面能夠為自己遮風擋雨的大傘。

很顯然薛文龍是不可能幫他的，雖然他聽說夏正德在縣裡被薛文龍壓得死死的，但是他畢竟是縣委書記，多少還是有一定的發言權的，所以柳擎宇早已盤算好，這時只有站在夏正德這邊才是最佳的選擇。至於是否該真正向夏正德靠攏，他還需要仔細考察一下夏正德的人品和能力，但是這並不妨礙在表面上站在夏正德這一邊。

柳擎宇的分析完全正確，在夏正德得知這次前來拜見自己的人中有柳擎宇的時候就思考過了，柳擎宇是新上任的鎮長，還是軍轉幹過來的，肯定沒有任何派系背景；關山鎮本來是屬於薛文龍的勢力範圍，如果自己能夠把柳擎宇拉攏到自己的陣營，把他作為一枚釘子打入薛文龍的勢力內，這對自己以後逐步掌控景林縣的大權，以及對薛文龍進行反擊有十分重要的戰略作用。所以，夏正德開口就出其不意的試探了柳擎宇一句。

柳擎宇的回答他相當滿意，聽出來柳擎宇有意投靠自己，臉上便露出笑容，點點頭說道：「嗯，很好。柳同志，你們關山鎮災情如此嚴重，你有什麼應對之策嗎？」

柳擎宇沉聲說道：「夏書記，我認為現在關山鎮的當務之急是籌集資金賑災，這次洪災，我們關山鎮老百姓的食品、藥品等物質十分短缺，所以我是來向縣裡求援的，您看能不能給我們批些資金呢？」

本來柳擎宇認為夏正德肯定會猶豫一下，然而讓柳擎宇意外的是，夏正德不僅沒有任何猶豫，反而十分爽快地說：「嗯，這個沒有問題，這樣吧，我先從我的縣委書記基金裡面拿出二十萬來，我這邊再批給你四十萬，你去找薛縣長簽個字，讓縣財政撥給你。你也可以讓薛縣長再撥給你們關山鎮一些。」

說完，夏正德寫了兩個批條交給柳擎宇，隨後便低頭批閱起文件來。

柳擎宇見狀知道自己該告辭了，便說道：「太好了，非常感謝夏書記的大力援助，我代表我們關山鎮老百姓謝謝您了。您先忙，我去薛縣長那裡跑一趟。」

夏正德笑著點點頭，臉上露出一絲高深莫測的笑容。

從夏正德辦公室出來，柳擎宇的腦瓜開始飛快轉動起來，他有一種預感，夏正德這麼痛快給自己批錢的背後，絕沒有表面上看起來那麼簡單。那麼夏正德為什麼要這麼做呢？他有什麼目的呢？

柳擎宇可不是傻瓜，他始終相信一句格言：「**世界上沒有無緣無故的愛，也沒有無緣無故的恨，每一個看似不正常事件的背後，肯定隱藏著非同一般的動機。**」

所以，柳擎宇一邊往縣長辦公室走，一邊分析著其中的玄機。

很快，柳擎宇來到縣長辦公室，被縣長秘書潘紅傑領進了縣長辦公室內。

此刻，薛文龍正在批閱公文，雖然聽到了柳擎宇的腳步聲，卻連頭都沒有抬一下，依然在忙著批閱文件。柳擎宇只能坐在薛文龍對面的椅子上默默地等待著。

而潘紅傑把柳擎宇領進縣長辦公室後，便再也沒有出現過，至於茶水，更是沒有半杯。

時間一分一秒地過去了。薛文龍依然在忙著。不過偶爾他會用眼角的餘光觀察一下柳擎宇的狀態。整整半個小時過去，柳擎宇居然就那樣默默地坐在椅子上，沒有露出任何不耐煩的表情，更沒有顯出焦慮和急躁的情緒。

柳擎宇的表現讓薛文龍十分吃驚，柳擎宇這個小鎮長居然有如此修養，這讓原本對柳擎宇有些輕視之心、想要藉此煎熬一下柳擎宇的薛文龍，不得不放棄這個計畫。

他放下手中的筆，抬起頭來看向柳擎宇說道：「你是哪位？」

柳擎宇表情十分平靜：「薛縣長，我是柳擎宇，之前讓潘秘書通知過您了。」

薛文龍點點頭哦了一聲道：「哦，這樣啊，我太忙給忘了。怎麼，找我有事嗎？」

薛文龍這種態度，令柳擎宇心中多了幾分不滿，只不過他並沒有顯露出來，而是沉聲說道：「薛縣長，這次我們關山鎮洪災損失慘重，老百姓的生活物資十分緊缺，您看縣裡能否撥給我們一些救災款……」

還沒等柳擎宇說完，薛文龍便直接打斷了柳擎宇的話，說道：

「這件事情我知道了，柳同志啊，你該知道，這次洪災全縣受災的可不止你們關山鎮一個地方，還有好多地方都受到了不同程度的災情，我們縣又是一個貧縣，縣裡的財政有限，僧多粥少啊。就在你來我這裡之前，你們鎮委書記石振強同志又打電話從我這裡軟磨硬泡的要走四十五萬救災款，說實在的，這次給你們關山鎮的撥款已經相當於其他鄉鎮的兩倍都多了，柳同志，你要知足啊，如果再給你們胡亂撥款，縣裡的幹部們恐怕連發工資都會成問題了。

「我也知道，你跑資金的目的是為了關山鎮的老百姓好，但是呢，凡事都得有個限度不是，總不能把錢全都撥給你們關山鎮啊，這樣別的鄉鎮也會有意見的。身為縣委領導，我必須要考慮各方平衡不是?!所以柳同志，你還是去別的地方再想想辦法吧，我這裡是真的沒有辦法再支援你了。」

聽到薛文龍這樣說，柳擎宇的臉色難看起來，尤其是薛文龍剛才說石振強要走四十五萬，這分明是故意刺激自己啊，這是在告訴他，自己別想從他這裡撈到半毛錢，只不過話說得十分婉轉而已。

不過柳擎宇是個不服輸的主，他非常瞭解關山鎮的情況，就算石振強再弄去四十五萬，對關山鎮的災情來說也是杯水車薪，根本解決不了多大的問題，所以他乾脆拿出縣委書記夏正德簽字的批條說道：

「薛縣長，這是夏書記的批條，您看您是不是給簽個字，我去縣財政那裡去領一下。薛縣長，說實在的，我們關山鎮老百姓的損失很嚴重啊，現在很多老百姓都在等著米下鍋呢。」

看到柳擎宇居然拿出了夏正德的批條，薛文龍的臉色當即沉了下來，聲音也變得更加冷漠：「柳同志，我已經跟你嚴正地聲明過了，現在縣財政根本就沒有錢了，別說是你拿著夏書記的簽字批條，即便是你拿著市長的簽字批條，縣財政沒有錢，我也沒有辦法給你簽字啊。柳同志，沒事你就先回去吧，等縣財政有錢了，我會讓我秘書通知你的。」

說著，薛文龍便又低下頭批閱起公文來，再也不看柳擎宇一眼。

看到這種情況，柳擎宇終於明白為什麼夏正德這麼痛快的給自己簽字批條了，而且還是兩份，原來夏正德早就料到自己根本不可能從薛文龍這裡拿到錢的，他左手給自己一份從縣委書記基金裡面拿出來的二十萬，向自己示好，表現了拉攏自己的誠意；右手又給了自己一份四十萬的陷阱批示，讓自己到薛文龍這裡來碰壁，兩相對比之下，自己自然會對夏正德充滿感激，同時對薛文龍充滿不滿，這樣一來，便會加速向夏正德靠攏。

想明白這個問題，柳擎宇心中暗道：看來雖然很多人都說夏正德被薛文龍壓制著無法掌控景林縣大局，但是這個夏正德也不是一個簡單的人物，**這種拉攏分化的手段運用的真是爐火純青啊**。

見薛文龍徹底不搭理自己，柳擎宇心知，再耗下去恐怕也沒有什麼收穫，便琢磨著該離開了。

就在這時候，縣府辦主任左明義推門走了進來，手中拿著一份公文來到薛文龍桌前，瞥了柳擎宇一眼，然後把公文放在薛文龍桌上說道：「縣長，這份資料您簽下字吧。」

薛文龍拿起公文看了兩眼，毫不猶豫的在後面刷刷點點簽了字。

本來正準備離開的柳擎宇無意間瞥了一眼那份文件，眼神立刻定格在上面的標題——景林縣公務用車批示單，就在薛文龍簽字那短短的幾十秒時間內，柳擎宇以特種兵特有的速讀本領一目十行的從那份公文上一掃而過，很快便把上面的意思看明白了八、九分。

原來這是縣府辦準備給縣長薛文龍、縣政府辦公室以及縣財政局採購五輛公務車，還有縣長辦公室要裝修一下，添置幾樣新傢俱，這些加在一起差不多要兩百萬左右的樣子。

柳擎宇突然想起來賈新宇曾經告訴過自己，薛文龍有一個最大的愛好就是玩車，而他現在用的那輛汽車可是去年春節才買的啊，沒想到才一年左右的時間，這位縣長大人居然又要換新車。尤其是當柳擎宇看到薛文龍毫不猶豫地在意見欄上簽署「同意」兩個字的時候，柳擎宇的怒火再次爆發出來。

他猛的狠狠一拍薛文龍的桌子，雙手撐在桌上，探著身子怒視著薛文龍說道：

「薛縣長，你太過分了吧！你剛才不是告訴我縣財政上沒有錢嗎？為什麼縣府辦還可以拿出兩百多萬採購汽車和裝修？薛縣長，我非常不理解，在你這個縣長的眼中，到底是你購買汽車著急、裝修辦公室著急，還是對關山鎮、對全縣那些受災的地區進行賑災著急？

「薛縣長，你可知道，僅僅是我們關山鎮有多少家庭因為這次洪災失去了他們的房子和所有的財產，你可知道現在關山鎮有多少人正在忍饑挨餓，等待著縣裡和市裡運輸各種救災物資過去？我不明白，為什麼在這種關係到老百姓生死存亡的緊要關頭，你還有心情去購買公務車，難道老百姓在你眼中連一輛車都不如嗎？薛縣長，你有錢買車裝修卻沒錢賑濟災民，你的黨性何在？你的良心何在？你摸著自己的良心問一問自己，你還配當這個一縣之長嗎？你還算是一名合格的黨員嗎？你的良心被狗給叼走了嗎？」

柳擎宇以極其憤怒的語氣把這番話一股腦的全部問了出來。

隨著柳擎宇的這番怒斥說完，薛文龍的臉已經黑得猶如豬肝一般。他一拍桌子，怒聲道：「柳擎宇，你不過是個小小的鎮長罷了，有什麼資格在這裡指責我！我薛文龍做什麼事還需要你來指手畫腳嗎？你給我滾出去！左明義，把他給我轟出去，以後沒有我的允許，不准他到我辦公室來，一點規矩都沒有的狗東西！」然後用手一指大門，狠狠地瞪著柳擎宇。

薛文龍最後這句粗口是順口而出，平時對下屬進行批評責罵的時候，罵娘也是常有的。不想這句粗口卻是徹底捅了馬蜂窩了。柳擎宇雖然怒斥薛文龍，但是其中沒有一句髒話，因為他最討厭的恰恰是髒話。尤其是薛文龍居然罵他是狗東西，這豈不是連自己的爸媽也給罵了?!這是他絕對不能容忍的。

所以當薛文龍罵完，左明義過來想要把柳擎宇拉出去的時候，柳擎宇突然伸出手來，左右開弓給了薛文龍兩個大嘴巴，直接把薛文龍和左明義給打得呆立當場。

接著，柳擎宇一邊從口袋拿出一張面紙擦拭著手掌，一邊冷冷地說道：「薛文龍，你跟我要什麼心眼我都可以容忍，你不給我們關山鎮撥款我也可以容忍，但是你竟然罵我是狗東西，我絕不能容忍！這兩個嘴巴就是你罵人的代價，不要以為你是縣長就可以為所欲為，在我的面前，沒門！」

被柳擎宇打了兩個大嘴巴，又被柳擎宇嗆聲了幾句後，薛文龍這才緩過神來，嘴巴上傳來的火辣疼痛讓他心中充滿了憤怒，再加上羞辱，他表情猙獰，咬牙切齒地說道：「柳擎宇，你太過分了。你居然敢打我，你還有沒有一點組織紀律？我不會放過你的！」

薛文龍徹底暴怒了，眼神充滿怨恨地望著柳擎宇，他下定決心，一定要想盡一切辦法把柳擎宇從這個鎮長位置給拿下來，要讓他的下場慘不忍睹！他要讓所有景林縣的人知道，得罪了他薛文龍，絕對沒有好下場！**他不允許任何人向自己的權威和尊嚴發出挑釁！**

對薛文龍用這種帶著威脅的語氣和自己說話，柳擎宇並不害怕，作為一個從槍林彈雨中摸爬滾打出來的特種兵，他什麼樣的危險沒有遇到過?!曾經一次有八位國際頂尖殺手聯手追殺自己，照樣被自己給全部幹掉了，對薛文龍這種威脅之語，柳擎宇連嘴角都不會歪一下！

但是這時候，柳擎宇必須要回應薛文龍，讓他知道自己的想法。所以，柳擎宇直視著薛文龍說道：「薛文龍，你聽清楚了，你敢罵我一次，我就敢打你一次！不要拿什麼組織紀律來威脅我，我不怕！因為我柳擎宇行得正，坐得端，絕不會觸犯任何組織紀律，反倒是你，可要小心一點哦，沒準哪天紀委就會找上你了。薛文龍，我鄙視你！」

說完，柳擎宇邁步走了出去。

柳擎宇走之後好幾分鐘，左明義這才像醒過神來，吼道：「柳擎宇，你太過分，太沒有規矩了。」說完又對薛文龍說道：「縣長，要不要下一份公文，就柳擎宇打您的事給他來個處分？」

薛文龍怒道：「混蛋，你還嫌我被打不夠丟人嗎？還下文件！」

罵完左明義，薛文龍憋著的怒火稍微宣洩了些，隨後對左明義說道：「老左，你回去好好琢磨琢磨，看怎麼找機會給柳擎宇穿點小鞋，直接把他給拿下，哼，敢打我？我讓他直接下十八層地獄！」

柳擎宇並不知道薛文龍在背後已經打起了他的主意，因為此刻，他的心早就把打薛文龍的事放在一邊了，現在的他滿心焦慮，畢竟關山鎮三萬多老百姓還等著資金救災呢！

所以，從縣長辦公室出來後，柳擎宇沒有任何的停留，直接對洪三金說道：「去市裡。」

洪三金一愣：「去市裡？鎮長，市裡您有認識的人嗎？」

柳擎宇搖搖頭。

「沒有認識的人就去，恐怕很難有所收穫啊，以前石書記和老鎮長也曾經嘗試過去市裡弄點資金下來，但是從來沒有誰成功過，甚至連市裡主管領導的面都沒有見到！」

洪三金現在真的是有些頭疼了，在他看來，柳擎宇就是個愣頭青，但是他又不敢得罪他，只能硬著頭皮委婉地提出自己的建議。

柳擎宇苦笑著說道：「你說的情形我也清楚啊，但是，在縣裡我一共就從夏書記那裡弄到了二十萬，距離關山鎮實際救災所需的資金差得太多了，不管成功不成功，我都得試試，身為關山鎮鎮長，我必須想盡一切辦法把問題解決，我老爸常跟我說，**當官不為民做主，不如回家種紅薯！**」

柳擎宇的目光越發堅毅起來。

就在柳擎宇乘車前往蒼山市的時候，石振強已經得知柳擎宇在縣裡吃癟的消息，立刻幸災樂禍的給柳擎宇打電話道：

「柳鎮長，你在縣裡弄到多少錢？要不要我讓鎮財政所的張宏軒同志到縣財政去辦理相關的手續，順便把薛縣長撥給我們的四十五萬一起辦過來。」

石振強這是在故意擠兌柳擎宇，他想要通過這種方式告訴柳擎宇，和老子鬥，你還嫩了點！

柳擎宇自然明白石振強是在故意看自己的笑話，只是淡淡地說道：「哦，你看著辦吧，我只從夏書記那邊弄到了二十萬，正在趕往市裡，準備去跑一跑，看看能不能從市裡弄到一些資金。」

石振強呵呵笑了起來：「嗯，好，柳鎮長，你的幹勁我很欣賞啊，你好好去跑吧，鎮裡的一切有我主持，不會出現任何問題的。等你回來的時候，我一定動員全鎮黨委委員們一起去迎接你，相信你一定會從市裡給我們關山鎮帶來驚喜的。」說完，便掛斷了電話。

他最後一句話，更是直接對柳擎宇採取了捧殺戰術，如果柳擎宇到時候沒從市裡拿到錢，他還是會組織人員去迎接柳擎宇的，他就是要好好地羞辱一下柳擎宇，讓柳擎宇的威信徹底掃地。

掛斷電話後，柳擎宇苦笑了一下，他心中清楚，石振強早就和薛文龍一起，把自己看成眼中釘肉中刺了，會想盡一切辦法打擊自己。不過對他來說，一切都無所謂，他現在只想在鎮長這個位置上好好的為老百姓多做一些實事，至於仕途和前途，他並不是特別看重。

電話剛剛掛斷不到一分鐘，手機鈴聲便再次響了起來，柳擎宇不由得一皺眉頭，心說：石振強，你不會沒完沒了了吧？

不過等柳擎宇拿出手機來一看，臉上馬上露出了十分燦爛的笑容。因為這個電話是蒼山市的一個朋友打過來的，這位朋友名叫蘇洛雪，是個超級大美女。

她是蒼山市第一軍醫院的護士。柳擎宇一年前在執行一次秘密抓捕國際間諜的任務時，一不小心中了對方的圈套，被對方埋伏的伏兵給打傷了，好在在危機時刻，他的援兵及時趕到，將對方全部消滅，他則被送到第一軍醫院進行治療。

柳擎宇在醫院待了整整兩個多月，一直都是蘇洛雪這個美女護士在照顧她。兩人的關係也直線攀升，成為無話不談的好朋友，後來柳擎宇出院時，給蘇洛雪留下了自己的電話，以便於兩人保持聯繫。

兩人每隔一兩個月便會通個電話，大部分都是蘇洛雪在聊她的工作和心情上的喜怒哀樂，柳擎宇則充當一個很好的聽眾。

其實，柳擎宇心中也很明白蘇洛雪對自己有點意思，但問題是他對蘇洛雪只有朋友之誼，並沒有男女之情，所以柳擎宇一直十分謹慎地保持著和蘇洛雪間的距離。不過對兩人的友誼，柳擎宇還是很珍惜的。

柳擎宇笑道：「蘇大美女，找本帥哥有啥事啊？」

蘇洛雪哼了聲：「哼，帥哥，我看你是『帥鍋』還差不多。喂，聽說你轉業到了我們蒼山市關山鎮當了鎮長，擔心你忙，一直沒有打擾你，不過最近本美女遇到一件十分頭疼的事，想要你幫忙，你最近有空嗎？到我們蒼山市來一趟吧。」

美女的邀請，柳擎宇沒有拒絕的理由，更何況蘇洛雪曾經細心照顧了自己整整兩個多月，柳擎宇便笑著說：「你還真是趕巧時機了，我現在正在趕往蒼山市的路上，估計下午五點多就到了。我明天要去市政府辦事去。」

蘇洛雪一聽，笑得更加甜美了，嬌聲說道：「哎呀，你真是我的大救星啊，今天晚上我有一劫，需要你來幫我化解。」

柳擎宇一愣，問道：「什麼事啊，這麼著急？」

蘇洛雪無奈道：「本美女不是已經廿四歲了嘛，我爸媽總是擔心我嫁不出去，所以老給我介紹對象。這次介紹的對象是和我一起長大的男孩，那傢伙就是一個花花公子，我超討厭他，但是我父母非得讓我見見他，我想帶你一起去見我父母，就說你是我的男朋友，讓那個男人死了這條心，這樣一來，有你當我的擋箭牌，我父母也就不會催著我趕快嫁人了。怎麼樣，能幫本美女一次忙嗎？」

柳擎宇一聽是這麼件小事，立即爽快回道：「沒問題，不過是當一次擋箭牌嘛，小菜一碟，正好今天晚上我也沒有什麼事，就幫你搞定這事。」

然而，柳擎宇卻絕對不會想到，在他看來只是小菜一碟的幫忙，卻給他惹下了天大的敵人，惹來了很多的麻煩。

第四章

攀龍附鳳

柳擎宇的表情十分平淡，只是淡淡地點點頭，沒有多說一句話。鄒文超的臉色有些難看起來，他看柳擎宇如此淡定，很有可能是早就知道了蘇浩東的身分，如果真是這樣，那就是打算攀龍附鳳了，這讓他心中立刻不爽起來。

柳擎宇和洪三金來到蒼山市後，蘇洛雪陪他們一起吃了頓晚飯，吃完之後，柳擎宇讓洪三金先回賓館安頓，他則陪著蘇洛雪來到蘇家。

當柳擎宇看到蘇家所在的社區大門口居然有武警站崗的時候，不禁愣了一下，好在他也見多了這種情況，當時也就沒怎麼在意。

蘇家的房子是座兩層樓的別墅，當走到別墅大門口的時候，蘇洛雪便伸出手挽住了柳擎宇的胳膊，隨即按響了門鈴。

很快的，一個保姆走了過來打開門，蘇洛雪挽著柳擎宇的胳膊走進了客廳。

客廳裡，蘇洛雪的父親蘇浩東正在和一個年輕人聊天，兩人似乎聊得十分開心，不時的發出一陣陣笑聲。

當蘇洛雪挽著柳擎宇的胳膊走進客廳時，蘇浩東和他旁邊的年輕人都看了過來，因為對他們而言，今晚的主角是蘇洛雪。但是誰也沒有想到，蘇洛雪竟然挽著一個帥氣高大的男人走進客廳，氣氛一下子變得凝結起來。

蘇洛雪並沒有告訴柳擎宇，他的父親蘇浩東的身分是蒼山市的副市長，到他家來提親的這個男人叫鄒文超，是市委副書記鄒海鵬的獨生子。

其實，就連蘇洛雪都不知道，蘇浩東之所以極力撮合蘇洛雪與鄒文超，是因為蘇浩東現在正積極活動準備進入蒼山市常委會，他的競爭對手都十分強勢或者有背景，而他唯一能夠拉得上關係的，只有市委副書記鄒海鵬，因為他們曾經是黨校同學。

但是要想爭取入常委會，僅僅有這層關係肯定是不夠的，恰巧鄒文超從小和蘇洛雪一起長大，十分喜歡蘇洛雪，所以為了自己的前程，對撮合蘇洛雪與鄒文超結婚，蘇浩東十分的上心。但是，蘇浩東卻沒料到他精心準備的相親會上，蘇洛雪竟然把柳擎宇帶了回來。

蘇浩東和鄒文超的臉色此刻都顯得有些尷尬。

蘇洛雪笑著打招呼道：「爸，我給你介紹一下，這位是我的男朋友柳擎宇。」說著，又對柳擎宇說道：「柳哥哥，我給你介紹一下，他就是我爸，他身邊這位是我們一個大院住的，叫鄒文超。」

柳擎宇早就看出來，自從自己進屋後，蘇洛雪的老爸和鄒文超看向自己的眼神中便充滿了敵意，雖然蘇洛雪的老爸掩飾得十分到位，但是又怎麼瞞得過久經沙場的柳擎宇呢。

不過為了蘇洛雪的面子，柳擎宇當作什麼都沒有看見，笑著向蘇浩東伸出手說道：「伯父您好，我是柳擎宇。」

蘇浩東只是輕輕的和柳擎宇的手碰一下便伸了回來，對柳擎宇的輕視之意表露無遺。柳擎宇的眉毛一挑，心中忍耐著，畢竟這是來給蘇洛雪幫忙的，不能壞了她的事。

柳擎宇收回手，並沒有伸向鄒文超，只是朝他輕輕點頭示意，隨即便默默地站在那裡，不再說話。

而鄒文超身為市委副書記的兒子，對柳擎宇這樣一個不知道從哪裡蹦出來的傢伙自然看不上眼，對柳擎宇的示意就好像沒有看到一樣，直接端起桌上的水輕輕喝了一口。

蘇浩東心中對女兒十分不滿，竟隨便帶男人回來，這讓他感到很沒有面子。一旦失去市委副書記鄒海鵬的支持，恐怕自己進入蒼山市常委會的計畫就要落空了。**官場上，一步落後，步步落後**，尤其是這次和自己競爭常委副市長的還是自己的對頭冤家，如果讓對方成功的話，那以後自己的日子可就不好過了。

氣氛再次凝重起來。

為了破除眼前的尷尬氣氛，蘇浩東看向蘇洛雪說：「洛雪啊，你進屋和你媽聊會兒，我和小柳聊聊。」

蘇洛雪知道老爸在家一向說一不二，只能用充滿希望的眼神看了柳擎宇一眼，隨後便離開了客廳。

等蘇洛雪離開後，蘇浩東冷冷地看了柳擎宇一眼，沒有說話，氣氛很沉悶，鄒文超自然知道蘇浩東這是在給柳擎宇臉色看，於是也不說話。

這時，蘇浩東用帶有深意的眼神看了鄒文超一眼，又用眼神瞥了一眼柳擎宇。

鄒文超見狀大喜，身為官場中人，外加市委副書記的兒子，察言觀色的本領自然十分高明，蘇浩東雖然一句話都沒有說，但是鄒文超卻看明白了蘇浩東眼中的意思，於是便笑著看向柳擎宇說道：

「小柳，你在哪裡高就啊？」

說話間，一股居高臨下的氣勢便散發出來。

柳擎宇淡淡一笑：「我就是一個剛剛軍轉幹的小公務員，在景林縣工作。」

聽柳擎宇這樣說，鄒文超臉上的表情更加高傲了，他可是副處級，柳擎宇這麼年輕頂多是個股級就不錯了，所以他帶著幾分得意的神色說道：「哦，原來就是個小公務員啊，小柳，你知道蘇伯伯是做什麼的嗎？」

柳擎宇搖搖頭：「洛雪沒有告訴過我。」

鄒文超一聽，心中更加高興了，立刻用帶著幾分嚴肅的語氣說道：「小柳，我告訴你，蘇伯伯可是身為副市長，而且很可能過一陣子就會進入常委會。小柳，我必須好好問問你，你是不是真的喜歡洛雪？」

鄒文超心想，只要點出蘇浩東的身分，恐怕柳擎宇馬上就嚇傻了，應該會知難而退了。然而，出乎鄒文超意料的是，柳擎宇的表情十分平淡，只是淡淡地點點頭，沒有多說一句話。

鄒文超的臉色有些難看起來，他看柳擎宇如此淡定，很有可能是早就知道了蘇浩東的身分，如果真是這樣，那就是打算攀龍附鳳了，這讓他心中立刻不爽起來。眼珠轉了轉，轉頭看向蘇浩東說道：

「蘇伯伯，我認為以洛雪的條件和樣貌，絕對屬於天之驕女，像她這樣優秀的女孩必須要找一個和她門當戶對的男人才能讓她不受委屈。對於那些想要攀龍附鳳之人必須要小心防範啊，這年頭總有些渣男想要通過攀龍附鳳獲得晉升，這樣的人是不可能讓洛雪獲得幸福的。」

蘇浩東聽了並沒有說話，只是用手指輕輕叩擊著茶几。他不說話是為了顧及女兒的面子，但是他的表情卻表現出自己對柳擎宇並不中意。

鄒文超為了繼續打擊柳擎宇，讓他知難而退，便繼續衝著柳擎宇說道：

「小柳，不是我說你啊，你的條件真的配不上洛雪，我看為了洛雪的幸福，你還是放棄了吧。就算是像我這樣的天之驕子想要追求洛雪，也得經過重重考驗才行，你恐怕連第一關都過不了吧。」

柳擎宇很想狠狠地揍鄒文超一頓，這哥們兒也太裝腔作勢了，明明是他想要追求蘇洛雪，卻把別人貶得很低，使勁地抬高自己，他淡淡說道：

「現在已經不是過去那種封建時代了，講的是自由戀愛，洛雪到底選擇誰應該由她自己來決定，任何人都不能代替她。據我所知，鄒公子，聽說你有狩獵美女的習慣啊，和另外三個衙內（**編按：指官僚子弟**）並稱為蒼城四少，倒在你身下的美女無數，恐怕你也不太符合洛雪的標準吧。」

「好了，我有些累了。小柳，今天我就不留你了，我和文超還有一些工作上的事需要談一談，就讓他替我送送你吧。」說完，蘇浩東仰面靠在沙發上，閉起了眼睛。

鄒文超笑著說道：「小柳，不好意思啊，蘇市長太忙了，就不留你了，請吧。」

事情發展到這裡，柳擎宇已經完全看明白了，蘇浩東早就看上了鄒文超，在這件事情上自己能夠幫助蘇洛雪的，也只有這麼多了。

這時，蘇洛雪滿臉悲色的從裡屋走出來，剛才她已經聽母親說了，父親要競爭常委，只有自己和鄒文超聯姻，鄒文超老爸才有可能幫助自己的父親，所以她雖然愛著柳擎宇，卻不能拒絕和鄒家聯姻，此刻，她的內心十分矛盾。

看到柳擎宇站起身來要走，她充滿歉意地對柳擎宇說道：「柳哥哥，我也一起送你。」

這一次蘇浩東沒有說話。看著蘇洛雪和鄒文超兩人把柳擎宇送到門外。

走到門外，蘇洛雪把柳擎宇拉到一邊，聲音哽咽著說道：「柳哥哥，對不起，讓你受委屈了。」

柳擎宇理解地說道：「我沒有什麼，倒是你……」

蘇洛雪淒然一笑：「身為官場家族的女兒，這是我的宿命，不過我不會輕易讓鄒文超得逞的。」

柳擎宇只好道：「如果你真的不想跟他，可以來找我，我幫你。」

蘇洛雪點點頭。

此刻，鄒文超看到柳擎宇和蘇洛雪聊得投機，不禁十分妒忌，立刻把自己的司機喊了過來，用手指了指柳擎宇，對司機叮囑了幾句。司機聽完，立刻雙眼充滿殺氣地看了柳擎宇一眼，然後拿出手機開始撥打電話。

由於蘇家距離柳擎宇所住的酒店並不遠，所以和蘇洛雪分開後，柳擎宇並沒有搭車，也沒有給洪三金打電話讓他過來接自己，自己步行向酒店走去。

邊走，柳擎宇邊思考著明天自己去市裡應該怎麼爭取經費，也一邊思考著今天在蘇家所發生的事。

走著走著，柳擎宇便來到一條僻靜的街道上，就在他低頭想事的時候，突然一陣陣摩托車的轟鳴聲猛的響起。

柳擎宇循聲望去，就見身後出現了七八輛摩托車，每輛摩托車上坐著兩個人，一個人騎車，另一個人手上則拎著一根粗大的棒球棍，向著自己瘋狂衝來。

與此同時，在街道的另一側，有兩輛轎車停在那裡，堵住了出口。

看到這種情況，柳擎宇嘴角露出一絲冷笑，十分淡定地望著疾馳而來的摩托車。

當第一輛摩托車距離柳擎宇還有不到兩米左右的距離時，後面的騎手已經掄起棒球棍朝著柳擎宇的腦袋狠狠地砸了下來。

然而，讓這個騎手沒有想到的一幕發生了，只見柳擎宇微微一側身便閃開了棍子，隨後右手閃電探出，一把抓住棍子的中段，再一用力，整個棍子便到了柳擎宇的手中。

柳擎宇手持棒球棍，向迎面而來的第二輛摩托車衝了過去，在距離那輛摩托車還有六米的時候，向右一拐，雙腳蹬在街邊牆上，整個身體騰空而起，手中棍子直接向迎面而來的騎手的脖子狠狠地砸了下去。

隨後，柳擎宇如法炮製，不到三分鐘，幾輛摩托車便因騎手被柳擎宇打暈，摩托車失控，全都摔倒在路邊。很快，幾個在摩托車後面的騎手立即站起身彙聚起來，掄著球棒朝柳擎宇再次衝了過來。

這些人平時戰無不勝，但是他們今天面對的卻是出身特戰大隊隊長的柳擎宇，這就註定了他們的悲劇。不到十秒鐘的時間，幾個挑釁的地痞便被柳擎宇全部放翻在地。

搞定他們後，柳擎宇沒有停留，仍然沿著既定的路線繼續前進，因為柳擎宇看到在前面堵住道路的兩輛車中，其中一輛在自己離開蘇家時便不緊不慢地跟在身後。

柳擎宇記得，鄒文超曾經和那輛車上的司機談過話。那麼這些人應該和鄒文超有著密切的聯繫。柳擎宇最討厭的就是別人陰自己，所以他打算把這輛車上的司機揪出來，好好地「聊聊」。

路口處那輛轎車內，司機看到自己找來的打手居然全都被柳擎宇給放倒了，柳擎宇又向自己走來，立刻意識到情況有些不妙，連忙發動車子準備逃跑。

如果不出什麼意外的話，以柳擎宇和車子的距離，他絕對可以安全逃走的，但就在這時候，一輛紅色法拉利跑車突然停在他車子的後面，直接擋住了他的後退之路，同時，法拉利車門一開，一雙穿著高跟鞋、修長筆直的玉腿從車上邁了出來。隨後，車門打開，一個穿著超短裙、粉紅色背心、樣貌極其清純的女孩從裡面鑽了出來。

這個女孩看起來只有十七八歲的年紀，一頭馬尾隨意披散在腦後，清純得猶如雪山頂上小白花一般的俏臉上，一雙大眼睛十分靈動地轉了轉，她飛快地掃視了一下前方的情況，隨後一彎腰，從車內飛快地拎出一個神秘的物體。

這時候，鄒文超的司機看到法拉利堵住去路，不敢再開車，連忙打開車門下車，想要奪路而逃。

他剛從這個女孩身邊跑過去，就感覺到腦後惡風不善，隨後便感覺後背一陣劇痛，腳下一滑，整個人噗通一聲栽倒在地上。

他掙扎著想要爬起來繼續跑，然而，一隻鋒利的高跟鞋突然踩在他的後背上，同時一根粉紅色的棍子在他的腦袋上敲了敲，隨後一個猶如黃鶯出谷般好聽卻帶著幾分殺氣的聲音在他耳邊響起：「孫子，不要亂動，否則姑奶奶我的悶棍可是不長眼的。」

司機嚇得一動不敢動，知道自己被人給偷襲了，只是他怎麼也想不明白，那個美女偷襲自己做什麼。

柳擎宇邁步走出街口，便看到那個司機趴在地上，在他身邊，一個美女的一隻腳正踩在他的後背上。

在這個美女的右手上，拿著一根長約一米左右，通體粉紅色的棍子，形狀和棒球棍差不多，在這根粉紅色棍子的中間，刻著三個龍飛鳳舞的大字——悶棍女！

這三個字，柳擎宇實在是太熟悉了，因為這三個字就是柳擎宇親自刻上去的。自然，拿著棍子的美女柳擎宇更不陌生，這個美女正是在北京市幾乎秒殺所有男性衙內、專門擅長背後打人悶棍、看似清純實則下手極黑、人稱「悶棍小魔女」的韓香怡。

看到韓香怡居然出現在這裡，柳擎宇的頭一下有兩個大。

韓香怡抬起頭來，露出一副清純無比的笑容，嬌聲說道：「柳哥哥，這個傢伙太壞了，偷襲你後居然還想跑，被我給打了一記悶棍。你可要給我獎勵哦。」

聽到韓香怡要獎勵，柳擎宇的頭就更大了，不過眼前先盡快搞清楚鄒文超這個司機找自己麻煩的真正動機才是真的，所以，他只衝著韓香怡微微點頭笑了笑，隨後便來到司機近前，冷冷地問道：「是誰指使你來的？」

司機不說話，想要來個死不認帳。

這時，就聽韓香怡嘿嘿笑道：「柳哥哥，要不我用高跟鞋先踩爆他的卵蛋吧，那樣他就會說了。」

接著，韓香怡毫不猶豫的便把腳抬了起來，向著司機的兩腿之間踩了過去。

司機嚇了一大跳，連忙大叫道：「別踩別踩，我說，我說，是鄒文超讓我來的。」

「他為什麼要讓你來？讓你來幹什麼？」柳擎宇問。

「他只說讓我找人好好的收拾你一頓，別打死就成。」司機為了保住自己的命根子，立即招了。

柳擎宇聽完，雙眼閃出兩道寒光道：「好，既然你都說了，我也不為難你這個小嘍囉，你現在立刻給鄒文超打電話。」

司機連忙爬起身來，撥通了鄒文超的電話，隨後把手機遞給柳擎宇。

就聽鄒文超的聲音從電話裡傳了出來：「老王啊，柳擎宇收拾完了嗎？他傷得怎麼樣？」

柳擎宇冷冷說道：「鄒文超，不好意思啊，恐怕要讓你失望了，我一點事都沒有，反倒是你的司機和他所找的人全都被我給擺平了。這件事情我記下來了，你記住，今天我所遭遇到的一切，早晚有一天我會讓你付出代價的。」

鄒文超此刻已經從蘇家出來，回到了自己家中，所以沒有任何顧忌，陰笑著說道：「柳擎宇，你囂張個屁啊，我告訴你，你的身分我已經調查清楚了，你不過是關山鎮的一個小鎮長而已。我老子是市委副書記，而我的級別是副處級，也比你高一級，想要收拾你就跟踩死一隻螞蟻一樣！你記下來又能怎麼樣，你等著，老子我早晚玩死你！」說完，便掛了電話。

韓香怡在旁邊聽到鄒文超居然敢這樣跟柳擎宇說話，當即柳眉倒豎，杏眼圓睜，憤怒地看著柳擎宇說道：「柳哥哥，要不要我們現在就找上門去，好好的收拾這王八蛋一頓！奶奶的，一個市委副書記的兒子就敢跟你叫板，妹妹我直接用棍子敲爛他的老二！」

聽韓香怡這樣說，柳擎宇又是一陣暴汗，這小魔女都快十八歲了，說話依然這麼彪悍大膽，和以前沒有什麼兩樣。他連忙說道：

「香怡啊，注意形象，注意形象啊，怎麼說你也是個美女是不是，動不動就敲爛人家老二，踩爆人家卵蛋，這可是有失淑女形象啊！等你長大了還有誰敢娶你啊！」

韓香怡咯咯一笑，柳眉笑成了月牙，露出兩顆小虎牙來：「我誰也不嫁，就嫁給你，柳哥哥，我可是記得很清楚啊，我四歲那年你親口跟我說過，你說我很可愛，而且那時候你還幫我洗澡……」

說到這裡，韓香怡粉臉上立即浮現一抹紅雲，羞澀地說道：「柳哥哥，人家全身都被你給看光了，你不娶我誰娶我啊。」

柳擎宇聽了，頭再次變大，這小丫頭天天往自己這兒跑，理由就是小時候她被看光了，要讓自己負責。天知道那時候她才四歲呢！沒想到這個丫頭居然把這件事記得如此清楚。

柳擎宇天不怕地不怕，就怕韓香怡這個小魔女，因為這小丫頭整人的手段之多，讓柳擎宇十分傷腦筋。

柳擎宇連忙轉換話題說道：「香怡啊，你怎麼突然出現在這裡？這應該不是什麼巧合吧？」

韓香怡嫣然一笑，如萬朵桃花盛開：「柳哥哥，你忘啦，有一次我不是玩你的手機嘛，那時我在你的手機裡下載了一個程式，從那之後我就可以隨時知道你在哪裡了。這次聽說你軍轉幹了，你居然沒有通知我和淑慧姐姐，所以我代表淑慧姐姐來找你興師問罪了，曹姐姐說她有時間也會親自過來找你好好談談的。」

聽韓香怡提到曹淑慧，柳擎宇的頭就好像被人狠狠地砸了一下一般，如果說韓香怡這個小美女算是一個小魔女的話，那曹淑慧——這個韓香怡的好姐妹就絕對是個超級無敵大魔女了。這女孩不僅背景強悍無匹，人也長得美豔絕倫，即便是古代沉魚落雁、閉月羞花四大美女同時復活，恐怕也不敢和曹淑慧比拼美貌。

而且曹淑慧極其聰明，在父母和長輩面前總是擺出一副乖乖女的樣子，可謂人見人愛，花見花開，但是到了外面，這女孩卻簡直就是精靈古怪的代名詞，各種整人、戲弄人的手段之多讓人應接不暇。偏偏每次她整人總是能找到很多理由，讓被整之人有苦難言，再加上曹淑慧的背景，也沒有人敢找她的麻煩。

真正讓柳擎宇頭疼的是，曹淑慧和柳擎宇可謂是青梅竹馬，從小，曹淑慧便成了柳擎宇的跟屁蟲，後來柳擎宇上了大學，曹淑慧更是如魚得水，天天往柳擎宇的學校跑，凡是靠近柳擎宇的女孩幾乎全都被曹淑慧用各種辦法給整走了，這讓柳擎宇鬱悶無比。但在柳擎宇面前，曹淑慧偏偏又溫柔無比，讓柳擎宇想發飆都發不出來。

柳擎宇的老家在北京，軍轉幹之後，他毫不猶豫地選擇遠離北京來到白雲省，也就是想要躲開曹淑慧的糾纏，所以柳擎宇根本沒有通知曹淑慧，沒想到這個消息還是走漏了。

不過柳擎宇知道既然躲不開了，只能勇敢面對，於是看著韓香怡說道：「香怡，我這邊很忙，可沒時間陪你玩啊。」

韓香怡笑著摟住柳擎宇的脖子說道：「柳哥哥，這個你不用擔心，你辦你該辦的事，我就在酒店等你，淑慧姐姐說了，讓我監督看看你的房間裡有沒有別的美女，如果發現的話，立刻通知她，她會從北京跑過來查房的。」

柳擎宇腦門上的汗直往下掉，苦笑道：「香怡，我現在可是國家幹部，怎麼可能會金屋藏嬌呢，絕對不會出現這種事的，你如果沒有別的事就趕快回去吧，要不韓叔叔會著急的。」

韓香怡眼中露出得意之色說道：「嘿嘿，柳哥哥，這一點你儘管放心，來之前我已經跟我老爸說過了，他完全同意我過來看你。」

柳擎宇徹底無語，只能帶著韓香怡回酒店，給她在酒店又開了一個房間住下。不過當天晚上，韓香怡還是按響了柳擎宇房間的門鈴，過來後，發現的確沒金屋藏嬌後，便毫不猶豫的像小時候一樣，爬上了柳擎宇的床不肯出去了。無奈之下，柳擎宇只能學柳下惠坐懷不亂，抱著韓香怡睡了一晚。

早晨起來的時候，柳擎宇的眼圈黑黑的，精神有些不濟。

畢竟韓香怡已經不再是小女孩了，她的腿又長又白，胸部更是發育得極好，偏偏睡覺時就只穿一件小T恤，又愛鑽到自己懷裡，而且這小丫頭身上不需噴灑任何香水，便會散發出一種迷人的體香，讓人陶醉。所以，這一夜柳擎宇難免浮想聯翩，因而徹底失眠，直到凌晨四點多才迷迷糊糊地睡去。

上午八點半，柳擎宇準時來到市政府，走過相關程序後，來到主管水利和民政的蘇副市長的辦公室外面排隊等候起來。

到了下午四點半左右，終於輪到柳擎宇了。

柳擎宇被秘書直接帶進副市長的辦公室內。此刻，柳擎宇只知道副市長名叫蘇浩東，並沒有多想。等他坐在蘇浩東對面看向對方的時候，一下子呆住了。因為他怎麼也沒有想到，自己要找的蘇副市長赫然就是蘇洛雪的爸爸！

此刻，蘇浩東看到柳擎宇的時候也是一愣。蘇浩東之所以同意會見，是因為他聽秘書說這個柳鎮長青年才俊，大概是整個蒼山市最年輕的幹部，他十分好奇，所以想要見一見，沒想到秘書口中的人，竟然是昨晚女兒帶回來的柳擎宇。

雙方經過一陣錯愕後，很快便調整好心態，蘇浩東淡淡地看了柳擎宇一眼說道：「柳同志，你到我這裡來所為何事？」

柳擎宇知道自己的事肯定是凶多吉少，不過為了關山鎮的老百姓，此刻也只能硬著頭皮說道：「蘇市長您好，我是關山鎮的鎮長，這次找您是因為我們關山鎮在這次暴雨中受災十分嚴重，所以想請您批一些資金用於賑災。」

說著，柳擎宇把早已準備好的一份資料放在蘇浩東的桌上。

蘇浩東看都沒有看，便沉聲道：「柳同志，你為老百姓著想的想法我是認可的，但是呢，在辦事流程上你做得不對啊，按照流程，你想申請資金的話只能去找你們縣裡，你到我這裡來屬於**越級上報**，這**在官場上可是大忌**，看在你年輕不懂事的面子上，我就什麼也不說了，你還是帶著資料去縣裡吧。小陳，送客。」說著，蘇浩東端起茶杯來喝了口茶。

看到蘇浩東這種樣子，柳擎宇只能滿臉苦澀地離開蘇浩東的辦公室。

回到酒店，柳擎宇陷入了沉思中。現在到市裡求援第一步就碰壁，可以說已經是山窮水盡了，除非自己再去找市長，甚至是市委書記去試一下，但是以自己的級別能夠見到他們嗎？可是如果現在就回去的話，他又不甘心，也不能那樣做，因為三萬多個災民都等著賑災款救急呢。

柳擎宇咬著牙，告訴自己道：「不行，我不能回去，就算明天在市長那裡碰壁，我也得去試一試，只要還有一線希望就絕對不能放棄。為了關山鎮的老百姓，面子什麼的都不重要了。」

小魔女韓香怡看到柳擎宇眉頭緊鎖的樣子，便知道柳擎宇遇到困難了，便笑著說道：「柳哥哥，咱們一起出去喝酒吧，喝完酒睡一覺，就啥事都過去了。」

柳擎宇想了想：「好吧，不過咱們必須要約法三章。」

韓香怡連忙用一雙水靈靈的大眼睛充滿無辜地看著柳擎宇，嬌滴滴地說：「好嘛，柳哥哥，你說吧，其實人家很乖的，不需要約法三章啦。」

柳擎宇把頭搖得撥浪鼓一般：「少來，以前每次帶著你上街你肯定惹事，誰知道這一次會不會故態復萌，咱們還是約法三章的好。第一，不許惹事，第二，不許惹事，第三，還是不許惹事，能做到嗎？」

韓香怡連忙點頭說道：「好，沒有問題。」

柳擎宇這才說道：「好，那我們出發，吃燒烤去。」說著，站起身來向外走去。

在柳擎宇身後，韓香怡雙眼中充滿了興奮和調皮，心中暗道：「柳哥哥啊，我不惹事不代表別人不惹我，哼，姑奶奶我悶棍隨身攜帶，看誰敢惹我，抄起來就是一悶棍。」

可憐的柳擎宇還不知道，身後這位小魔女骨子裡便充滿了惹禍的細胞，想要讓她不惹事，約法三章又怎麼能管用呢！

柳擎宇帶著韓香怡走出酒店，向東走一百多米，過了一個路口，向西一拐，便到了蒼山市著名的餐飲一條街上。

在這條名為時光街的街道兩側，各種飯店、菜館一家挨著一家，燒烤攤也相當多。現在正值七月，吃烤串、喝啤酒是男人們的最愛。尤其是這條時光街，不管是官二代、富二代還是蒼山市的幹部、明星們，都喜歡到這裡來淘點特色小吃過把癮。

兩人找了一家人氣火爆的燒烤攤臨街處的桌子坐了下來，要了一桶生啤酒、幾串烤肉，一邊聊天一邊喝了起來。

韓香怡雖然才十七歲，但是喝酒的本領卻是青出於藍而勝於藍，和柳擎宇就那樣一對一地碰杯喝著，一點事都沒有，唯一的變化就是她那原本白皙滑膩的俏臉變得通紅，猶如剛剛熟透的蘋果一般，讓人饞涎欲滴，忍不住想要咬上一口。

兩人邊聊邊喝，倒也其樂融融。

然而，就在這個時候，不遠處一家高級酒店裡面衝出來兩撥人，最前面的是一個二十歲左右的年輕人，穿著一身西裝，卻剃了個大光頭，他拼命向前跑著，在他身後，則是十多名同樣是二十多歲的年輕人。

這些人大多數頭髮都染成了黃色或者紅色，一邊追著一邊喊道：

「唐智勇，你個龜孫子，有本事你站住。」

光頭男一邊跑一邊回罵道：「靠，董天霸，你當老子是傻瓜啊，你們那麼多人搞我，我不跑才怪呢，有本事跟老子一對一單挑。」

年輕人中，一個染著黃毛、身材高大、挺著大肚子的傢伙嘿嘿一笑道：「靠，老子現在佔據優勢，傻瓜才跟你單挑呢，看老子這次不好好收拾你一頓。」

「嘿嘿，老子當年可是學校長跑冠軍，你們根本追不上老子的。」光頭男得意的說著，一邊飛快的跑著，和後面那些人之間的距離在逐漸拉開。

然而，這哥們兒樂極生悲，快要跑到柳擎宇附近的時候，光注意說話了，沒注意腳下有一塊西瓜皮，一腳踩了上去，然後噗通一聲摔倒在地上。

這時，後面的人衝了過來，紛紛把光頭男圍起來便開始毆打他。光頭男知道打不過對方，乾脆蹲在地上，雙頭抱住頭任憑對方拳打腳踢。

這時，那個叫董天霸的大胖子走到光頭男身邊，使勁地踹了他一腳，然後得意地笑著說：「唐智勇，你還囂張啊，現在跑不了了吧，這次我也不為難你，這樣吧，你跪在地上給我磕三個響頭，叫我一聲大爺，我便放了你，怎麼樣？」

雖然身陷重圍，光頭男卻沒有絲毫妥協的意思，不屑地說道：「呸，董天霸，你以為我跟你一樣，輸了便磕頭認錯叫人大爺啊?!哥們我上跪天，下跪地，中跪父母，就是不跪你這樣的龜孫子，想讓老子服氣，沒門。」

董天霸氣得大手一揮道：「給我打，打到他跪地求饒為止。」

隨著董天霸的指揮，其他人開始對光頭男拳打腳踢起來。但是整個過程中，光頭男一句話都不說，寧死不求饒。

這一幕就發生在柳擎宇和韓香怡面前，兩人看了一會兒之後，小魔女心中的俠義之心徹底發作，二話不說立刻拎起身邊那根粉紅色的悶棍邁步走到眾人附近，背著雙手把悶棍藏在身後，嬌叱道：「喂，你們一群人打人家一個算什麼英雄好漢？」

董天霸聽到韓香怡的聲音，轉過頭來，看到清純得一塌糊塗的韓香怡時，當時便呆住了，嘴裡喃喃道：「好一個清純美麗的小姑娘啊，絕對是我的最愛。」

他立即分開眾人，邁步向韓香怡走了過去，伸出手向韓香怡的臉蛋摸去，淫笑著說：「好個漂亮的小妹妹啊，今天晚上陪哥好好玩玩吧，一晚上哥給你兩千塊，怎麼樣？」

韓香怡一歪頭躲開了董天霸的鹹豬手，隨後粉紅色的悶棍突然打出，朝著董天霸的手便砸了下去。

董天霸哪裡會想到這麼清純的女孩身上竟然會帶著棍子，更沒有想到的是，這個女孩下手又狠又快，他那隻鹹豬手還沒有來得及收回來，便被韓香怡一記悶棍給打個正著，把董天霸疼得哎呀媽呀一聲慘叫，捂著手腕便蹲在地上，鮮血滴了滿地，原來他的手腕直接被韓香怡給打斷了。

不過董天霸倒是個狠人，捂著流血的手腕，咬著牙站起身來，眼中充滿怒火地看著韓香怡說道：「沒想到你這個小婊子出手這麼狠啊，今天我要是不辦了你，我就對不起我董天霸這個名字。」說完，對自己的手下說道：「兄弟們，先把這個小婊子給我抓起來，今天晚上我就要辦了她。」

聽到董天霸的指示，那些小弟們紛紛衝著韓香怡圍了過來。

就在這個時候，唐智勇突然從地上站起身來，向著董天霸吼道：「董天霸，你這個大流氓，有本事衝著我來，欺負人家小姑娘算什麼本事。」

唐智勇對董天霸這個老對手非常瞭解，知道他這個人天生好色，偏偏又背景深厚，一般人拿他還真沒有辦法，他不想韓香怡因為幫助自己而陷入困境之中，所以毫不猶豫的站出來喝止董天霸。

然而，董天霸已經被韓香怡刺激得失去了理智，冷冷的看了唐智勇一眼說道：「唐智勇，今天算你走運，老子以後有時間再收拾你，趕緊滾吧，別等老子反悔。」

唐智勇趕忙站到韓香怡身前，擋住董天霸的那些小弟們，不平道：「董天霸，人家只是一時義憤出來幫我，你的傷勢我負責，有什麼事衝著我來，不要為難人家。」

董天霸嘿嘿一陣冷笑，直接無視唐智勇，對手下吼道：「還等什麼，趕快把這個小婊子給我拿下。」

韓香怡聽董天霸一句一個小婊子，早已氣炸了肺，趁唐智勇擋在自己身前，董天霸沒有注意到自己的機會，猛的從唐智勇身後左側衝出，揮起悶棍朝著董天霸的襠部便是一棍，這一下要是打中了，董天霸絕對會成為第二個東方不敗。

董天霸吃過一次虧，對韓香怡加了小心，所以看到韓香怡衝出來，便趕快撤腿閃到小弟身後，韓香怡一棍打空。韓香怡立即追了上去。那些小弟們見狀，連忙把韓香怡圍起來，想要找機會把韓香怡給抓住。

就在這個時候，柳擎宇從座位上站起身來，他知道自己必須出面了。

柳擎宇冷聲道：「怎麼？你們想要人多欺負人少是嗎？」

董天霸的一個小弟也算是個高手，看到柳擎宇出現，馬上感受到一股極大的壓力，為了減少不必要的摩擦，大聲威嚇道：「小子，你誰啊，我警告你，我們董少爺可不是一般人，我們的事，你最好不要插手，否則的話，後果很嚴重。」

柳擎宇淡淡一笑：「呵呵，後果？我這個人**最不怕的就是後果**。更何況你們一群人要欺負我妹妹，我這個當哥哥的不管誰管?!香怡，過來，到我這邊來，我看誰敢攔你。」

柳擎宇冷冷掃了眾人一眼，眾人頓時感覺自己的眼睛在一剎那彷彿被針給扎了一般。

韓香怡倒是十分聽話，聽到柳擎宇的招呼後，無視四周那些打手們，邁步向柳擎宇走去。

這時，董天霸突然大吼道：「給我打！奶奶的，跟老子作對，全都給我打殘了！」

然而，就在董天霸剛剛說完，那些手下便感覺自己的身體似乎不受控制地飛了起來，那幾個衝向韓香怡的打手們更是被柳擎宇踹出了七八米遠才噗通一聲落在地上。

韓香怡暢通無阻地走到柳擎宇的身邊，挽住柳擎宇的胳膊說道：「柳哥哥，你好像又比以前厲害了。」

柳擎宇苦笑著看了韓香怡這個惹禍精小魔女一眼，然後邁步向董天霸走了過去，眼中充滿了寒意。

對柳擎宇來說，雖然韓香怡喜歡惹事，但是她從來不會無緣無故的惹事，今天的事即便是韓香怡不出手，他也會出手的。更何況董天霸一口一個小婊子的叫著，柳擎宇早就怒了，而董天霸調戲韓香怡在先，辱罵她在後，這更是徹底觸怒了柳擎宇的逆鱗。

龍有逆鱗，觸之必死！

柳擎宇走到已經嚇傻了的董天霸身前，冷冷說道：「董天霸，你很狂啊，敢調戲和辱罵我妹妹，看來你很有背景嘛！」

此刻，董天霸內心充滿了恐懼，因為他發現眼前這個男人出手太快、太狠，看到對方不斷向自己逼近，聲音顫抖著說道：「我告訴你，我爸是蒼山市政法委書記。」

柳擎宇聽了一愣，他怎麼也沒想到，韓香怡隨便惹個人竟然惹出了蒼山市政法委書記的兒子。

董天霸看到柳擎宇發愣的表情，膽氣立刻壯了起來，心說任何人知道了自己的身分都得讓自己三分，所以挺著胸脯說道：

「小子，我告訴你，在蒼山市，惹了我董天霸的人是不會有任何好下場的，我隨便一個電話，便能讓你們陷入萬劫不復的境地，看守所的牢飯可是沒有什麼油水的。今天你們做得太過分了，要想了結此事，你妹妹必須得陪我睡一夜，否則的話，我會立刻打電話讓警察把你們給抓起來，到時候等待你們的可不是陪我睡覺那麼簡單了。」

柳擎宇聽了，反而伸出手抓住董天霸的脖子，直接啪啪啪啪一連抽了十個大嘴巴，抽得董天霸臉腫得跟豬頭一般。

打完之後，柳擎宇一腳踹在董天霸的小腹上，直接把他踹飛出去五六米遠，然後走過去用腳踩著董天霸的臉，彎下腰盯著董天霸的眼睛說道：

「董天霸，不要以為你有個好老子就囂張跋扈，我告訴你，這個世界上比你老子狂的人有得是，這次我妹妹出手只是對你略施懲戒，給你點教訓，如果你以後還敢這樣囂張的話，早晚你會玩完。」

董天霸這時也發狠了，怒視著柳擎宇說道：「孫子，有本事你殺了小爺，否則小爺我這就給警察打電話，把你們全都給抓起來。」

柳擎宇正要回嘴，就聽唐智勇突然在旁邊說道：

「董天霸，別以為你有個好老爸別人就怕了你，我告訴你，你要是敢叫警察的話，我保證讓警察也把你給抓起來。不要以為你夥同黑道大老合開『大富豪』的消息十分保密，我告訴你，我早就掌握了很多證據，你要是敢輕舉妄動的話，我會立刻把我掌握的證據交給省公安廳，到時候就算你爸是市政法委書記也未必能護得了你。而且市政法委也不是鐵板一塊，你爸的政敵大有人在，想要藉由整你打倒你老爸的人可不在少數。」

唐智勇說完，董天霸立刻安靜下來。

柳擎宇鬆開了踩在董天霸臉上的腳，有兩個小弟馬上跑過去把董天霸扶了起來。

董天霸充滿怨毒地看了柳擎宇和唐智勇一眼，隨後用那隻沒有被打斷的手指著柳擎宇說道：「今天看在唐智勇的面子上，我不和你一般見識，但是你記住，今天的事咱沒完，早晚有一天我會讓你和那個小婊子知道小爺我的厲害……」

董天霸剛說到這裡，小魔女對準董天霸的後背便是一記悶棍，把他打得向前搶了幾步差點摔倒，這一下他徹底老實了，帶上小弟們狼狽離去。

這時，唐智勇來到柳擎宇身邊，主動伸出手來說道：「這位兄弟，非常感謝你們出手相助，小弟不勝感激。」

柳擎宇擺擺手說道：「沒什麼，舉手之勞而已。」

說完，柳擎宇回到自己的桌上，拿起啤酒和烤串繼續吃了起來，就好像剛才那一切沒有發生過一般。

韓香怡也連忙做出一副乖乖女的樣子坐回到柳擎宇的對面低頭猛吃，啥也不敢說，她知道這次柳哥哥肯定是生氣了。

此刻，唐智勇徹底鬱悶了。以他的身分，平時多少人巴結自己都還來不及，眼前這兩個救了自己的人不僅不巴結他，居然連鳥都不鳥他，反而自顧自的吃了起來。這讓他十分不爽。

他逕自走過去坐在柳擎宇的身邊，拿起一根烤串吃著，邊對柳擎宇說道：

「二位，剛才被你們打走的人是市政法委書記董浩的兒子，董浩是個相當護短的人，你們得罪了他兒子，算是惹上麻煩了；而且董天霸這人睚眥必報，事後肯定會想方設法報復你們的。」

韓香怡聽了卻撇撇嘴道：「切，區區一個政法委書記的兒子再牛還能反出天去啊，在我柳哥哥面前，他狗屁都不是。」

對韓香怡的話柳擎宇未置可否，只是端起杯子，將杯子裡的啤酒一飲而盡，隨後對唐智勇說道：「小子，給哥倒杯酒。」

聽柳擎宇這樣說，唐智勇連忙端起柳擎宇的啤酒杯給他倒了杯酒，然後笑嘻嘻地看向柳擎宇道：「老大，你難道就不好奇我是什麼身分，為什麼會和政法委書記的兒子過不去？」

柳擎宇端起啤酒再次一飲而盡，然後雲淡風輕地說道：「你和他之間的關係和我有半毛錢的關係嗎？我問這些做什麼？讓你感恩圖報？我沒有那麼無聊。我幫你純粹是因為看你還有點硬骨氣，像個爺們兒，僅此而已。」

唐智勇聽柳擎宇這樣說，臉上露出了笑容，這是他第一次遇到真正讓他正眼相看之人。最重要的是，柳擎宇往那裡一坐，身上的氣場之強，讓人不敢逼視，雖然平時他和自己那撥好兄弟們在一起時，大家都稱呼他為老大，但是在柳擎宇面前，他發現自己的內心深處反而有一種想認對方為老大的衝動。

尤其是想起柳擎宇剛才收拾董天霸的小弟們時所表現出來的那種強悍，讓他心生崇拜之情，因為他從小喜歡練武，遇到高手就想拜師，把對方的本領學過來，所以他很誠摯地對柳擎宇說道：「老大，要不你收我當你的小弟得了，我也沒有別的什麼要求，只要你把你這身本事教給我就成。」

在唐智勇看來，自己可是堂堂市政府常務副市長的兒子，現在屈尊甘願當柳擎宇的小弟，這絕對是柳擎宇的福分和榮幸。

然而，唐智勇卻不知道，在韓香怡看來，唐智勇簡直就是塊甩不掉的牛皮膏藥，以柳哥哥的名頭，想要收小弟的話，隨便放出話去，不知道會有多少人屁顛屁顛地跑過來認大哥。只是柳哥哥實在是太低調了，要不是自己使用駭客技術駭了他的手機，否則都不知道他到底在幹什麼。

柳擎宇看唐智勇的表情，心中便猜出八九分，這唐智勇八成也是個衙內，便淡淡地說道：「沒興趣。」

這把唐智勇打擊得不輕，但是他有一個毛病，越是得不到的東西越想要得到，越是有困難的事情越是想要做到，因為他最喜歡做有挑戰的事。而且唐智勇自恃自己聰明絕頂，一般人全都不放在眼中，看到柳擎宇對自己如此冷淡，反而讓他來了興趣。

他眼珠一轉，立刻計上心來，看著柳擎宇說道：「老大，你就收了小弟我吧，我這個人聰明絕頂，武功高強，為人善良正直忠心，絕對是小弟的最佳選擇啊。」

聽唐智勇這樣自吹自擂，韓香怡撲哧一聲笑了出來，說道：「你這個人臉皮可真夠厚的，就你，還武功高強，被人打得連還手機會都沒有。」

唐智勇頓時老臉一紅道：「嗯，他們之中有高手，我打不過。」說完，唐智勇連忙轉移話題，問道：「老大，你哪裡人啊，我聽你的口音好像是北京腔啊，怎麼跑到我們蒼山市來了。」

唐智勇的話讓柳擎宇想起了自己這次來蒼山市的目的，心情頓時低落了起來，端起酒杯再次一飲而盡，臉上露出鬱鬱之色。

韓香怡在一旁說道：「大光頭，你知道柳哥哥為什麼不願意收你當小弟嗎？」

唐智勇連忙說：「請叫我唐智勇，老大為什麼不願意收我當小弟？」

韓香怡得意地說道：「我告訴你吧，我的柳哥哥可是景林縣關山鎮的鎮長，堂堂的國家幹部，無緣無故收你這麼一個小弟做什麼?!」

唐智勇聽了，震驚地看向柳擎宇說道：「老大，你這麼年輕，居然是鎮長？這不會是真的吧？」

柳擎宇只是淡淡地看了唐智勇一眼，又狠狠地瞪了韓香怡一眼，怪她多嘴。

唐智勇看柳擎宇這種表情，立即就知道韓香怡肯定沒有說謊了，此刻，他內心的震撼簡直難以形容。他今年廿五歲，大學畢業已經四年了，靠著父親的餘蔭，在市團委勉強混了個副科長，而眼前這個年輕人看起來不過二十一二歲的年紀，竟然是一鎮之長，這得是多厲害的一個人啊。

他內心深處不禁對柳擎宇生起了一股欽佩之意。身為常務副市長的兒子，他非常清楚，以如此年輕的年紀就能當上鎮長，這不僅僅是有背景就能搞定的，能力同樣十分重要。

想到這兒，唐智勇十分魯莽的憑著自己的感覺做出了一個決定，他決定以後徹底跟著柳擎宇混了。

唐智勇充滿真誠地看向柳擎宇說道：「老大，真沒有想到你竟然是鎮長，來，我敬你一杯。」說完，唐智勇端起啤酒一飲而盡。

柳擎宇從唐智勇的目光中看出了他的真誠，而且他也十分欣賞唐智勇所表現出來的那種絕不妥協的爺們兒作風，便舉起酒杯來一飲而盡，然後說道：「這樣吧，以你現在的資歷和能力，做我的小弟還不夠格，你就先從見習小弟做起吧。我還缺一個司機，你以後跟我到關山鎮做個司機吧。」

唐智勇是個做事果斷之人，雖然此刻的他已經是副科級了，但是聽到柳擎宇讓他做見習小弟，他沒有絲毫的猶豫，點頭說道：「好，沒問題，老大在上，小弟敬您一杯，從今以後，您就是我的老大。」說著，唐智勇再次端起酒杯向柳擎宇敬酒。

雙方一飲而盡。

喝完之後，唐智勇看著柳擎宇說道：「老大，我看你的臉色似乎心情不好，不知道有什麼事情，可否跟小弟說說？」

柳擎宇嘆息一聲道：「哎，還不是為了我們關山鎮賑災之事。」說著，柳擎宇便把關山鎮發生災情，到市政府見蘇浩東求援未果的事簡單的說了一遍。

唐智勇聽完，立時豎起大拇指說道：「老大，你真狂，一個小小的鎮長居然敢直接跑到市裡來要錢。」他頓了一下，又說道：「不過我相信，你有這份為國為民之心，老天爺一定會眷顧你的。」

柳擎宇聳聳肩道：「管他呢，不管有沒有上天的眷顧，只要我一天坐在鎮長這個位置上，我就必須要為鎮裡的老百姓多做一些事，只有這樣，我才能對得起我的良心。來，再乾一杯。」

這天晚上，柳擎宇和唐智勇都喝了不少，不過柳擎宇由於心情不好，雖然很有酒量，卻醉得最快，最後被唐智勇和韓香怡扶回了酒店。

而真正讓唐智勇對柳擎宇心悅誠服的是，即便是在醉酒的時候，柳擎宇嘴裡依然在叨念著：「市長，領導們，我們關山鎮發生水災了，你們就給撥點賑災款吧……」

當天晚上，唐智勇回到家已經是十一點多了，唐智勇直接走進了老爸的書房。

書房內，常務副市長唐建國正在批閱文件。

唐智勇走到老爸身邊，沉聲道：「爸，我準備去關山鎮工作。」

唐建國聽了，不由得一皺眉頭：「去關山鎮工作？做什麼？你難道想要去幹一任副鎮長？不行，你的級別雖然夠，但是資歷還是太淺了，能力也不夠。」

唐智勇搖搖頭道：「不是，我是去當司機。」

唐建國頓時瞪大了眼睛，不可思議地看著唐智勇說道：「什麼？你去當司機？我沒有聽錯吧？」

唐智勇使勁地點點頭：「爸，我是認真的。我知道，這些年來我不怎麼聽你的話，到處吃喝玩樂，讓你費心了。我要是再繼續玩下去，恐怕我這個人就廢了。正好今天我遇到了我的老大，我已經被他收為見習小弟了，所以我想去關山鎮給他當司機，重新開始我的人生。」

「什麼？**老大？見習小弟？司機？**這到底是怎麼回事？」

唐建國徹底被震撼住了，他無法想像這番話竟然是從那個讓自己操碎了心、一直不務正業的兒子口中說出來的。

唐智勇便把今天和董天霸之間的衝突，以及柳擎宇、韓香怡幫助自己化解危機、三人一起喝酒聊天的事詳細說了出來，然後說道：

「爸，其實我並不是真的喜歡以前那種吃喝玩樂的生活，只是身為官二代，身為你的兒子，有那麼多的人拼命巴結我，奉承我，讓我飄飄然，失去了人生目標。但是這一次和董天霸的衝突，卻讓我看到了自己的懦弱和無力，身為你的兒子，雖然我可以做到很多別人做不到的事，但是一旦遇到比我更囂張的衙內，我就什麼都不是。

「現在我才想通，衙內們間那種你踩我我踩你、風月場中爭風吃醋的日子真的很無聊，而我的老大，比我年紀還小卻已經當上了鎮長，而且心憂百姓，胸懷蒼生，雖然很苦很累，但是他渾身充滿了鬥志，所以我想要跟隨他的腳步，重新開始我的人生。我也想像你一樣，為老百姓做些實事。」

聽完兒子這番話，唐建國瞪大了眼，他對柳擎宇這個小鎮長充滿了好奇，竟然讓自己的兒子發生了這麼大的變化。雖然唐建國心中對自己兒子，堂堂一個副科級的幹部去給柳擎宇當司機感到不太高興，但是對兒子能夠改變以往那種玩世不恭的作風，他還是樂意看到的。於是說道：「你剛才說柳擎宇到市裡來是為關山鎮求援的？」

唐智勇點點頭：「是啊，爸，老大說了，關山鎮整個鎮幾乎都被水給淹了，很多房屋被沖毀，莊稼幾乎顆粒無收，老百姓損失慘重，必須要趕快賑災才行。」

唐建國聽了，狐疑道：「怎麼會這樣呢？景林縣並沒有報告關山鎮的事啊，只說景林縣下了大雨，部分地區受災嚴重，並申請財政資金支持賑災……」

他略微沉思了一會兒，對兒子說道：「好了，這件事情我知道了，至於去關山鎮當司機的事你自己看著辦吧，我不干涉。」

第五章

天羅地網

正在開車的柳擎宇聽到藍牙耳機裡傳出來的董天霸那囂張的聲音，眼中的殺氣更加濃烈了，腳下油門狂踩，原本需要二十分鐘的車程，他只用了不到五分鐘的時間便趕到了，而此時，董天霸那邊也早已經備下了天羅地網。

第二天早晨，柳擎宇起來後，乘車還沒有到市政府門口呢，手機便響了起來，是一個陌生號碼打過來的。

柳擎宇接通後，便聽到一個十分沉穩的聲音傳了過來：

「是關山鎮的柳擎宇同志吧，我是市政府唐市長的秘書丁兆全，唐市長讓我通知你，今天上午九點到唐市長辦公室來彙報一下工作。」說完，對方便掛斷了電話。

柳擎宇立時愣住了。

洪三金開著車，身體也是一顫。剛才柳擎宇手機裡傳出來的聲音他聽得十分真切，沒想到常務副市長竟然點名要見柳擎宇，這是什麼情況？難道柳擎宇市裡面有唐市長做靠山？如果真是這樣的話，那麼柳擎宇在關山鎮表現的那樣強勢便情有可原了。看來自己以後得緊緊跟著柳擎宇啊。

其實，一開始他跟著柳擎宇，只是因為擔心柳擎宇把他拿下，後來看到柳擎宇面對石振強的時候表現得十分強勢，便決定先跟著柳擎宇試試看，如果柳擎宇要是玩不過石振強的話，就繼續投靠石振強，到時候就說自己是到柳擎宇那邊臥底去了。他的小算盤打得是啪啪響啊。

柳擎宇此刻也有些傻眼。他沒有想到常務副市長的秘書竟然親自給自己打電話，這讓他有些興奮又有些不解。因為按照常理，以自己的級別和資歷，別說是常務副市長了，就是景林縣的常務副縣長都不一定知道自己。

這時，柳擎宇突然想起了常務副市長姓唐，暗道：難道這個常務副市長和昨天晚上自己收的那個見習小弟唐智勇之間有什麼牽連？要不他怎麼知道自己，還讓自己九點去他的辦公室彙報？

想到此處，他越發認可了這個想法。

八點五十五分，柳擎宇準時出現在唐建國秘書辦公室內。

丁兆全和柳擎宇寒暄幾句後，便笑著說道：「唐市長正在裡面等你，跟我一起進去吧。」便領著柳擎宇走進唐建國的辦公室。

「市長，柳擎宇同志到了。」丁兆全對唐建國報告道。

唐建國抬起頭來看向柳擎宇說道：「柳同志，你先去沙發那邊坐會兒，我批完這幾份文件再和你好好聊聊。」

柳擎宇便很規矩地坐在沙發上，雙腿併攏，腰桿挺得筆直，默默地等待著。

丁兆全給柳擎宇倒了杯茶後便出去了。房間內頓時靜了下來，只有唐建國批閱公文時發出的沙沙聲在辦公室內迴響著。

唐建國雖然在批閱著公文，但是眼睛的餘光卻不時地在柳擎宇的身上瞟著，他發現柳擎宇不論是坐姿還是心態都擺放得十分端正，十分鐘過去了，柳擎宇仍是紋絲不動，這讓他對柳擎宇多了一絲好感。

僅僅從坐姿和心態這兩點來看，柳擎宇便已經強過了很多官場老油條。

批閱完公文，唐建國從椅子後面走了出來，坐到柳擎宇對面，笑道：「小柳，我昨天晚上聽智勇說你們關山鎮發生了洪災，但是賑災款項卻沒有到位，這到底是怎麼回事？」

柳擎宇聽唐建國這樣說，便完全肯定唐建國就是自己昨晚認識的小弟唐智勇的老子了，不過即便是這樣，柳擎宇也沒有絲毫放肆之意，而是十分認真地把關山鎮發生的災情，以及自己到縣裡申請賑災資金、縣長說財政上沒有錢的事向唐建國講述了一遍。

「唐市長，我說的這些都是真實可靠的，至於為什麼到現在市裡還不知道，這一點我就不清楚了，因為有關災情的狀況，我們鎮早就向縣裡反映過了。」

說著，柳擎宇把早已準備好的相關文件遞給了唐建國。

柳擎宇話中的意思清楚的告訴了唐建國。那就是問題肯定出在縣裡面，肯定是縣裡並沒有向市裡彙報。至於為什麼，柳擎宇並沒有說。他相信領導肯定有自己的判斷。

唐建國接過資料看了幾眼，隨後眉頭便緊皺起來。沉吟了一會兒後，看向柳擎宇說道：「小柳啊，依你之見，你們關山鎮需要多少賑災資金？」

柳擎宇苦笑道：「唐市長，如果僅僅是暫時解決我們三萬多老百姓短時間內的生存問題，一個月有五六百萬應該是夠了，但是要想儘快恢復老百姓的正常生活秩序，讓那些房子被沖毀的老百姓重建房子，沒有個一兩億肯定是不夠的。我來主要是希望市裡能夠先幫我們關山鎮解決災民們急需要解決的生存問題，比如吃的喝的，這些物資都需要從外面往裡面輸送。」

唐建國略微思索了一下，道：「這樣吧，我先從我的市長基金裡拿出五百萬來幫你解決迫切的問題，至於災後重建工作，我需要上報市委，在市委常委會上討論決定。」

說完，唐建國立即寫了一個條子交給柳擎宇，交代道：「你直接去市財政局，把條子交給財政局的負責同志就行了。柳同志，我給你的這筆錢，只要你能夠把一半用到老百姓的身上，我就心滿意足了。」

聽唐建國這樣說，柳擎宇立刻拍著胸脯道：「唐市長，請您放心，我柳擎宇以我的良心在這裡向您保證，我會把這五百萬一分不少的全都用在老百姓的身上。」

唐建國眼中充滿了喜色，他最欣賞的就是這種充滿激情、一心想著為老百姓做事的官員。不過他卻是淡淡地說道：「柳同志，話先不要說得太滿，我得看你的具體行動。」

柳擎宇拿著批條到了市財政局，市財政局十分爽快的便把五百萬當著柳擎宇的面匯到景林縣財政的帳戶上，柳擎宇異常興奮，這是他進入官場後，為老百姓做的又一件十分有意義的事。

然而，他剛從市財政局的大門口走出來，便接到唐智勇的電話：「老大，大事不好了，剛才我到你和香怡住的酒店的時候，看到韓香怡被幾個人推搡著上了一輛麵包車，他們還說要把韓香怡送到『大富豪』去當小姐。」

聽到這裡，柳擎宇拿到錢的興奮感立刻消失，眼中露出焦急和憤怒之色，但是聲音卻仍是十分沉穩：「是誰幹的？」

唐智勇忙道：「老大，我猜應該是董天霸幹的，因為他就是『大富豪』的大股東。不過老大，據我所知，『大富豪』有很多保安，保安裡高手如雲，這些人很多都是董天霸從各地請來的退役軍人，甚至還有一些特種兵，要不我先跟我爸說一聲，讓他從官方施壓，讓董天霸趕快把人給放出來……」

唐智勇話還沒有說完呢，柳擎宇便掛斷了電話，三步併作兩步衝上汽車，對洪三金道：「你去坐副駕駛位置，我來開車。」

洪三金見柳擎宇眼中殺氣沖天，渾身打了個寒戰，連忙移到副駕駛位置上。

柳擎宇坐好之後，立刻調出導航系統，研究了一下「大富豪」的具體位置，然後腳下狂踩油門，車子猶如離弦之箭一般狂飆而出，嚇得旁邊的洪三金臉色蒼白，用手緊緊抓住扶手邊趕緊把安全帶給繫上。

柳擎宇化身為賽車高手，以最快的速度向「大富豪」衝去，至於紅綠燈早已經被柳擎宇直接給無視了。

……

此刻，在「大富豪」內，胳膊上打著繃帶的董天霸坐在沙發上，幾個厲害的打手架著韓香怡來到董天霸的面前：「老大，這女人帶過來了。」

韓香怡看到董天霸立刻破口大罵：「董天霸，你這個臭流氓，趕快放開我，否則我柳哥哥知道了絕對不會放過你的。」

董天霸眼中閃過兩道寒芒，嘿嘿陰笑著說道：「哼，柳擎宇算個屁啊，不過是關山鎮的一個小鎮長罷了，這次看我不玩死他！」

說到這裡，董天霸用淫蕩的目光在韓香怡的身上掃了幾眼，然後冷笑道：「小婊子，你不是連我都敢打嗎？這次老子直接把你收在我這『大富豪』裡，天天讓你當小姐。這次有兩個日本客人開了高價想要一個漂亮的雛，正好把你給他們送去，你就好好享受吧！來人，把她給那兩個日本人送過去。」

韓香怡一邊使勁地掙扎著，一邊破口大罵，但是她又怎麼爭得過這些彪形大漢呢，只能直接被架走了。

這時，董天霸的一個小弟有些不解地問道：「老大，這丫頭屬於極品貨色啊，您幹嘛不自己享用呢？」

董天霸哼了聲道：「這丫頭性子太烈，我怕我要是上了她，不定會出什麼意外，而且我總感覺這丫頭似乎有些背景，隨便上了她的話可能很麻煩，讓那兩個日本人去玩的話，就算是出了事，我們也可以及時脫身，進退自如。而且，我們主要的目標是要好好收拾一下柳擎宇那個王八蛋，我要讓他知道，得罪我董天霸絕對不會有什麼好下場！

「哦，對了，告訴那些人，韓香怡不要太早送去，啥時候柳擎宇出現在我們『大富豪』門口的時候，啥時候再給那兩個日本人送去，我要讓柳擎宇親自看到他的妹妹被那兩個日本人蹂躪的場景。」

董天霸眼中充滿凶光，接著拿出手機撥通了柳擎宇的電話，聲音中滿是怨毒地說道：

「柳擎宇，你妹妹在我手中，想要救她的話，就到『大富豪』來找我吧，快點來哦，來晚了，恐怕你妹妹就便宜那兩個日本嫖客了。」

正在開車的柳擎宇聽到藍牙耳機裡傳出來的董天霸那囂張的聲音，眼中的殺氣更加濃烈了，腳下油門狂踩，原本需要二十分鐘的車程，他只用了不到五分鐘的時間便趕到了，而此時，董天霸那邊也早已經備下了天羅地網。

柳擎宇來到「大富豪」門外。

「大富豪」是蒼山市一家高級娛樂會所，占地一萬多平米，雕梁畫棟，外表看起來十分高檔豪華。

柳擎宇看到大門口並排站著八名身穿保安制服的彪形大漢，手中拎著警棍，十分小心戒備著。下車後，他沒有絲毫停留，快速向大門口方向奔了過去。

這時，那些保安也發現柳擎宇了，立刻掄起警棍衝了上來。棍影重重，殺氣漫天。

本來以柳擎宇的實力，只要輕輕一閃便可以躲開所有警棍的攻擊，但是柳擎宇卻沒有任何躲閃，而是彪悍地向前直衝過去，奪下一根警棍，同時將攔在身前的兩名保安一腳一個踹飛出去，而他的身上也挨了兩記悶棍。

當柳擎宇來到大廳內的時候，發現大廳正中央站著四名身穿黑色西裝的猛男，這四個人往那裡一站，便自有一股鐵血彪悍的氣勢散發出來。柳擎宇從這四個人的站姿看出來，這四人絕對都是特種兵。

柳擎宇不畏地說道：「擋我者死！」

四人撇了撇嘴，其中一個滿臉青春痘的男人充滿不屑地說道：「我來會會你！」說著，便向前衝了過來，左手插向柳擎宇的雙眼，右腳一記撩陰腿，直踢柳擎宇的襠部，打算一招制敵。

柳擎宇沒有時間跟他囉嗦，直接原地跳起一米多高，閃開對方左手的同時，右腿一記鞭腿從上而下劈在對方的腦袋上，這傢伙立時便暈倒過去。隨後，柳擎宇猶如穿花蝴蝶一般，在三人之間飛快穿過，三人也紛紛倒在地上，口吐鮮血，抽搐不止。

他快步來到前臺，一把抓住一名小姐的脖子問道：「被抓來的那個女孩在哪裡？」

前臺小姐被柳擎宇這種駭然表情嚇得顫聲說道：「被帶到董總辦公室去了。」

「董天霸在哪間辦公室？」

「在三樓三〇八號房。」

柳擎宇放開對方，跨上樓梯向三樓直奔而去。

當他來到二樓樓梯口，便看到一名臉上有著一道刀疤的男人堵住了他的去路。

這個哥們兒看了柳擎宇一眼，說道：「還不錯嘛，有兩下子，不過你的前進之路到此為止了。」說著，便朝柳擎宇一揮，一道銀色亮光向著柳擎宇飛了過來。

在這人看來，柳擎宇肯定會用警棍格擋，只要柳擎宇做出這個動作，他便有十足的把握將柳擎宇徹底擺平。

然而，出乎他意料的是，柳擎宇身體向旁邊一閃，隨後警棍猛的丟了出來，直接砸在這哥們兒的腦袋上，這個人便直接仰面倒了下去。

裝老大，是需要真本事的。在柳擎宇面前裝老大，沒有活路！

柳擎宇沒有停留，繼續向三樓衝去。

此刻，在三〇八號房內，董天霸正在和幾個小弟聊著天。

「你們猜柳擎宇能夠衝到哪裡？」

其中一個小弟說道：「我猜他最多能到二樓樓梯口，負責把守那裡的是陶志強，他可是從特種兵退役的頂尖高手，手中一把銀色鏈子錘打遍蒼山市沒有對手。就算是在白雲省裡也是數得著的高手；至於三樓，他想都別想，把守那裡的可是我們蒼山市內家拳高手胡三拳，一拳能把一頭小牛犢直接打翻，在整個白雲省內，沒有人能撐過他三拳，就算是陶志強也得叫胡三拳一聲大哥。」

董天霸點點頭，對小弟的觀點表示認同。

因此，幾個人十分托大，以至於根本就沒有注意去看監視器。

此刻，三樓那位內家拳高手正和柳擎宇對了一拳！

僅僅一拳，這位內家拳高手整個人便如炮彈一般被打得狠狠撞擊到牆上，然後噗通一聲跌落地上，開始大口大口地吐血！

重拳再次出世！尤其是柳擎宇含怒出手，拳勁狂飆而出，那位內家拳高手被震得手臂粉碎性骨折！

三〇八房間內，董天霸正和小弟們說笑呢，柳擎宇突然一腳踹開房門，直接衝了進來，在幾個人還沒有反應過來的時候，柳擎宇一把抓住董天霸的脖子，將他整個人舉了起來，充滿殺氣地說道：「我妹妹在哪裡？」

看到柳擎宇突然進來，不僅董天霸呆住了，就連他身邊的那些小弟們一時間也都傻在當場。

柳擎宇伸出手來狠狠地抽了董天霸幾個大嘴巴，厲聲道：「我妹妹在哪裡？」

董天霸這才緩過神來，不過，此刻的他卻是一副豁出去的樣子，對柳擎宇那充滿殺氣的眼神視而不見，獰笑著說道：「哈哈，我不知道，我就是不告訴你！你妹妹已經被送進兩名日本嫖客的房間內，現在恐怕已經被那兩個日本人給……哈哈。」

雖然初戰失利，但是董天霸並不怕，因為他還有後手，這次他可以說是布下了天羅地網，下定決心要置柳擎宇於死地。所以，此刻他雖然身處不妙，但他依然顯得淡定從容，凜然不懼。

說完，他還用十分不屑的眼神看了柳擎宇一眼說道：「柳擎宇，我告訴你，今天你死定了，不想死太慘的話，最好趕緊把我放下來，否則你會死得更慘的。」

聽到董天霸說韓香怡被送到兩個日本嫖客的房間內，柳擎宇心中的怒火徹底熊熊燃燒起來，雖然韓香怡喜歡惹事，但是兩人的感情卻是極好。董天霸竟敢把自己的好妹妹送到日本人的房間內，他抓住董天霸另外一隻指著自己鼻尖的手，猛的向上一折，喀嚓一聲脆響，董天霸這隻手立即耷拉了下來。

董天霸慘叫一聲，差點昏倒，但是柳擎宇在他的人中上使勁一按，沒等他昏倒便又清醒過來。手腕骨折所帶來的那種鑽心疼痛讓他臉部的表情幾乎變形。

柳擎宇寒聲道：「我再問你一次，我妹妹到底在哪裡？給你十秒鐘，不說的話，我立刻把你的第五條腿給折斷，讓你徹底成為東方不敗。」

董天霸聽到此言，真是嚇壞了，對他而言，玩女人是人生最大樂趣，他可不想第五條腿出問題，所以連忙說道：「在六一六號房間。」

「前面帶路，三十秒內趕到，否則我說到做到。」柳擎宇在董天霸的手臂穴位上使勁地戳了幾下，暫時為董天霸止血和減緩疼痛感。

董天霸雖然雙臂都受了傷，但是此刻為了保住第五條腿，只能忍痛向電梯間跑去，讓手下小弟們打開電梯，帶著柳擎宇直奔六樓，以最快的速度衝到六一六房間門外，咬著牙說道：「就是這裡了。」

此刻，董天霸雖然肉體疼痛不已，但是內心深處卻充滿了陰毒，他的心在獰笑著：

「柳擎宇，快點打開房門吧，你會親眼看到你的妹妹被兩個豬一樣的日本男人壓在身下，到時候，你會痛不欲生的。哈哈哈哈，和我鬥?!我讓你後悔莫及。我的援兵馬上就到了，你和你妹妹今天誰也別想離開此地！」

內心焦急不安的柳擎宇一腳踹開了房門，一個箭步衝進屋內。一邊心裡在祈禱著：「天啊，千萬別讓香怡出事。」

六一六號房，總統套房內的臥室。

韓香怡坐在沙發上，手中拎著一根鉛筆粗細、長度有五六十釐米長，類似於收音機天線的物體，指向站在房中兩個胖得跟豬一般的日本人說道：

「野田，你還是個男人嗎？怎麼抽嘴巴抽得這麼輕，使勁給我抽。不抽，姑奶奶我再給你一記悶棍！」說著，韓香怡舉起手中那個像收音機天線一般的物體，伸向左邊那個胳膊上紋著一條八歧大蛇的小日本人。

野田一看，嚇得渾身一哆嗦，連忙揮起手來向著對面的安培抽了過去。清脆的響聲立刻在房間內回蕩起來。

韓香怡這才滿意地點點頭，手中的天線指向安培：「安培，該你了，他抽了你，你是不是得使勁地抽回來啊。」

安培可不想吃悶棍了，那東西抽在身上的滋味生不如死啊，他沒有絲毫猶豫，掄圓了手臂對著野田就是一個大嘴巴。這下子野田徹底怒了，不用韓香怡說，立刻揮手還擊，就這樣，輪流打了起來，兩人的腦袋很快變成了豬頭。

柳擎宇他們進來的時候，正好看到這一幕，不禁全都驚呆了。

見韓香怡沒事，柳擎宇鬆了口氣，看向玩得正在興頭上的韓香怡說道：「小魔女，這是怎麼回事？你沒事吧？」

看到柳擎宇，韓香怡連忙把手中的細棍往手心一戳，長長的悶棍便猶如天線一般自動收縮回去，變成了髮簪一般的物體。韓香怡把它插在頭上，一下撲進柳擎宇的懷中，滿臉委屈地說道：

「柳哥哥，你可一定要為我做主啊，剛才董天霸那個王八蛋居然說要讓我當小姐，還把我送到這個房間來讓我伺候這兩個日本豬，他真太不是人了。要不是我隨身帶著我的秘密武器，假裝騙這兩個日本豬說我要去洗澡，趁機取出來把這兩隻日本豬給制服了，恐怕我現在……嗚嗚嗚……」

想到自己可能的遭遇，韓香怡一下子哭了起來。

見韓香怡梨花帶淚的，柳擎宇的臉色再次陰寒起來，目光在兩個日本人臉上掃了一眼，兩個日本人一看柳擎宇那架勢，就知道這人不是好惹的。

安培連忙用中文大吼道：「我們是投資商，你不能打我們，否則我們會撤資的！」

柳擎宇走到兩人面前，猛的一拳打在安培的小腹，隨後又是一拳打在他的後背上，又來到野田身前如法炮製，搞定之後，柳擎宇才充滿不屑地說道：「投資商又怎麼樣？敢欺負我妹妹，就算你是日本天皇我也照樣痛扁你！」

收拾完這兩個人，柳擎宇來到董天霸面前，對韓香怡說道：「妹妹，你說吧，哥哥我怎麼收拾他你才解恨。」

韓香怡看著董天霸恨恨說道：「踩爆他的卵蛋，讓他做東方不敗。」

董天霸嚇得臉都白了，大聲吼道：「柳擎宇，你可是關山鎮鎮長，是國家幹部，打人是犯法的，而且警察馬上就到了，你打了我，會坐牢的。」

柳擎宇衝著董天霸咧嘴一笑：「呵呵，我知道我的身分。」說著，他再次一拳擊出，狠狠地打在董天霸的小腹上，隨後又一拳打在董天霸的後背上。董天霸疼得蹲在地上慘叫不止。

韓香怡瞪大了眼睛看著柳擎宇說道：「柳哥哥，你怎麼揍他兩拳就結束了啊，這也太不解氣了。」

董天霸聽韓香怡這樣說，心中就是一陣抽搐，果然最毒婦人心啊。

這時，柳擎宇在韓香怡的耳邊低聲耳語了一句，韓香怡聽完後，立刻用詭異的眼神盯著董天霸下面看了兩眼，隨即哈哈大笑道：「好，不愧是我的柳哥哥，還是你最厲害了，咱們走吧。」

韓香怡話音剛落，一陣嘈雜的腳步聲從樓梯口傳來，緊接著，湧出十多名員警，快速來到眾人面前。

看到警察來了，董天霸一下子從地上站起身來，看向其中一名警官說道：「陳隊長，你們可來了，你看看，我都被柳擎宇打成這樣了，趕快把他給抓起來！還有那個女的，這兩位來自日本的投資商被她給打慘了，他們說要從我們蒼山市撤資了。」

這時，安培也看出形勢發生了變化，立刻大聲道：「我要和市委鄒副書記通電話，我要向他投訴，你們蒼山市的投資環境實在是太惡劣了，我們決定終止正在和蒼山市進行的投資談判。」

聽安培這麼一吼，陳隊長腦門上的汗一下子冒了出來，再加上他是董天霸早就埋伏下的一支奇兵，所以，他立刻對著幾個手下命令道：「把這對男女都給我抓起來。」

說完，他一路小跑來到安培和野田面前說道：「二位尊貴的投資商，真是不好意思啊，我們來晚了，讓你們受委屈了，你們放心，我們蒼山市的投資環境是非常好的，我們一定會嚴懲凶犯的。」

這時，陳隊長的幾名手下已經把柳擎宇和韓香怡包圍起來，其中一名員警亮出閃亮的手銬，威嚇道：「柳擎宇，韓香怡，你們涉嫌毆打他人，現在請你們跟我們回去協助調查。」說著，就要把手銬給柳擎宇帶上。

柳擎宇冷冷地說道：「想要帶走我？你們還不夠資格！」

那個員警一聽，頓時大怒：「你敢拒捕？」說著掄拳便砸了上來。

在他看來，自己身為警察，柳擎宇是絕對不敢對自己動手的。

但是他想錯了！柳擎宇猛的一腳踹了出去，直接把對方踹得倒飛出去，這才收腳道：「記住，政府讓你們穿上警察的制服，不是讓你們為所欲為，甚至是胡作非為的，是讓你們保護老百姓的生命財產安全，維護社會治安的，現在全國上下都在講究文明執法，你們這是文明執法嗎？」

這時，韓香怡舉著手中一款十分小巧的手機說道：「柳哥哥，你放心吧，他們野蠻執法的過程我已經拍攝下來了，尤其是那個什麼陳隊長，不問青紅皂白就下令抓捕我們、諂媚日本人的過程，我也已經拍下來了，我現在就把這段內容發到網上去。」說著，手機拿到眼前就準備要發送。

陳隊長看到此景，腦門上的汗再次刷刷的往外冒。今天他是來給董天霸撐腰的，說白了，就是專門過來收拾柳擎宇的。但是做這件事必須有一個前提，那就是得不聲不響的，如果整個過程被公開，那麼他的小隊長的位置將會不保，即便董天霸的老爸是政法委書記也很難保住自己。這讓他猶豫起來。

這時，柳擎宇喊話道：「陳隊長是吧，我想你應該是董天霸找來收拾我的，但是我想你也該知道，我是關山鎮的鎮長，我所做的都是正當防衛，如果你非得要對付我的話，肯定會後悔的。另外，再給你看一樣東西，只要我沒有蓄意殺人，就算是董天霸他老爸出面也拿我沒轍。」

接著，柳擎宇從口袋中拿出一個紅色的本子遞給陳隊長。

陳隊長拿過一看，眼睛頓時瞪得大大的，因為這個紅色的小本上明確的寫著幾個顯赫的大字——執照，在後面有一行標注：「持有本證件之人，在特定情況下可以不經請示直接擊斃威脅國家安全之人。」

看到這個證件，陳隊長一下傻眼了。他聽同事說過，只要是持有這種證件之人，就是國家安全守護者，而且有先斬後奏之權。陳隊長腦門上的汗珠劈里啪啦的往下掉。

柳擎宇收回證件，表情冷冽地對陳隊長說道：「保密紀律知道吧，除了你之外，在場之人如果有任何人知道這是什麼證件的話，你後果自負。帶著你的人走吧。」

陳隊長現在真的很想立刻就走，但是，他發現董天霸正在冷冷地看著自己。對董天霸這個人他非常清楚，自己要是真的甩手走人，那以後他的仕途之路基本上就斷了，因為董天霸他老爸護犢是整個蒼山市官場都知道的。一時之間，陳隊長真的有些為難了。

就在這時候，唐智勇氣喘吁吁地跑了過來，衝著陳隊長喊道：

「陳漢強，你最好不要輕舉妄動，我手中握有董天霸派人強行綁架韓香怡的證據，而且馬上就會有人給你打電話了。」

唐智勇的話剛說完，陳隊長的手機便響了起來。

陳漢強一看電話號碼，當時臉色慘白，因為電話是市公安局局長鍾海濤打過來的。他連忙接起電話，恭敬地說道：「局長您好，我是陳漢強。」

「陳漢強，聽說你正在『大富豪』處理一些問題，具體的情況我聽唐智勇跟我彙報了。你呢，是現場負責人，我不便干涉，但是我只有一條要求，你們必須要文明執法，要講究有理有據有節，一切必須以事實為基礎，不能胡亂抓人，否則後果自負。」交代完便掛了電話。

陳漢強再次傻眼。沒想到連市公安局局長都知道了，而且還直接打電話給自己，就算有董天霸做後盾，他也不敢得罪鍾海濤，以鍾海濤的位置，拿下他一個小小的隊長還不跟捏死一隻螞蟻一樣簡單。

唐智勇接著調出一段視頻，打開直接遞給陳漢強說道：

「陳隊長，你看看，這是我從如意酒店監控中心調到的視頻，就是這幾個人被董天霸派到了如意酒店，直接從酒店把柳鎮長的妹妹韓香怡給帶走的，柳擎宇所採取的一切行為都是為了救人，都是正當合法的，現在你應該知道怎麼辦了吧？」

陳漢強腦門上的汗更多了。他知道自己必須要做出抉擇。略微沉思了一下，陳漢強對手下命令道：「兄弟們，把董大少身邊這幾個人給我抓起來，讓柳擎宇他們走吧。」

唐智勇笑著看向柳擎宇說道：「老大，咱們走吧，沒事了。」

柳擎宇掃視了董天霸一眼，昂首挺胸向外走去。

等柳擎宇他們離開後，董天霸看向陳漢強，質問道：「陳隊長，你難道就是這樣執法的嗎？」

陳漢強連忙陪笑道：「董少，您剛才也聽到了，鍾局長親自來電施壓，我不做出一些姿態肯定不行的，而且柳擎宇的身分很特殊，我勸您最好不要和他發生正面衝突，即便真的要收拾他，也不要再動用一些違規的手段了，最好是從紀委那邊下手，在官場上收拾他。」

董天霸聽了皺眉道：「柳擎宇到底是什麼人？他拿的那是什麼證件？」

陳漢強搖搖頭：「董少，您就別為難我了，我要是說出來，肯定會惹禍的。」

說到這裡，陳漢強突然驚聲道：「董少，您的手怎麼了，怎麼開始滴血？」

董天霸這時候才意識到自己的手腕被柳擎宇給折斷了，一陣陣鑽心的疼痛從手腕處傳了出來，疼得他一下子暈倒過去。

柳擎宇和唐智勇、韓香怡三人從「大富豪」出來，柳擎宇沒有在蒼山市有任何停留，把洪三金喊了過來，直接開車返回關山鎮。

不過，唐智勇並沒有跟著柳擎宇，因為他還有一些事情需要處理，他和柳擎宇約好，等這邊的事情處理完，就會到關山鎮上任。

而韓香怡知道自己這次來給柳擎宇惹禍了，還給他樹了董天霸這樣的敵人，所以她也帶著歉意向柳擎宇告辭，自己開車回北京。

柳擎宇回到關山鎮的時候已經是晚上了。回來之後，柳擎宇顧不上休息，直接趕到天王嶺災民安置點看望了一下災民的生活情況，他發現災民們的生活很苦，這讓他心中猶如刀割一般難受。不過好在自己已經從市裡要回了五百萬的救災資金，估計現在錢應該已經到賬了，他決定明天立刻讓鎮財政所提錢購買各種救災物資。

當天晚上，他四處走訪，瞭解災民們的實際情況，為以後發放賑災物資打好基礎。

等柳擎宇走訪完，已經是午夜十二點了，柳擎宇也就沒有回鎮裡的宿舍去，而是直接留在天王嶺過夜。

第二天一大早，柳擎宇乘車趕回鎮裡，立刻給鎮財政所所長張宏軒打了一個電話，讓他到自己辦公室來一趟。

張宏軒是個四十多歲的中年男人，身體有些發福，走進柳擎宇辦公室後，便點頭哈腰滿臉帶笑地說道：「鎮長，您找我有啥指示？」

「我昨天從市裡籌到五百萬的賑災款，現在應該都到賬了吧？你一會兒帶著存摺跟我去縣裡取錢，並購買賑災物資去。」

聽完柳擎宇的話，張宏軒的表情變得猶豫起來，有些欲言又止。

柳擎宇一皺眉頭：「張所長，你怎麼回事？有什麼話就直說，災民們的吃喝問題才是大事，我們必須要儘快解決。」

張宏軒滿臉苦澀地說道：「鎮長，錢昨天下午就到賬了，不過不是五百萬，只有五十萬。」

「什麼？只有五十萬？」柳擎宇的眼睛瞪大了，怒道：「這到底是怎麼回事？」

張宏軒苦著臉說：「鎮長，您有所不知，凡是市裡的財政撥款，肯定是先匯到縣裡，縣裡再劃給我們鎮裡的時候，肯定會截留一部分的。以往縣裡一般也就截留一半左右，沒想到這次竟然留了百分之九十，哎！這錢根本就不夠啊！」

聽到這裡，柳擎宇心中的怒火一下子躥了出來，狠狠一拍桌子怒聲說道：「奶奶的，居然連老百姓的救命錢都敢截留，我倒是要看看，誰有這麼大的膽子！走，跟我一起去縣裡，**我要把錢一分不少的全都要回來。**」

聽柳擎宇說要把五百萬一分不少的要回來，張宏軒嚇了一跳，立即勸阻道：「柳鎮長，恕我直言，上級截留財政撥款這屬於潛規則啊，以往這種事也常發生的，還沒有哪個領導真的去上級那兒要過錢啊。您想想看，即便是真的把錢要回來了，以後涉及到相關撥款的時候，縣裡面只需要拖上一拖，我們關山鎮就會難受得很啊，我建議您可一定要三思啊。」

張宏軒雖然屬於石振強的人，但是在涉及關山鎮的命運，尤其是以後財政撥款能否順利達到利益的時候，他可不敢掉以輕心。

在他看來，這個柳鎮長就是個愣頭青，他這樣做不僅是給他找麻煩，也是給自己找麻煩啊，萬一以後該撥款的時候縣裡沒有撥付下來，到時候還得自己去縣裡疏通關係，所以他打算好好的勸一勸柳擎宇。

然而，柳擎宇聽完張宏軒的話後，只是使勁地搖搖頭，道：

「以後的情況怎麼樣那是以後的事，但是眼前的問題是，我已經答應過唐市長，我要把這五百萬賑災款一分不少的全都用在老百姓的身上，這筆錢，我不容任何人截留、染指、貪污！這是唐市長從他的市長基金裡撥下來給老百姓的救命錢，我不能辜負唐市長的期望啊！好了，別的就不要說了，跟我去縣裡要錢去。」

說著，柳擎宇一邊拿起手機撥通洪三金的電話，一邊往外走。等柳擎宇趕到辦公大樓門口的時候，洪三金已經開車等在門口了。

柳擎宇和張宏軒上車後，柳擎宇拍了拍洪三金的肩膀說道：「三金主任，最近辛苦你了，你幹得不錯。」

雖然柳擎宇初入仕途，但是跟在老爸身邊耳濡目染這麼多年，對於官場上如何感化手下、拉攏人才也是有些自己的想法的，尤其是他在狼牙特種大隊的這五年中，他能夠以全軍最年輕不到二十歲的年紀便成為狼牙大隊的老大，帶著一群起碼比他大上四五歲甚至是六七歲的軍中精英們，一起前往世界各地去完成各種艱巨任務，沒有一些手段肯定是不可能服眾的。

在狼牙大隊，柳擎宇的威望之高，就連軍中的一些首長都相當欽佩，認定柳擎宇是個超級幹將、帶隊高手。這也是柳擎宇為什麼能夠年紀輕輕便頻頻獲得提升的原因之一。

此刻，被柳擎宇這麼一拍肩膀，誇獎了兩句，洪三金立刻就感覺到身體輕飄飄的，彷彿吃了人參果一般，心中更加堅定了要緊跟柳擎宇的信念。

看到洪三金的表情，柳擎宇便知道自己這點小手段取得作用了。現在他初到關山鎮，手中沒有可用之人，要想儘快打開局面，必須要有熟知關山鎮情況的、有一定權力的嫡系手下，經過這幾天的考察，柳擎宇發現洪三金的工作能力算是比較強的，而且對自己的忠心也在慢慢提升，他知道洪三金從現在起，已經可以算是自己陣營的人了。

一路無話，汽車直奔景林縣財政局，停在財政局的院內。

縣財政局是一座舊式三層小樓，但是院子內的汽車卻不少，都是各個鄉鎮和縣局機關過來跑資金的。

一邊往辦公大樓裡面走，柳擎宇一邊看向張宏軒說道：「張所長，你知道縣財政局局長蔣福林的辦公室在哪裡吧？」

張宏軒連忙點點頭說道：「知道知道，就在三樓東邊第二個陽面的房間。」

柳擎宇不再廢話，直接邁步殺向三樓，來到東邊第二個陽面房間外，連門都沒敲，就直接推門走了進去。

此刻，房間內，蔣福林正抱著縣局新分配過來的女大學生在那裡調情呢，看到突然闖進來的柳擎宇三人，蔣福林胖乎乎的臉立刻陰沉下來，那個女大學生則紅著臉一邊整理著衣服一邊向外走去。

蔣福林看了柳擎宇一眼，發現並不認識，不過張宏軒他可是認識的，便寒著臉瞪著張宏軒說道：「我說張宏軒啊，你怎麼回事，一點規矩都沒有，進別人辦公室不知道要先敲門嗎？」

張宏軒連忙撇清道：「蔣局長，是這樣的，我是跟著我們柳鎮長過來的。我給您介紹一下，這位就是我們關山鎮新上任的鎮長柳擎宇同志。」

蔣福林將目光落在了柳擎宇的臉上。這一看，蔣福林就是一驚，對這位柳擎宇他可是早有耳聞，知道這個愣頭青鎮長十分年輕，連縣長都敢打，卻沒有想到這個柳擎宇竟然如此年輕。

不過身為財政局局長，蔣福林的底氣是相當足的，別說柳擎宇不過是個小小的鎮長，就算是很多鄉鎮的鎮委書記到這裡也得低眉順眼的，於是他沉著臉看向柳擎宇說道：

「小柳同志，你到我這裡有什麼事嗎？如果沒有事的話就立刻出去吧，我工作很忙的，沒有時間接待你們。」

柳擎宇這一次的目標很明確，就是過來要錢的，而且他非常清楚，按照正常流程，是絕不可能把那四百五十萬給要回來，所以他索性一上來就不走尋常路，直接站到蔣福林的對面，目光直視著蔣福林說道：

「蔣局長，既然你很忙，那我也不跟你廢話了，我問你，市財政撥給我們關山鎮的賑災資金是不是有五百萬？」

蔣福林的心就是一沉，不過還是板著臉說道：「你問這做什麼？這跟你有關係嗎？」

柳擎宇冷冷說道：「當然和我有關係，這五百萬是我親自從唐副市長那裡要來的，是用來給關山鎮進行賑災的，但是我們關山鎮一共只收到了五十萬，被縣裡截留了四百五十萬，這到底是怎麼回事？是不是你把那筆資金給私吞了？」

蔣福林頓時大怒：「柳擎宇，你不要血口噴人，小心我告你誹謗！雖然這筆錢是你要來的，但是這筆錢是市裡撥給我們縣的，縣裡怎麼分配這筆資金的使用，是有著統籌考慮的。該是你的，一分錢都少不了你，不該是你的，多一分錢你也拿不到，你們還是趕快回去賑災吧，我這邊還有一個會要開。」

說著，蔣福林站起身來就要往外走。

然而，他沒有想到的是，他剛一起身，柳擎宇就一個箭步擋在了他的身前，低頭瞪著他道：「怎麼，蔣局長，這事情沒有說清楚你就想走，可能嗎？」

柳擎宇身高一米九，而蔣福林不過才一百七十左右，柳擎宇往那裡一站，猶如半截黑塔一般。蔣福林立即感受到柳擎宇目光中的殺氣，不禁嚇得雙腿發抖，顫聲說道：「柳擎宇，你到底想要怎麼樣？我可告訴你，這裡是縣財政局，你可不要胡來。」

柳擎宇沉聲道：「蔣局長，我知道這裡是縣財政局，我真的不想胡來，但是你也別逼我，你最好將剩餘的四百五十萬賑災款立刻匯到我們關山鎮財政所的帳戶上，那樣我二話不說轉身就走。如果你不匯的話，我不介意為了我們關山鎮老百姓的救命錢，和你好好地交流交流。」

說著，柳擎宇捋胳膊挽袖子，搓著手，做出一副打架前的熱身架勢來，兩眼惡狠狠地瞪著蔣福林。

見到柳擎宇這個架勢，蔣福林雙腿顫抖得更加厲害了。然而他很清楚，這筆錢之所以被縣財政局截留，其根源在於縣長薛文龍親自給自己打的電話，柳擎宇找他根本就找錯人了。為了自保，他決定把柳擎宇這枚定時炸彈推回到縣長薛文龍那邊去。

於是他顫聲說道：「小柳，你要想拿到剩下的那筆錢，找我是沒有用的，我不過是按照上級的指示辦事而已，你得去薛縣長那裡拿到薛縣長的簽字批示才行，否則，你就是打死我，我也不可能把錢撥給你的。」

「哦，原來是這樣啊，你早點說嘛。」柳擎宇輕輕把袖子放了下來，「這天真是太熱了，蔣局長，不是我說你啊，你這屋裡的空調似乎有些不太管用啊。你先忙，我告辭了。蔣局長，希望以後我們關山鎮的財政撥款，你們財政局不要隨意截留哦！拜託了。」說完便轉身向外走去。

望著柳擎宇的背影，蔣福林使勁地抹了抹額頭上的汗珠，心中暗道：這個柳擎宇可不是一個簡單角色啊，看來這次薛縣長恐怕要踩到地雷上了，不知道柳擎宇能不能從薛縣長手中把錢要回來？以前可是從來沒有人能夠從薛縣長手中要回被截留的資金，**柳擎宇會不會成為例外呢？**

從縣財政局離開，柳擎宇趕到縣政府大院，撥開攔著他不讓他上樓的值班人員，逕自上樓來到薛文龍的縣長辦公室，直接推門而入。

辦公室裡，薛文龍正在和某鎮的一個鎮長談話呢，看到柳擎宇走了進來，不由得眉頭一皺，厭惡地道：「柳擎宇，你有沒有一點規矩，我讓你進來了嗎？出去！」

然而，柳擎宇根本就不理會薛文龍，對那位鎮長道：「這位老哥，真是對不起啊，我今天來有一件十分重要和緊急的事需要跟薛縣長好好談談，能不能讓我先插個隊，以後我必有厚報。」

那個鎮長看了眼柳擎宇，又看了看薛文龍的表情，知道兩人之間肯定有很大的矛盾，這時候還是先離開得好，所以對薛文龍道：「薛縣長，那你們先聊，我在外面等一會兒。」

等此人離開後，柳擎宇立即質問薛文龍道：「薛縣長，你剛才說我一點規矩都沒有，那麼我想問問你，我費盡心血從蒼山市弄來的五百萬賑災資金，你憑什麼說截留就截留？你知道不知道那是關山鎮三萬多老百姓的救命錢？你這種隨意截留上級資金的行為也算是講規矩嗎？薛縣長，我來就是來找你要錢的，我希望你能夠把剩餘的四百五十萬讓財政局全都匯到我們關山鎮財政所的帳戶上以用於賑災。」

薛文龍不是傻瓜，早就知道柳擎宇一定會來找他理論這筆錢，因此藉口和手段他也早就想好了。這一次，他決定用以柔克剛的方式來對付柳擎宇。

薛文龍站起身來，親自給柳擎宇倒了杯水，然後柔聲說道：

「柳同志啊，我知道這錢是你從市裡要回來的，你辛苦了。對於你急切想要把資金帶回關山鎮的心情我也非常理解，不過，你也要換位思考一下，我身為景林縣的縣長，必須要一碗水端平是不是？你也知道，這次受災的地區並不僅僅是你們關山鎮一個鎮，全縣十多個鄉鎮都受災了，各個鄉鎮都需要資金支援啊，如果把這筆錢都給了你們，其他鄉鎮的災民怎麼辦？你們關山鎮的老百姓是人，其他鄉鎮的老百姓難道就不是人？難道他們就應該受苦受難？這道理講不通吧！

「柳同志，你要理解我們縣領導的決定啊，雖然截留資金是我做出的指示，但是這個決定是全體縣委共同做出的決策，你不能把所有怨氣都撒在我一個人的身上是不是？而且縣委這樣的決策也是為了全縣老百姓著想啊！」

說完，薛文龍便用看似十分真誠的目光凝視著柳擎宇。

薛文龍這樣的說辭，讓柳擎宇不由得眉頭一皺。不得不說薛文龍把截留資金說成是縣委全體的決定，讓他的確有些犯難了。雖然他明知這絕對是薛文龍個人的決定，但是，薛文龍這樣說，他總不能真的一個一個去找其他縣委常委詢問核實啊。

看到柳擎宇緊鎖的雙眉，薛文龍心中暗暗冷笑道：「柳擎宇啊柳擎宇，雖然你年輕氣盛，甚至有可能在市裡還有些背景，但是在關山鎮，你屁都不是！老子想要怎麼玩你就怎麼玩你，我要玩得你一點脾氣都沒有！而且你居然一下子就將市委副書記和市政法委書記的兒子都給得罪了，他們可都是打電話到我這兒讓我好好的收拾收拾你，就算你有唐副市長做靠山我也不怕。」

此刻，柳擎宇的大腦在飛快地轉動著，以前在部隊執行任務，敵我雙方比拼的是實力，誰的實力強誰就獲勝，但是現在薛文龍這個老狐狸三言兩語就把自己說得啞口無言，要和他較量可**不僅僅是比拼實力，還有智慧和策略**，自己應該怎樣**破解掉眼前的這個必死之局呢？**

這時候，薛文龍又說話了：「柳同志啊，你才廿二歲就當上鎮長，將來的前途不可限量啊，你要想有所發展，必須要有大局觀，等你將來走上更高的領導崗位後，就會明白我和其他縣委做出截留資金也是無奈之舉了。」

本來柳擎宇正在發愁自己該如何破局呢，聽薛文龍這麼一說，腦中突然靈光一閃，一個念頭浮現出來。他陰沉著臉看向薛文龍說道：

「薛縣長，對於你下令截留資金的理由我暫時不予置評，但是我有一個非常不解的地方想請問您一下，不知道您能否回答？」

薛文龍淡定一笑：「有什麼問題你儘管問。」

第六章

為民請願

「薛縣長，像你這樣的人難道我不該把你給打醒嗎？打人是不對，我認錯，也願意為此承擔責任，你就為了關山鎮三萬多名老百姓能夠活命，把截下來的剩餘資金立刻還給我們吧！我代表我們關山鎮老百姓求求你了！」

「薛縣長，我有一點非常不明白，我們景林縣既然遭遇了這麼大規模的洪災，為什麼到現在為止，縣電視臺卻沒有播放有關災區的情況，我去市裡申請賑災資金的時候，市裡也沒有得到我們景林縣發生嚴重洪災的報告。但我們關山鎮受災的報告早就送到縣裡了呀，為什麼縣裡沒有報到市裡？

「薛縣長，這是為什麼？難道你和其他縣委們都認為憑我們景林縣的財力可以解決各地的受災情況？既然能夠解決，為什麼還要截留我從市裡弄來的資金呢？如果憑縣裡的財力不能解決，又為什麼不儘快向市裡報告災情、申請市裡的支持呢？你和縣委到底在猶豫什麼？是不是**害怕承擔責任**，想要像發生重大礦難的那些地方一樣，**隱瞞真實情況**拒不上報呢？」

說到最後一句話，柳擎宇的聲音中已經充滿了強烈的怒意。

其實，從唐建國告訴他市裡並沒有接到景林縣的災情彙報之後，柳擎宇就已經想到這一點了，只是後來由於資金問題，柳擎宇把這個問題忽視了，更何況，他不過是個小小的鎮長而已，對於縣裡的工作根本沒有資格去指手畫腳的。但是現在薛文龍竟然要拿什麼縣委共同決定來忽悠自己，逼自己讓步，這是柳擎宇絕對不能容忍的。

聽了柳擎宇的質問，薛文龍心中就是一驚。事情果然如柳擎宇所說的，不管是他也好，景林縣的其他縣委領導也好，這次保持默契一直沒有向上級彙報，的確是有他們自己的考慮。

他們知道這次洪災，縣裡領導們有一定的責任，所以一直在延遲彙報時間。要說拒不上報他們不敢，但是延遲一下彙報時間，好好佈局一下，到時候大力宣傳一下賑災過程中各地幹部的優秀事蹟，掩蓋一下縣委領導們的責任，這樣就可大事化小小事化無了。

現在縣裡已經佈局好，在柳擎宇來之前就向市裡彙報了，而且今天晚上的新聞，將會大肆報導關山鎮的幹部在鎮委書記石振強的帶領下，戰勝各種困難，最後確保鎮裡災民沒有一個在洪災中死亡的感人事蹟。

而且薛文龍還準備一天後舉行隆重的表彰大會，並邀請電視臺的記者們來進行採訪報導，進行宣傳，以降低洪災所帶來的不利影響。這件事幾乎所有關山鎮的黨委委員們都知道，只有柳擎宇不知道。

因此，薛文龍說道：「柳擎宇同志，縣裡的事自有縣委統籌考慮，這一點就不勞你這個鎮長費心了，而且鎮裡的災情，縣裡已經向市裡彙報過了，至於什麼時候，這不是你這個級別可以知道的內容。好了，我還很忙，沒有其他事情的話，你就回去吧。」

柳擎宇聽薛文龍這樣說，臉色立刻沉了下來。他明白薛文龍就是想要忽悠自己，既然這樣，心中便有了決斷，於是盯著薛文龍道：

「薛縣長，您說得沒錯，不在其位，不謀其政，縣裡的決策我沒有資格參與，但是，我既然身在關山鎮鎮長，就必須要為關山鎮的事情考慮。薛縣長，你也不用拿什麼集體決定這樣的理由來忽悠我，你我心裡都非常清楚，這只是托詞，你不過是想要給我來一招釜底抽薪而已。但是我要說的是，我不吃你這一套！我只問你一句話，我們關山鎮剩餘的四百五十萬，你到底給還是不給？

「不要再跟我談什麼空洞的大道理，你自己不信，我也不信。我柳擎宇並不想得罪誰，也沒有喜歡動手的習慣，但是如果有誰膽敢為了一己之私，置數萬老百姓的切身利益於不顧，公報私仇，我不介意用拳頭讓他知道老百姓的利益是絕對不能侵犯的！我柳擎宇是當兵出身的，性子急，心中沒有那麼多規矩！」

薛文龍頭大起來，這個人怎麼就說不通呢，只好繼續和他耗下去：

「小柳同志啊，你要是這樣說的話，我可得好好說一說你了，你知道你的身分嗎？你是關山鎮的鎮長，堂堂的正科級幹部！身為幹部，怎麼能一點規矩都沒有呢！是，你是軍轉幹不假，但是身為軍官就能不講究官場規矩了？柳擎宇啊，我之前不是說了嘛，你還年輕，前途無量，要好好學習一下官場規矩，只有這樣才能在官場上走得長遠啊！」

柳擎宇向前邁了一步，距離薛文龍只有不到三十釐米的距離，冷冷說道：「薛縣長，不要再和我兜圈子了，我再最後問你一句，本就屬於我們關山鎮老百姓的救命錢，你到底是給還是不給？」

薛文龍依然堅持道：「不是我不想給，而是這的確是縣委集體決定的結果……」

薛文龍後面的話還沒有說完，啪啪啪啪！四個清脆的嘴巴與手掌親密接觸所發出的聲音立刻在辦公室內回蕩起來。

柳擎宇揮了揮手掌，繼續問道：「薛文龍，我再問你一句，這錢是給還是不給？」

「不給！」薛文龍依然語氣強硬地說道。

臉上火辣辣的疼痛讓他幾乎抓狂，身為上級被下屬暴打所帶來的屈辱感，更是讓他心生怨恨。此刻，薛文龍已經把柳擎宇恨到骨髓裡了，他發誓，一定要好好收拾柳擎宇，**讓他斷了官場之路，永世不得超生！**

捨得一身剮，敢把皇帝拉下馬！現在薛文龍也豁出去了！柳擎宇頂多扇自己幾個嘴巴，只要自己忍著不給他錢，到時候柳擎宇做不好賑災工作，自己就能找到理由將他這個鎮長職位拿下。就算是常務副市長唐建國問起來，他也有話可說。

然而，他低估了柳擎宇的脾氣！

看到薛文龍拒不給錢還一副理直氣壯的樣子，柳擎宇心中的怒火徹底爆發！他一把揪住薛文龍的脖子，將他從辦公桌後面給拉了出來，來到辦公室外面的走廊上！

這層樓是縣委常委辦公樓，每個縣委常委在這層樓都有一間辦公室，正巧一個小時後有一個例行常委會要召開，所以幾乎大部分常委都在辦公室內等候著。

此刻，柳擎宇把薛文龍揪到走廊後，猛的一腳踹在薛文龍的小腹上，將薛文龍踹倒在地，用腳踩住薛文龍的臉說道：「薛文龍，我再問你一句，我要回來的賑災款，你到底給還是不給？」

這時，在門外等候薛文龍召見的某鎮鎮長看到柳擎宇揪著薛文龍走出來先是一愣，又看到薛文龍被柳擎宇踹倒在地，為了表示對薛文龍的忠心，他立刻衝了上來。

但走到一半，他便停住了，因為他突然想到：柳擎宇連縣長都敢打，自己上去不是找揍挨嗎，於是他只是扯著嗓子喊道：「柳擎宇，你要幹什麼？你怎麼能打薛縣長呢，有事情可以好好說嘛！」

柳擎宇沒有鳥他，又用腳踢了薛文龍一下說道：

「薛文龍，你也太不是東西了，上次你有錢給自己買車裝修辦公室，卻沒錢給我們關山鎮賑災款，這我也就忍了；現在你居然把我費盡心血要回來的賑災款給截留下來，你還有沒有一點良心?!你還有沒有一點良知?!我再問你一次，這錢你到底是給還是不給？」

薛文龍躺在地上，心想：自己這次算是丟人丟大了。這個柳擎宇，太不是東西了！那位鎮長老兄發現柳擎宇根本不理會他，急得瘋狂挨著房間敲門，邊敲邊喊道：「快來人啊，柳擎宇快要把鎮長給打死了！」

這一下，本來打算在房內偷看熱鬧的縣委常委們不能再躲在屋裡了，紛紛從房間內走了出來。

當眾人看到平時一向作威作福、從來不把任何人放在眼中的薛文龍居然被柳擎宇踩在腳下的時候，各自有不同的感受。

縣委書記夏正德心中那叫一個爽啊，不過夏正德也是一個場面上的人，看見柳擎宇踩著薛文龍，他立刻走過來咳嗽一聲說道：

「咳，柳擎宇同志，你這是在幹什麼？知道這裡是什麼地方嗎？這裡是縣委常委樓！知道你腳下踩的是誰嗎？他可是我們景林縣的縣長薛文龍同志！柳擎宇，趕快把腳抬起來，讓薛同志站起來說話。」

縣委副書記包天陽更是怒聲道：「柳擎宇，你這是幹什麼啊，還有沒有一點組織紀律啊，連縣長你都敢打，你這是以下犯上知道嗎？這是要受到黨紀政紀處分的！」

柳擎宇沒有搭理他，看向縣委書記夏正德說道：「夏書記，我想問您一件事情，我從市裡唐副市長那裡要來了五百萬專項賑災款被截留，是不是召開了縣委常委會討論此事，是不是縣委集體做出的決定？」

此刻，被踩的薛文龍怎麼也沒想到，柳擎宇竟然真的向人求證這件事，立即意識到要壞事了。

果然，夏正德聽到柳擎宇的問話後，把腦袋搖得像撥浪鼓一般，大聲道：「這是不可能的！縣裡做事一向都非常規矩，尤其是像賑災款這種重要的錢，更是做到專款專用。這一點市委是發過相關文件的，縣委怎麼會開會討論這樣的事呢？柳同志，這點你肯定是聽錯了。」

夏正德發現柳擎宇真是自己的福星，上一次柳擎宇扇了薛文龍兩個大耳光，打得薛文龍威信掃地。這一次，柳擎宇不僅當著各位常委的面把薛文龍給打了，更是要當場揭穿薛文龍的謊言，這對薛文龍的威望絕對是個重大的打擊啊，這種好機會他怎麼能放過呢，所以立刻配合著柳擎宇說了起來。

聽夏正德這樣說，柳擎宇**知道自己賭對了**！

他一把把薛文龍從地上揪了起來，四目對視，正色說道：「尊敬的薛縣長，你之前不是口口聲聲說截留我們關山鎮賑災專款是縣委的決定嗎？現在謊言被揭穿了，你還有什麼話說？薛縣長，不是我說你，你好歹也是一縣之長，怎麼能隨口撒謊呢？你這不是為了一己之私公報私仇嗎？這不是故意要讓我們關山鎮的老百姓斷糧斷水嗎？你這和蓄意殺人沒有什麼兩樣啊！薛縣長，你說，像你這樣的人難道我不該把你給打醒嗎?!打人是不對，我認錯，也願意為此承擔責任，但是薛縣長，你就為了關山鎮三萬多名老百姓能夠活命，把截下來的剩餘資金立刻還給我們吧！我代表我們關山鎮老百姓求求你了！」

說到這裡，柳擎宇鬆開薛文龍，對著四周的縣委常委們抱了抱拳：

「各位縣委領導，我也代表我們關山鎮三萬多老百姓求求你們了，你們就行行好，勸一勸薛縣長，讓他把屬於我們關山鎮老百姓的救命錢撥給我們吧！」

薛文龍此時被氣得幾乎快要吐血了！柳擎宇先是借勢，然後借題發揮，用老百姓的名義，擺出一副弱者的姿態，還求其他縣委為他說情，這簡直是赤裸裸的打臉啊！

明明被打的是自己，柳擎宇反而擺出受害者的姿態，這也太無恥了吧！

更讓薛文龍氣結的是，一直被他狠狠壓制著無法翻身的夏正德又說話了：

「薛縣長，這件事你做得的確有些過分啊，沒有召開縣委常委會就貿然的把截留賑災專款說成是縣委的集體決定，你這是沒有把整個縣委常委的其他成員放在眼中啊！你說說，萬一要是這筆被截留的資金出現了重大問題，豈不是要我們其他縣委常委們跟著你一起承擔責任？如果我們同意也就罷了，但問題是我們沒有同意啊！尤其是這筆錢可是人家唐副市長從他的市長基金中撥出來的賑災專款，這事要是讓唐副市長知道了，怪罪下來，大家豈不是跟著你一起受罰嗎？

「薛縣長，你這件事做得太不上道了！而且，我聽說你已經批示打算拿這筆錢用來裝修你的辦公室和宿舍以及購置相關的用品，薛縣長，你這可是挪用專款啊，一旦上級查起來，後果是非常嚴重的，你可不能拉著大家陪你一起死啊！」

柳擎宇心中對夏正德暗暗豎起了大拇指，這個夏正德絕不是個善類啊！出手時機和出招角度簡直正中要害。**狠！真的太狠了！**幾乎每句話都**狠狠地砍在薛文龍的痛處！**而且字裡行間充滿了挑撥離間之意，如果哪個常委在這時候支持薛文龍的話，一旦薛文龍挪用資金的事，上級認真查起來，那是真的要承擔責任的，所以這時候，即便是薛文龍的嫡系人馬也沒有一個人敢站出來為薛文龍說話了。

此刻，薛文龍憤怒和羞辱交加，但是他是個做事果決之人，知道如果這時候自己再不趕快平息此事，恐怕事情就要鬧大，尤其是看到夏正德有借機打擊自己的苗頭，一旦鬧大，對自己十分不利。

他把牙一咬，充滿怨毒地看了柳擎宇一眼，沉聲道：「好一個柳擎宇，看來我薛文龍還真是低估了你，你放心，關山鎮剩下的四百五十萬賑災資金我會在兩天內讓財政局直接劃撥到你們關山鎮的帳戶上。你現在可以回去了。但是，鑒於你毆打上級，做事魯莽，必須給你一個記過警告處分。

一個警告處分，足以讓薛文龍在以後柳擎宇晉升的關鍵時刻拿出來說事，但是柳擎宇已經無所謂了，只要拿到老百姓的救命錢，其他的，他都不看在眼中。

所以，柳擎宇只是淡淡一笑說道：「沒問題，這個決定我接受。希望薛縣長能夠兌現你的承諾。各位縣委領導，非常感謝大家的支持，告辭了。」

說完，柳擎宇感激地看了夏正德一眼，對他輕輕點點頭，然後轉身向外走去。

柳擎宇離開後，薛文龍立即給縣醫院的一個醫生打了電話，讓他過來把自己臉上的傷勢處理一下，隨後又馬上把自己的高級智囊——縣委副書記包天陽給喊了過來。

「老包，你說說，這柳擎宇也太囂張了，居然連打我兩次，再不狠狠收拾他，我就真沒臉了。你說，有什麼好的建議沒有？」

「縣長，以咱們的地位收拾柳擎宇不過是小菜一碟！後天我們不是要去關山鎮召開賑災表彰大會嗎？按照常理，柳擎宇是肯定要參加的，畢竟他是鎮長嘛，但是到時候可以讓石振強找個理由把柳擎宇給支開，讓他無法參加這次賑災表彰大會，沒有參加就相當於沒有他的功勞嘛！而且到時候表彰時，石振強是主角，我們可以把關山鎮賑災取得的所有成績全都放在石振強的身上，讓柳擎宇一根毛也撈不到！這是第一招！第二招則是針對柳擎宇弄到的那五百萬賑災款，雖然我們把這筆錢全都撥給關山鎮財政所了，但是我們可以採取手段讓柳擎宇看得見這筆錢，卻沒有權力動用，我們可以這樣……」

說著，包天陽獻上一計。

薛文龍聽完之後立刻大喜，滿意的點點頭說道：「好，這個主意好！這絕對會把柳擎宇氣死！哼，跟我做對，我要一步一步的好好地收拾他，讓他死無葬身之地！」

第二天，柳擎宇剛剛到辦公室，屁股還沒有坐熱呢，石振強的電話便打了過來：「柳鎮長啊，跟你商量個事。」

「石書記有啥指示儘管說。」

石振強說道：「柳鎮長，這一次我們關山鎮的災情十分嚴重，災民們的安置和安撫工作需要有特別熟悉情況的鎮委領導親自去天王嶺坐鎮，昨天你不在鎮裡，鎮裡經過黨委會表決後一致決定，由你親自前往天王嶺負責災民的安置和安撫工作，順便組織災民們展開生產自救工作。怎麼樣，對於這樣的安排有沒有不同意見？」

石振強這番話乍聽沒有任何的不妥，但是柳擎宇卻有一種強烈的預感，石振強絕對是給自己設了一個圈套，想要讓自己跳進去。

但是身為鎮長，石振強所說的這些工作本就是他的分內之事，而且柳擎宇對災民們的情況十分關心和憂慮，即便是石振強不拿出鎮委集體決定來壓自己，他也準備前往天王嶺去駐場監督，所以，柳擎宇沒有任何猶豫，立刻說道：「好的，沒有問題。」

石振強立刻接口說：「那好，你立刻趕往天王嶺去坐鎮吧，把洪三金也一起帶去，我看你用他用得挺順手的。他的車你就先用著吧，油錢到時候鎮裡負責解決。」

「嗯，我安排一下，立刻就會前往天王嶺的。」

掛斷電話，柳擎宇陷入了沉思中。自己在關山鎮只有洪三金這麼一個可用的人，現在石振強刻意讓自己把洪三金也帶去，到底有什麼目的呢？

柳擎宇立刻打電話把洪三金給喊了過來。

「老洪啊，這次喊你過來，是有事情要吩咐你。」

洪三金連忙說道：「鎮長，有事您儘管吩咐，我會努力辦好的。」

柳擎宇交代道：「老洪，我一會兒就要前往天王嶺去負責災民安置工作，但是鎮裡的工作也不能耽擱了，剛才鎮委石書記打電話讓我帶你一起過去，我感覺他應該有什麼其他的安排，所以我決定讓你留下來，注意觀察鎮裡面發生了什麼事，好及時向我彙報。」

看到柳擎宇將自己視為嫡系人馬，洪三金十分感動，激動地道：「鎮長您放心，我一定不會辜負您對我的期望的。」

「好的，你的私家車我就暫時先借用了，油費到時候我會一起結算給你，你就先委屈一下吧。」

洪三金忙道：「沒事沒事，鎮長您一切都是為了我們關山鎮的百姓，您能夠用我的車，那是我的榮幸。」

當柳擎宇到了天王嶺後，立刻便投入到緊張繁忙的工作中，對關山鎮的事根本無暇顧及了。

次日上午，關山鎮鎮政府大院內彩旗飄飄，大院正中央搭了一座舞臺，舞臺上並排擺放著幾張桌子，舞臺上方懸掛著一條橫幅，上面寫著：「關山鎮領導班子表彰大會暨關山鎮抗洪救災專題報告會。」，下方則擺放著不少的椅子。

九點半左右，鎮委大院內人頭攢動，來自景林縣各個鄉鎮的一二把手們，有的在院內的椅子上就座，有的三三兩兩聚在一起聊天。舞臺的桌子上擺著名牌，分別寫著幾個人的名字：縣長薛文龍、縣委宣傳部部長周陽、縣政府辦主任左明義、關山鎮鎮委書記石振強。

此刻，洪三金幫鎮委辦佈置好會場後，立刻躲到廁所裡，拿出手機撥通柳擎宇的電話。隨後義憤填膺地說道：

「鎮長，我終於明白為什麼石書記要把你給支走了，原來今天上午十點鐘要舉辦表彰大會暨抗洪救災專題報告會，我看了一下會議的議程以及鎮委石書記的專題報告，石書記的報告中，把這次救災的功勞全部攬在懷中，說自己堅守在水庫大壩上，親自帶著老百姓一起加固堤壩，甚至還在抗洪救災中受傷。鎮長，石書記也太過分了，明明所有的功勞全都是您的，事情也都是您做的，他不過是帶著人到大壩上轉了一圈就跑了，這明顯是搶您的功勞啊！」

柳擎宇雖然不在意石振強在工作中是否盡力，但是如此卑鄙無恥地搶奪自己的功勞，這也太讓人不爽了。但話說回來，誰讓他是鎮委書記呢，鎮長取得的一切成績都是在鎮委書記領導下取得的，這在表面上也沒有什麼可以辯駁的。但是石振強居然事先不通告自己一聲，還用調虎離山計把自己調開，這就有點超過了。

柳擎宇拳頭緊攥，眼中露出寒光，不過對洪三金只淡淡地說道：「這件事我知道了，你繼續關注，有什麼最新進展可以給我發簡訊。」

看到眼前那麼多面帶菜色、吃喝都有些緊張的災民們，柳擎宇只能暫時放下內心所有的想法，繼續投入到和災民們的交流和安排中去，政治鬥爭可以暫緩，但是老百姓的事情和問題必須要先解決。

柳擎宇為了老百姓的事情在忍耐著！但是，柳擎宇能忍，洪三金卻不能忍了！

洪三金既然經投靠到柳擎宇的陣營中去，那麼自己的命運和柳擎宇就是一體的，一榮俱榮，一損俱損，為了自己的命運和前途，洪三金出手了。

洪三金拿出手機，立刻給自己熟悉並且關係不錯的馬蘭村村長田老栓打了個電話，把鎮裡舉辦表彰大會卻把柳擎宇排斥在外以及石振強報告的細節都全盤告之。

田老栓聽完也火了。田老栓可是自始至終都和柳擎宇在一起守壩的人，他太清楚柳擎宇在這次抗洪中付出了多少！尤其是柳擎宇剛剛從災民的安置區走訪過，及時瞭解了大家的需求和問題，能夠解決的當場就給解決掉，不能解決的，也承諾這兩天就會全部解決。對這樣一個全心全意為老百姓做事的鎮長，田老栓從來沒有看到過，也從來沒有遇見過。

田老栓徹底憤怒了！他立刻把所有村民都召集起來，把洪三金跟他所說的話簡短的說了一遍，然後大聲說道：

「各位鄉親們，柳鎮長雖然年輕，但是他的所作所為，我們大家都有目共睹，他是真真正正為我們老百姓做事的好鎮長啊！但是現在石振強竟然卑鄙無恥到這種程度，縣裡的領導們更是為虎作倀，你們說，這種事情我們老百姓能忍不能忍？」

「不能忍！絕對不能忍！」

「打倒石振強這個卑鄙無恥的小人！」

村民們紛紛七嘴八舌地叫喊起來，情緒也越來越激動了。

田老栓怒聲道：「各位鄉親們，我田老栓決定了，就算是我這個村長被免職，我也要去鎮政府大院找縣裡的領導們給柳鎮長討一個說法，憑什麼他石振強屁都沒有放一個就要搶奪柳鎮長的功勞?!我要給柳鎮長討回一個公道！是爺們的就跟我一起去！」說著，田老栓便向外走去！

田老栓身後，凡是能夠走動的人，甚至是六七十歲的老爺子、老太太們，也都跟在田老栓的身後浩浩蕩蕩的向著關山鎮鎮政府大院的方向殺了過去。

邊走，田老栓還一邊跟其他村子的村長們聯繫著，當他把柳擎宇的遭遇跟各村的村長們一說，眾人的情緒立刻沸騰起來！

人心都是肉長的，老百姓的眼睛是雪亮的，誰是真正為他們辦事，誰在他們頭上作威作福，大家心中有數得很！

尤其是這些村長們有些人在縣裡也是有一些關係的，柳擎宇為了向薛文龍要回被截留的資金，在走廊中暴打薛文龍受到處分的小道消息，早就在村長們之間傳開了。雖然大家嘴上什麼都沒有說，但是心中早已認定柳擎宇的的確確是個男人！是個敢為老百姓仗義執言的人！對這樣的老實人遭受到如此多的委屈，老百姓怎麼能夠容忍呢！

泥菩薩還有三分火氣呢！更何況這些老百姓！於是，在田老栓的串聯下，天王嶺以及其他安全地段的整個關山鎮的老百姓全都沸騰了！一時之間，四面八方的老百姓們紛紛放下手中的活計，或者扛著鍬鎬，或者赤手空拳，都卯足了勁要替柳擎宇出力。

此刻，柳擎宇正跟著一幫村民到天王嶺下面的一個深山去挑山泉水。

這是洪災過後，整個天王嶺附近唯一可以飲用的水源。前往關山鎮的道路因為與水源方向正好相反，所以對老百姓浩浩蕩蕩殺往關山鎮的事，柳擎宇並不清楚。加上水源這邊由於地勢太低，根本收不到訊號，雖然有人想要給柳擎宇通風報信，可柳擎宇的手機卻根本打不通。

十點整，關山鎮鎮政府大院內，錦旗招展，音樂震天，表彰大會正式開始。縣長薛文龍主持本次會議。

薛文龍拿著麥克風朗聲說道：

「各位來自各個鄉鎮的一二把手們，今天我們在關山鎮召開這次的表彰大會，主要是表彰一批在這次洪災過程中表現突出的個人和集體。雖然在這次洪災過程中，給我們景林縣的確造成了一些損失，但是在整體上，各個鄉鎮的主要領導們表現還是相當不錯的。尤其是關山鎮的鎮委班子在石振強同志的帶領下，更是以沒有一人傷亡的表現贏得了全體縣委領導的一致認可，所以，今天的表彰大會就放在關山鎮，各個鄉鎮的領導們要好好的聽一聽石同志他們在抗洪救災過程中都是怎麼做的，大家要好好向石振強同志取取經，多向石同志學習！」

薛文龍說完，現場立刻響起了一陣陣掌聲。

很多鄉鎮的領導看向石振強的目光中充滿了羡慕甚至是妒忌，在這次水災中，幾乎所有鄉鎮的領導們都被縣裡狠狠的批評了一頓，偏偏關山鎮的班子和石振強受到了表彰。而且有一個副縣長馬上就要退休了，正是競爭最激烈的時候，石振強受到表彰，被提拔為副縣長的可能性就變得非常大了。

隨著會議的進行，首先是由縣委領導親自給關山鎮的領導班子頒發「先進抗洪救災集體獎」，整個關山鎮的成員接到獎狀和獎盃後全都十分開心，只有秦睿婕是個例外。

秦睿婕非常清楚，關山鎮之所以能夠在這次的洪災中沒有一人死亡，幾乎百分之八十的功勞都是柳擎宇一個人的，但是，在這樣充滿榮譽、鮮花的慶功時刻，卻偏偏沒有柳擎宇的影子，這真是讓人寒心啊。

秦睿婕對石振強的虛偽、卑鄙充滿了鄙夷和極度的不滿，但是她只是一個鎮委副書記，身為官家子弟，她對官場上的潛規則自是門清的，她知道，這時候自己最好選擇沉默，否則必將成為眾人的公敵。所以，在合影的時候，別人都在笑，唯有秦睿婕一臉的茫然。

頒完先進集體獎後，是頒發先進個人獎。第一個就是給石振強，因為石振強的表現最為突出，縣長薛文龍更是對石振強大加表揚，幾乎將他捧上了天。

隨後表彰的，竟是關山鎮的常務副鎮長胡光遠。薛文龍對他也不吝讚美之詞，因為薛文龍已經決定等石振強被提拔為副縣長後，把胡光遠提拔為鎮委書記，取代石振強繼續掌控關山鎮的大局。

隨後又有兩名其他鎮的副鎮長和鎮委副書記受到了表揚。薛文龍這樣安排也是具有深意的，因為表揚的都是副手，這些人對副縣長的位置無法對石振強構成衝擊。

隨後，便進入到今天的重頭戲，由石振強做個人事蹟報告，講述他如何帶領關山鎮的老百姓一心躲過洪災，確保沒有一人死亡的事。

為了準備這次的報告，石振強可是下足了功夫。不僅從縣文教局借來投影設備，還借來一套十分出色的音響設備，確保自己講話的時候，方圓一公里內的人都能夠聽得到。還專門到縣裡找了縣作協的一個作家，專門替他寫了一份真摯感人的演講稿。

不得不說，石振強頗有表演天賦，往主席臺上一坐，便開始聲情並茂地朗讀起自己的事蹟！隨著他的朗讀，一個不畏艱險、一心為民、大公無私的優秀鎮委書記的形象躍然紙上，栩栩如生。

此時，在一公里外，正從四面八方趕來的老百姓們都聽到了石振強那聲情並茂的朗讀！

田老栓氣得狠狠地朝地上吐了口痰，怒道：「這個石振強太不是東西了，簡直是無恥之極啊，他啥時候幹過這樣的好事啊，這小子除了撈錢玩女人之外，啥時候幹過一件人事?!這完全是把柳鎮長的所作所為全都安到了他自己身上啊！鄉親們，我們快點走，一定要趕在石振強這個老王八蛋講完之前揭穿他那虛偽醜惡的嘴臉！」

「揭穿他！揭穿他！」鄉親們也全都沸騰，憤怒了！人可以無恥！但是無恥也總該有一個底限吧！這石振強已經無恥到沒有一點底限的程度了！老百姓們徹底無法忍受了！

老百姓們的怒火在燃燒著！

就在此時，一輛國產紅旗轎車從鎮裡的公路上疾馳而來，目標是鎮政府大院！

距離鎮政府大院還有不到一點五公里！正在津津有味地聽著石振強念稿的薛文龍手機突然響了起來。

他皺了下眉頭，現在正是石振強表演的關鍵時刻，稿子上的情節馬上就要進入高潮了，一個大公無私的鎮委書記的形象就要徹底昇華了，而對方竟然在這個時候打來電話，真是太沒有規矩了。

他的臉色當即沉了下來，不想搭理，但是手機卻固執的嘟嘟嘟響個不停。無奈下，他連看都沒有看電話號碼便接通了電話，怒聲道：「誰啊，這麼沒有規矩？不知道我這邊正在開會嗎？」

電話那頭先是一愣，隨即有些憤怒地說道：「薛文龍，我是市政府副秘書長沈永昊，現在正式通知你，市委常委、常務副市長唐建國同志馬上就要到關山鎮鎮政府大院外了，你看著辦吧。」

掛斷電話，沈永昊轉頭對唐建國說道：「唐市長，這個薛文龍也太不像話了，仗著有市委鄒副書記撐腰，根本就沒有把咱們放在眼裡啊！」

「他們這一系的人一向高傲慣了，恐怕除了市委書記，其他人他們都不放在眼中。」

唐建國的語氣很平靜，但是沈永昊依然從唐建國的眼底深處看到了一絲不滿。

此時，薛文龍立即意識到這次自己是幹了一件蠢事！雖然他不是唐建國這條線上的人，但是在官場上，能不得罪人還是不要得罪，想到唐建國馬上就要到了，薛文龍不敢怠慢，站起身來大聲宣布道：

「好了，所有活動暫停，大家都跟我到門口外面迎接唐市長。」然後率先走下舞臺一路小跑向大院門口衝去。

其他領導們見樣，連忙緊跟在薛文龍身後快步向大門方向跑去。

剛到大門口，便看到一輛紅旗轎車已經停在路邊，車門一開，唐建國和秘書長沈永昊從車裡走了出來。

薛文龍氣喘吁吁的跑到唐建國面前，伸出手道：「唐市長您好，歡迎您到我們景林縣前來指導工作。」

唐建國只是輕輕的和薛文龍的手碰了一下，隨即便收了回來，淡淡說道：「剛才在車上我就聽到喇叭裡面有人在講話，是誰在發言啊？很有水準嘛！」

薛文龍連忙道：「是關山鎮的一把手石振強同志。」

「嗯，本來我今天是先到你們景林縣去的，不過後來夏正德同志告訴我你到關山鎮來了，正好我此行和關山鎮也有很大關係，所以我就直接過來了。你們正在開會吧，我這次來也是有重要的事情要宣布。」

一邊說著，唐建國一邊邁步往大院內走去。

進入大院，一眼看到舞臺上的那條橫幅，立刻笑著說道：「不錯嘛，今天會議的主題和我此次前來的目標是一致的！」

薛文龍忙道：「太巧了，唐市長，您這次來有啥指示？」

唐建國沒有回答薛文龍，而是指著橫幅說道：「既然是表彰大會，那表彰的人員都確定了嗎？跟我好好聊一聊，都有誰受到了表彰？」

薛文龍不敢怠慢，連忙報告道：「市長，這次我們表彰主要是分為兩個部分，一部分是表彰先進抗洪救災先進集體，獲獎者是關山鎮鎮委班子，還有一部分是個人，分別是景林縣鎮委書記石振強同志、常務副鎮長胡光遠同志以及三里河鎮副書記牛麗萍同志、五里河的副鎮長白天虎同志。」

唐建國聽了眉頭便是一皺，隨即沉聲問道：「剛才發言的是石振強同志吧，他講的一些話我在車上都聽到了，說實在的，我很震驚，很感動啊！」

聽了這話，石振強臉上立刻露出興奮之色，如果自己能夠進入副市長的眼中，將來的前途可是不可限量啊。

可是唐建國又說了一句：「薛同志啊，有關石振強同志的事蹟，你們縣裡都核實過了嗎？都是真的嗎？」

剛才還興奮無比的石振強的心，一下子就沉到了谷底，內心也開始忐忑不安起來。但是唐建國既然這樣問了，他就必須要回答，而且還必須要肯定的回答，否則不就說明縣裡的工作沒有做好嘛！

所以，他立刻毫不猶豫地說道：「唐市長，有關石振強同志的事蹟我們都核實過了，是真實可靠的。這一點有關山鎮的全體鎮委黨委成員和關山鎮的全體老百姓作證。」

在薛文龍想來，有自己在場，全體鎮委班子成員即使有人對石振強不滿，也不敢在這個時候和自己唱反調；至於關山鎮的老百姓，那不過是個藉口而已！老百姓知道啥，還不是自己說什麼就是什麼！更何況，現在老百姓們都在忙著賑災自救呢，誰閒得沒事跑來跟唐建國證明這件事啊。

然而，就在這個時候，讓薛文龍沒有想到的一幕出現了。

幾乎就在頃刻間，鎮政府大院外面突然擠滿了黑壓壓的人群，有的甚至已經進入鎮政府大院了。

只聽人群中的田老栓大聲喊道：「石振強卑鄙無恥，石振強滿口胡言！薛縣長糊塗透頂！」

隨著田老栓這聲大喊，四周的老百姓立刻跟著喊道：「石振強卑鄙無恥，石振強滿口胡言！薛縣長糊塗透頂！」

這一下，不僅薛文龍和石振強震驚了，就連唐建國也震驚了。他的目光向著四周那黑壓壓的人群看去，發現這些老百姓群情激奮，一個個用充滿了憤怒的目光看著薛文龍和石振強。他的內心開始打鼓：「這到底是怎麼回事？該不會自己剛下來就遇到群眾抗議事件了吧？」

不過唐建國畢竟是常務副市長，什麼樣的場面沒有見過，一瞬間便鎮定下來。聽老百姓喊的口號，看來這件事很有內幕啊。

想到此處，唐建國冷冷地看了薛文龍一眼說道：「薛縣長，這是怎麼回事？怎麼我剛來就被老百姓給圍上了？這是你們安排的？」

薛文龍連忙搖頭道：「唐市長，您誤會了，這絕對不是我們安排的。」他立刻看向石振強說道：「石書記，這是怎麼回事？這些老百姓怎麼突然之間出現了，你趕快去把老百姓疏散了，我們還得繼續開會呢。」

此刻，薛文龍心裡也是火冒三丈，因為他也聽到了老百姓在喊他的名字，但鬱悶的是，老百姓竟然說他糊塗透頂！這到底是怎麼回事？石振強在關山鎮的掌控力不是很強嗎？從來沒有出現過一次群體抗議事件，也沒有出過什麼大事，這也是自己力挺他當副縣長的主要原因，但是為什麼偏偏在常務副市長剛剛到來的時候就發生這樣的事，這也太不給他面子了。

石振強看著四周擠得密密麻麻的老百姓，心中又怒又怕，老百姓喊的口號，他聽得清清楚楚，他也想不明白這些老百姓是怎麼突然出現的。不過現在縣長有令，唐副市長又在旁邊站著，他這個關山鎮的一把手必須要頂上去！所以，他咬著牙向前邁了一步，面向眾人說道：

「各位鄉親，我是關山鎮鎮委書記石振強，大家有什麼事可以等到明天再向我和鎮裡的其他領導反映，今天鎮裡正在開會，希望大家都能夠冷靜一下，等明天再過來好嗎？

我在這裡向大家保證，不管有什麼問題，我們鎮委班子都會為大家解決的。」

田老栓站了出來，大聲質問道：

「石書記，我們的問題你解決不了的，因為你連自己的臉皮都不要了，怎麼會管我們老百姓的死活呢！我們老百姓可是清楚地記得，我們關山鎮開始下起大暴雨的時候，你連過問都沒有過問，而鎮長柳擎宇卻親自一個挨著一個村子的跑，動員我們村民們趕快上水庫大壩去加固堤壩。石書記，我想問問你，這件事和你有半毛錢的關係嗎？為什麼你在發言中口口聲聲說這件事是你做的呢？為什麼我們老百姓們一點都不知道呢?!

「石書記，人可以無恥，但是無恥到你這種程度，這也太有點過了吧！還有，你口口聲聲說你在大壩上堅守了幾天幾夜，我們老百姓想問問你，你到底是在哪一個堤段堅守的？為什麼我們這些堅守水庫大壩的老百姓卻一點都不知道，也沒有看到你呢？反倒是柳鎮長，他獨自一個人衝上堤壩，一個人裝填著麻袋和碎石在那裡加固堤壩！我們老百姓正是被柳鎮長這種拼命的精神給感動了，所以才衝上水庫大壩進行加固的！因為身為一個領導幹部，他沒有必要親自去做這些事的，但是他卻做了，他為的是誰，還不是為了我們老百姓嘛？我們老百姓的心也是肉長的啊！

「石書記，你口口聲聲說什麼水庫決堤之時，你親自帶著老百姓撤退到安全的地方，還說天王嶺的那些帳篷是你和胡光遠安排的，這不是瞪著眼睛說瞎話嗎？你以為我們老百姓真不知道在水庫還沒有決堤，縣裡剛決定景林水庫要開閘放水的時候，你就已經帶著胡光遠和鎮裡幾個領導們一溜煙的跑到縣裡去躲避洪水去了，你啥時候去過天王嶺？你啥時候帶領我們撤退過?!真正帶著我們撤退的是鎮裡的副書記秦睿婕，人家不過是個才二十多歲的女孩，天王嶺和撤退的工作都是人家號召動員的，和你以及胡光遠沒有半點關係！

「你們什麼事都沒有做，卻偏偏還要往自己臉上貼金，要搶奪柳鎮長和秦副書記的功勞，石書記，我想問問你，你還有沒有一點良心?!有沒有一點臉?!你不覺得自己很卑鄙無恥嗎？我告訴你，我們**老百姓不是傻子，更不是瞎子，誰真正為我們老百姓做事，我們看得非常清楚！**

「還有薛縣長，你真是糊塗啊，連石振強這樣一個滿口胡言之人的話你都相信，真是糊塗透頂啊！」

田老栓說完，老百姓們立刻附和著喊道：「石振強卑鄙無恥，薛文龍糊塗透頂！」

薛文龍和石振強的臉幾乎變成了豬肝色！

石振強更是用充滿怨毒的目光看著田老栓，田老栓他認識，以前沒少到鎮裡來辦事，感覺他對自己的態度還算是恭敬，沒想到這次竟然當眾指責自己和薛縣長，真是狗膽包天啊！

薛文龍的心情也差得一塌糊塗，自己堂堂一縣之長，在景林縣一手遮天的大人物，竟然被這樣一個土老百姓給罵成了老糊塗，這簡直就是赤裸裸的羞辱啊！而且還是當著市委常委、常務副市長的面！這讓他憋了一股子火，只是此刻他也只能硬著頭皮站出來安撫道：

「各位鄉親，請大家冷靜一下，我是縣長薛文龍，我不知道你們都掌握了哪些資料，但是有一點我請大家放心，縣裡做事一向講究公平公正，我們絕對不會冤枉一個好人，也絕對不會放過一個壞人。縣裡做事一直都是以事實為依據的，如果大家有什麼事情和證據，可以寫成相關的報告發到縣裡，縣裡會立刻指派專業人員下去進行調查的，給大家一個滿意的交代。但是現在市裡的唐市長在這裡，我們馬上就要開會了，希望大家能夠先回去，我保證一定會給大家一個滿意的交代的。」

薛文龍話音剛落，立刻就有一個老百姓反駁道：「薛縣長，你還是算了吧，我們誰不知道你是石振強的靠山啊，就憑你們兩個人的關係想要讓你一碗水端平，這根本不可能嘛！否則的話，這次的先進個人就應該是柳鎮長和秦書記，而不是石振強和胡光遠了。不要以為我們老百姓好哄騙，今天你不給我們一個交代，我們是絕對不會走的！」

一時之間，雙方立刻對峙起來。

就在這時候，突然遠處有人喊道：「柳鎮長來了！」

話說柳擎宇帶著村民取山泉水回來，發現天王嶺上的老百姓居然沒有多少人，一打聽才知道他們竟然跑去鎮政府為自己鳴不平去了，柳擎宇一下子就急眼了，老百姓能夠為他出頭這讓他十分高興，但是從大局考慮，他必須要阻止鄉親們，不能讓大家鬧事，因為一旦局勢失控，最終利益受到損失的還是老百姓。

所以，柳擎宇得到消息後，立刻駕車飛快地向著鎮政府方向趕去，終於在老百姓們情緒最為激動的時候趕到了。

鄉親們看到是鎮長來了，紛紛自動給柳擎宇讓開了一條路。

柳擎宇先對唐智勇、薛文龍、石振強等人微微點點頭，隨即轉過身，衝著四周的老百姓大聲說道：

「各位鄉親，我是關山鎮鎮長柳擎宇，我聽說大家來這裡是為了我柳擎宇來討公道的，對大家的愛護之心，我非常感動，也非常感謝大家。但是，我誠懇地請求大家先回到天王嶺或者安置點去，畢竟現在是非常時期，全縣上下都在集中精力抗洪救災，這時候誰也不願意出現不可控的事件。大家的行為屬於聚眾鬧事，一旦鬧大，是要承擔責任的。我知道大家是為了我好，不過請大家相信黨，相信政府，相信市委和縣委的領導們，我相信，上級的眼睛也是雪亮的。請大家先回去吧，我柳擎宇在這裡懇求大家了。」說著，向眾人抱了抱拳頭。

田老栓站出來道：「柳鎮長，有你這樣的鎮長是我們關山鎮老百姓的福氣，你太有大局觀了，你的心也太善良了。柳鎮長，你可能還不知道吧，就在剛才，薛縣長親自宣布抗洪救災的優秀個人竟然是石振強和胡光遠，他們可是在洪水還沒有來就丟盔棄甲狼狽逃到縣裡的逃兵；而且，石振強還坐在主席臺上厚顏無恥地朗讀著他所謂的個人功績，他所說的那些事，沒有一件事情是他親力親為的，恰恰相反，這些都是您做的啊！您不僅沒有一分功勞，還在這種慶功的時刻被發配到天王嶺來陪著我們這些災民，為我們解決各種問題！柳鎮長，薛縣長他們這些領導是真的糊塗啊！就他們這些人怎麼可能還你一個公道呢！

「柳鎮長，您放心，我們不會鬧事的，我們絕對不會讓您為難，我們就靜坐在這裡，什麼話都不說，我們只懇求市領導和縣領導們現場調查一下抗洪救災過程中每個鎮委領導的表現，希望市委領導和縣委領導們能夠還你和秦書記一個公道！總不能讓幹活的人天天受苦背黑鍋，不幹活只會投機取巧的人卻天天吃肉喝酒坐享其成吧！我們寧可擔責任，也不願意看到像您這樣真心真意為我們老百姓做事的人被人給陰了，這太不公平了！」

說著，田老栓一屁股坐到地上，一句話都不說。其他的村民也全都靜靜地坐在地上，鴉雀無聲，但是目光嚴厲地盯著薛文龍和石振強等人。

一直在旁邊冷眼旁觀的唐建國充滿欽佩和欣賞地看了柳擎宇一眼，到關山鎮不到一個月的時間，就能獲得老百姓們如此的尊敬和愛戴，這種表現，這種能力，不是一般的幹部能夠做得到的，更何況柳擎宇還是個剛剛廿二歲的年輕人呢！這絕對是個優秀的人才！雖然柳擎宇的脾氣過於急躁了點，但是這樣的人只要用心雕琢和打磨，絕對大有前途。

想到這裡，唐建國向前走了兩步，和柳擎宇並排而站，輕輕拍了拍柳擎宇的肩膀，給了他一個溫暖的眼神，然後看向下面黑壓壓的老百姓說道：

「各位鄉親們，我是蒼山市常務副市長唐建國，剛才柳擎宇同志和大家的話我都聽到了，也都看到了，我相信大家也都看出來柳擎宇同志是一個真心為老百姓做事的好同志啊！大家對我這句話認可不認可？」

「認可！柳鎮長是一個好官！」

老百姓們的聲音從四面八方傳了出來，雖然並不齊整，但是從老百姓臉上的表情和聲音中，唐建國可以清晰地感受到老百姓對柳擎宇的愛戴。

唐建國微笑著點點頭說：

「各位鄉親，柳擎宇同志剛才也說了，上級領導的眼睛是雪亮的，我這次來，就是代表市委市政府來宣布並表彰在救災過程中表現優秀的兩個人，一個是關山鎮鎮長柳擎宇同志，另外一個是關山鎮鎮委副書記秦睿婕同志。這兩位同志堅守在工作崗位上，任勞任怨，面對危機從不退縮，是我們最優秀的黨員幹部，他們才是我們最需要的人才，是老百姓最需要的長官啊！我再告訴大家一個好消息，他們兩個人的事，省裡的領導已經知道了，我來就是專程給他們兩個人頒發榮譽證書和獎盃的！榮譽證書上可是有省委書記和市委書記的親筆簽名！現在大家總可以放心了吧！」

「省委領導英明！市委領導英明！」

人群中不知道是誰喊了一句，其他人紛紛跟著附和起來，老百姓都變得異常興奮，就好像他們受到了表彰一樣！

第七章

狠辣殺招

薛文龍這一連串的招數實在是太狠辣太犀利了，而且一招接著一招，招招充滿了陷阱，柳擎宇肯定會步步落入薛文龍的陷阱之中，等到一切都成定局時，柳擎宇已經無力回天了，就算是唐建國來了也無濟於事。

柳擎宇和秦睿婕都愣住了，怎麼也沒有想到事情竟然發生如此戲劇性的逆轉！尤其是柳擎宇，他根本沒有把什麼表彰不表彰的事放在心上，只想著能夠為老百姓多做一些事。但是市委領導和省委領導竟然都知道了，這到底是怎麼一回事？

這時候，在唐建國身邊拎著一個手提袋的市政府副秘書長沈永昊，從提袋內取出一本榮譽證書和一個獎盃遞給唐建國，唐建國親自將證書和獎盃遞向柳擎宇，笑看著有些發愣的柳擎宇說道：

「柳擎宇同志，想啥呢，先接受榮譽證書和獎盃吧，這是省委省政府和市委市政府對你和秦睿婕同志工作的肯定！你們以後儘管放開手去做，你們放心，只要是真心為老百姓辦事，省委省政府和市委市政府都是明察秋毫的！」

柳擎宇接過獎盃和榮譽證書，和唐建國握手的時候，他可以感受到唐建國和自己握手的時候十分有力，掌心中傳遞出一股暖意，看向自己的目光中也充滿了欣賞。

隨後，唐建國又給秦睿婕頒發了榮譽證書和獎盃，等頒獎完畢，唐建國再次面向舞臺下方的老百姓，朗聲說道：

「各位鄉親，景林縣和關山鎮所遭遇的災情，省裡和市裡都已經知道了，省領導和市領導對此事非常重視，現在正在研究對策，最多三天時間，相關方案便會出爐，而且有一點我可以肯定地告訴大家，省裡和市裡會撥出一筆資金用來幫助大家重建家園，恢復正常的生活秩序，不會讓大家無限期的在帳篷裡面住下去的。」

唐建國這番話猶如一記重磅炸彈在老百姓的耳中炸響，很多人聽完後，眼中出現了淚花。

這時，唐建國看向柳擎宇說道：「柳同志，我相信現在老百姓們都可以放心了，你讓大家回去吧，一會兒我們還得召開一個擴大會議。」

柳擎宇點點頭，看向眾人說道：「各位鄉親，大家現在都可以放心的回去了吧！」

田老栓又是第一個站起身來，說道：「柳鎮長，只要你沒事，我們大家就放心了。」說完，又對著身後大聲道：「鄉親們，我們就不要留下來給領導們添亂了，大家都回去吧。」

隨著田老栓的呼喊，鄉親們便紛紛向鎮政府大院外面走去，不到十分鐘，整個鎮政府大院內外就恢復了平靜。

這時，唐建國走到舞臺正中央，看了薛文龍一眼，說道：「下面我代表市委市政府宣布一條處理決定，相關的文件下午就會傳達到景林縣縣委縣政府了。」

薛文龍的臉色一變，他本以為唐建國表彰完就該走了，沒想到竟然還有處理決定！一般和處理有關係的，都不會是什麼好消息。

果不其然，唐建國接下來的話讓薛文龍心中就是一寒。

「經查，在景林縣洪災期間，景林縣縣委班子組織抗洪救災不利，尤其是有些縣委領導不作為，導致災情蔓延，賑災不利，景林縣縣委縣政府更是延遲上報，意圖欺瞞上級，造成了十分惡劣的影響，經市委市政府研究決定，給予縣長薛文龍、常務副縣長王雨晴、主管水利副縣長徐建華以行政記大過處分，景林縣縣委書記夏正德和其他縣委常委成員口頭警告處分，以儆效尤。希望景林縣縣委班子以後團結一心，把工作做好，不要辜負市委領導的重託。」

說完，唐建國吩咐沈永昊：「好了，該辦的事都辦完了，咱們走吧。」

看到唐建國要走，雖然薛文龍剛剛受到處分，卻不能不客氣一下，趕忙說道：「唐市長，吃完中飯再走吧，我馬上讓人在縣裡準備酒宴。」

唐建國擺擺手道：「酒宴就算了吧，現在是非常時期，賑災是第一要務，我還要趕回市裡商討賑災的後續事宜，你們縣裡也要趕快開會研擬賑災計畫，一定要確保災民們的生活不會出現問題。」

薛文龍擦著汗道：「請唐市長您放心，我們縣裡一定會做好賑災工作的。」

唐建國點點頭，朝柳擎宇招了招手說道：「小柳啊，到我車上來一趟，我有話跟你說。」便向大門外的汽車走去。

柳擎宇一看，連忙放下獎盃和榮譽證書，跟著唐建國向外面走去。

唐建國和柳擎宇一離開，薛文龍和石振強的臉馬上垮了下來。

尤其是薛文龍，他算是看明白了，今天唐建國明顯是來給柳擎宇站臺的，看來以後要想收拾柳擎宇必須得注意方法，不能被人抓住把柄，否則很容易誤傷到自己。

不過今天唐建國來得也太突然了，按理說這麼重大的事情，自己在市裡的靠山——

市委副書記鄒海鵬不可能不知道啊！

所以看著唐建國的汽車緩緩駛離後，他立刻走進石振強的辦公室，拿出手機撥通了鄒海鵬的電話，提出了自己的質疑。

鄒海鵬嘆息一聲道：「文龍啊，實話跟你說吧，其實早在前天，市委市政府便已經派出了暗訪小組到你們景林縣進行秘密調查了，把你們景林縣的事查得清清楚楚，而且知道這件事的只有四個人，在秘密會議上，市委書記王中山同志說得非常清楚，誰要是洩密，將會直接上報省委，嚴肅處理，所以我不能通知你啊！不過你們關山鎮的柳擎宇同志表現很出色嘛，你要重點關注一下啊！雖然他和我兒子鬧得非常不愉快，但是對於優秀人才，我們也要提拔重用嘛！」

薛文龍揣摩著鄒海鵬的話裡意思，雖然他嘴裡說是要提拔重用柳擎宇，卻又點出柳擎宇和他的兒子之間有矛盾，這話就值得深思了。

身為官場老油條，薛文龍又怎麼會聽不出其中的真正含意呢，於是連忙說道：「鄒書記，請您放心，我們縣委縣政府一定會秉公處理，讓有能力的人真正得到重用的。」

就在薛文龍和鄒海鵬通話的時候，在唐建國的汽車上，唐建國看向柳擎宇道：「小柳啊，雖然你的脾氣不怎麼好，但是工作卻做得不錯，我想你肯定有很多問題想要問我吧？」

柳擎宇滿肚疑惑地看著唐建國道：「唐市長，非常感謝您幫助我所做的一切，有幾點我的確很納悶，為什麼連省裡都知道了我們關山鎮發洪水的事情呢？而且這次您所宣布的事，按理說都是市委常委會做出的決定，據我所知，薛縣長和市委鄒副書記關係很好，為什麼您都到了我們關山鎮，他還沒有得到消息呢？」

唐建國笑道：「你這兩個問題都問到重點了，說實在的，這次省裡之所以知道你的事情，主要有兩個原因，第一個是你去市裡向我彙報了景林縣的災情後，我立刻向市委王書記進行了呈報，王書記特別召開了專題會議商討此事，並且當天就派出調查小組前去調查災情。而且嚴令與會的各個常委，誰洩露出去，後果將十分嚴重。

「對於洪災所造成的巨大損失，那時候，景林縣依然沒有向市委彙報災情，反而是在各個媒體上大力宣傳你們關山鎮的賑災成績，其目的，市委常委哪個看不出來。所以市委王書記非常生氣。最近這段時間有傳聞說市長李德林幾個月後就要調走了，市長位置將會空出來，所以市裡面圍繞著市長的寶座正在展開激烈地角逐，這時候，誰都不願意輕易得罪市委書記，更不願意被別人抓住把柄，以影響仕途升遷，所以雖然薛文龍是鄒海鵬的嫡系，鄒海鵬也不敢洩露出任何訊息。

「至於第二個問題，是因為我的市長信箱內、包括省委書記信箱內，都收到了幾段視頻，這些視頻反映了你和秦睿婕在賑災時所做的工作，尤其是你在水庫大壩上被洪水沖走的場面以及累得進了帳篷坐在那裡就睡著的畫面，讓我和很多市委、省委領導十分感動。省委書記更是親自打電話給市委王書記，要他必須重點關注你和秦睿婕，還指示必須對你們這樣默默無聞無私奉獻的行為給予表彰。正是因為有了這樣的指示，所以才會有這一次親自下來宣布表彰和處理決定之行。」

聽完唐建國的這番解釋，柳擎宇這才恍然大悟，沒想到自己受到表彰的背後還有這麼多的內情。不過又一個問題浮現在他的腦中：「到底是誰把這些視頻發給了市委書記信箱和省委書記信箱呢？」

看到柳擎宇陷入沉思，唐建國立刻笑著說道：「小柳，至於那些視頻到底是誰發的，我也搞不清楚，但可以肯定的是，發視頻的這個人對你沒有惡意，所以我也沒有進行調查。」

柳擎宇點點頭，對唐建國的觀點很是認可。

接著，唐建國語重心長地說道：「小柳啊，我得鄭重提醒你，雖然這次有省委和市委的指示，給你頒發了獎勵，但是，相信『木秀於林風必摧之』這句成語你肯定不陌生，你在縣政府暴打縣長薛文龍的事，省裡很多領導都知道了，你可謂是聲名在外。這對你來說既是一件好事，更多的卻是壞事，欣賞你的領導知道你是為了老百姓的利益，不惜冒犯上級，但是在很多人看來，你卻是一個不怎麼好駕馭，甚至是高傲自大之人，所以，一旦到了提拔你的關鍵時刻，很可能會有來自各方的阻力，我在市裡會儘量為你爭取，但是你自己平時也要低調一些，千萬不要把事情做得太過，畢竟你還年輕，以後要走的路還長著呢，千萬不要因為一時義憤，毀了自己的前途。」

聽到唐建國如此坦誠的規勸，柳擎宇十分感動，雖然**他的骨子裡根本就沒有妥協這個詞**，只要他**自認做的事是對的便毫無畏懼**。不過對唐建國的一番好意，他十分明白，於是真誠地說道：「唐市長，謝謝您的這些話，我知道了。」

唐建國知道柳擎宇是個頗有主見的人，所以也就不再多說什麼，只說道：

「好，那你自己以後多注意。哦，對了，再提醒你一點，由於你到市裡來活動賑災款的事，景林縣的縣委們都知道，所以不排除到時候會有人找你麻煩。雖然我為你壯了一下聲勢，但畢竟縣官不如現管，如果他們在一定規則內找你麻煩，我是不能插手的，所以你自己要小心些。官場上，明槍易躲，暗箭難防，多少很厲害的人物都是敗在小人物和暗箭之下的，對此你要有所警惕。」

事情交代完，唐建國便乘車返回蒼山市去了。

柳擎宇邁步向鎮政府方向走去。對唐建國最後交代的這些話，柳擎宇深以為然。他非常清楚前兩天自己在縣政府大樓內暴打薛文龍，薛文龍不記恨自己才怪，再加上薛文龍本來就在縣委常委內一手遮天，他肯定會想方設法來收拾自己，自己必須要小心防範才行。

尤其是自己千辛萬苦才追回來的那四百五十萬賑災款，必須小心盯防，不能讓任何人在這筆賑災款上做文章，必須要確保所有賑災款一分不少的都花在老百姓的身上。只有這樣，才能對得起老百姓對自己的信任，對得起唐副市長對自己的期待，對得起自己許下的承諾。

柳擎宇不知道，就在他往回走的時候，一起針對他、針對那筆巨額賑災款的陰謀已經徐徐展開了。

關山鎮鎮委書記辦公室。

薛文龍坐在原本屬於石振強的位置上，石振強則坐在對面下屬的位置上。

石振強滿臉擔憂地說道：「縣長，我剛剛得到鎮財政所的消息，說是縣財政已經把四百五十萬匯到我們鎮財政所的帳戶上了，我估計等柳擎宇回來以後肯定就要動用那筆錢了，難道我們就這樣眼睜睜地看著柳擎宇拿著那筆錢為所欲為？誰能保證他不會中飽私囊、貪污受賄呢？縣長，我們必須要想辦法阻止他才行啊！」

薛文龍臉色嚴肅地點點頭道：「嗯，你說得沒錯，這筆錢再加上之前柳擎宇從縣裡、市裡拿到的錢加在一起，可是一筆巨額數字，如果只憑柳擎宇一枝筆簽字就可以隨意動用，是絕對不行的。只有關在制度的籠子裡，才能在最大程度上杜絕腐敗，所以，對於這筆錢到底應該怎麼動用，縣裡早已經有所打算了。我這次來，除了參加這次的表彰大會，還帶來了縣委常委會確認的一份有關這筆錢的使用方案。」

說著，薛文龍從公事包內拿出了一份蓋著縣委、縣政府紅色官印的文件，在文件中的第一條便明確的寫著：「凡是縣裡採購金額在二十萬元以上的案子，必須要由縣招標辦統一採購，杜絕各個鄉鎮私自招標，杜絕腐敗。」

石振強看完這份文件，頓時雙眼放光，立刻就感受到這份文件的威力了。有了這份公文，這五百多萬賑災資金雖然柳擎宇有簽字支付的權力，卻沒有獨自決定物資供應商的權力，縣招標辦內勢力錯綜複雜，誰不想在裡面分一杯羹啊，就算柳擎宇再囂張，他能把縣招標辦的每個負責人全都暴打一頓嗎？而且這件事交給縣招標辦以後，薛文龍根本不需要親自出面，他的意圖就可以完全得到體現，他可以**躲在幕後操控一切**，到時候柳擎宇絕對被玩死都不能有一點脾氣。

「縣長，您太厲害了，這份公文一出來，柳擎宇肯定會被氣死的！」石振強一個馬屁拍了過去。

薛文龍陰笑道：「哼，振強啊，你真的以為我費盡心血讓常委會通過這麼一份文件，為的只是噁心一下柳擎宇嗎？如果你真是那樣想的話，那麼你的想法真是太淺薄了。」

「哦？縣長，難道這份公文的背後還有什麼更厲害的殺招不成？您可得點撥點撥我，我好向您學習學習。」石振強諂媚說道。

薛文龍得意地說：「我們這些當官的，**做事必須要走一步看三步，甚至是五步十步**，否則的話，肯定會被對手**吃得連骨頭都不剩**。雖然柳擎宇在縣裡的靠山——縣委書記夏正德看出了我弄出這份文件的目的是剝奪柳擎宇的做主權力，並極力阻止，但是他根本就想不到，其實我這樣做是有著更狠的殺招在後面。夏正德雖然很善於抓住機會，但是他這個人思考問題的程度太淺，所以才會一直被我壓得死死的，始終不能掌控縣裡的大局。通過這份文件，剝奪柳擎宇確定供應商的權力只是我的第一招，我的第二招則是給柳擎宇一個評標小組組長的頭銜，讓他領銜負責評標，負責確定哪個供應商入圍。」

石振強不解地道：「縣長，這可使不得啊，這樣豈不是又等於給了柳擎宇很大的權力，讓他可以影響到底誰能得標嗎？」

薛文龍嘿嘿一笑：「非也非也，你所看到的只是表面，評標委員會按照規定應該是五人以上的奇數人員，這一次我讓縣招標辦把評標委員會的成員設成七個人，這七個人中有六個是絕對不會聽從柳擎宇意見的，那麼即使柳擎宇有組長的權力，最多只能代表兩票，其他六個人聯合起來的話，柳擎宇存在不存在也沒有什麼區別了。」

石振強更加困惑了：「縣長，既然這樣，柳擎宇當不當組長不是也沒關係了嗎？幹嘛非得要他當組長呢？」

薛文龍冷笑道：「當然不一樣。讓柳擎宇當組長是因為我還有第三招！柳擎宇當組長後，縣招標辦會明確評標小組實施組長責任制，也就是說，一旦得標商出現了問題，那麼評標小組的組長是要負重大責任的。到時候我只需要派出人去，和早就私定好的得標廠商溝通一下，讓他們在供應糧食蔬菜的時候提供特別劣質的物資，到時候老百姓們肯定會非常憤怒！我再找人舉報一下，紀委和有關部門會立刻派出專案小組介入調查，屆時就可以直接將所有的責任都扣在柳擎宇的頭上了。如此一來，就算柳擎宇再得人心，老百姓對他也會反感的。此乃民心可用之計也，又是一連串的**連環計**。

「而我的第四招，則是專門為你準備的，等柳擎宇的威望徹底跌入谷底，被縣裡控制起來後，你立刻出面，對供應商進行斥責甚至是處罰，讓他們把所有的東西都換成優質品，這樣一來，你的威望將會很快超過柳擎宇，你競爭副縣長的位置就可以十拿儿穩了。」

石振強聽了立時目瞪口呆，看向薛文龍的眼神中充滿了敬畏之色。薛文龍這一連串的招數實在是太狠辣太犀利了，而且一招接著一招，招招充滿了陷阱，以柳擎宇那種一心為老百姓的心態，肯定會步步落入薛文龍的陷阱之中，等到一切都成定局時，柳擎宇已經無力回天了，就算是唐建國來了也無濟於事。

這是**純正的陽謀**！而且是**把陰謀裹藏在陽謀中心的頂級陽謀！此招乃是雙謀嵌套，神鬼難防**。

就在薛文龍和石振強就柳擎宇之事做完部署的時候，柳擎宇邁步走進了鎮政府大院。剛走進自己的辦公室，桌上的電話便響了起來。一看是石振強打過來的，便接通了：

「石書記，你好。」

雖然柳擎宇對石振強貪婪搶功之舉十分不爽，但畢竟對方是鎮委書記，是自己的上級，兩個人還要經常在一起工作，所以柳擎宇對待他，在面子上還得讓他過得去。

石振強沉聲道：「柳鎮長，剛剛收到縣裡的一份公文，半個小時後咱們召開鎮黨委會，一起討論一下這份文件。」

柳擎宇點點頭：「好的。」

掛斷電話，柳擎宇不由得暗道：「鎮裡的公文？什麼公文？為什麼自己剛從外面回來，石振強就要讓自己一起去討論這份公文呢？這裡面是不是有什麼貓膩呢？」

柳擎宇站在窗邊，望著窗外沉思起來。

過了一會兒，柳擎宇突然看到關山鎮的鎮委班子其他成員們簇擁著縣長薛文龍，把他送出了鎮政府大院，隨後，薛文龍上車揚長而去。柳擎宇發現，在薛文龍上車的那一刻，似乎抬起頭來向著自己辦公室這個方向看了一眼。

看著遠去的汽車和回來的鎮委委員們，柳擎宇的心情突然有些複雜起來。

他很清楚，自己似乎已被排出了整個關山鎮集體之外，有這麼重大的活動，石振強竟然都不讓人叫自己，看來自己和石振強，尤其是和薛文龍之間的矛盾在逐漸加深啊。

不過，柳擎宇很快的釋懷了，以自己和薛文龍的關係，就算是送與不送又怎麼樣呢？自己兩次將他暴揍了一頓，矛盾之深可想而知，對方肯定會想盡一切辦法把自己拉下馬。在這種情況下，自己只有好好的把工作做好，讓他找不到一點毛病，這樣才能自保。

以後也要加強和夏正德的聯繫。畢竟在整個景林縣，薛文龍一家獨大，唯一能夠對他進行些許制衡的只有夏正德了。

在柳擎宇看來，夏正德的政治智慧之高，比起薛文龍來絕對有過之而無不及。以夏正德如此豐富的政治智慧，又怎麼可能是個甘於人之下的人呢？但是他卻偏偏一直保持著這種處於劣勢的姿態，這絕對是夏正德的一種戰略！

想明白了今後的戰略戰術，柳擎宇的心情更加放鬆了，他從抽屜裡拿出父親送給他的一個筆記本，這個筆記本是父親讓他記錄下他在官場生涯中的種種感悟的。

打開嶄新泛著墨香的筆記本，柳擎宇提起筆在第一頁寫上了自己在**官場上的第一個感悟——堅守一心為民之本心，借勢乘勢，兵來將擋，水來土掩，順其自然**。

過了一會兒，看看時間差不多了，柳擎宇邁步向鎮委會議室走去。

柳擎宇進去的時候，其他鎮委委員們全都到齊了，石振強拿著一份文件在閱讀著，其他鎮委委員的面前也放著一份影本。

柳擎宇走到自己的位置上坐下，石振強便放下文件抬起頭來看向眾人說道：

「好了，柳鎮長已經到了，我們現在開會吧。鎮委辦剛剛接到縣委縣政府發的一份紅頭公文，為了讓大家更好的領悟這份公文的精神，大家可以先用五分鐘的時間快速流覽一遍，等大家看完之後，我再帶著大家一起討論一下。」

柳擎宇拿起公文只看了一眼標題，便立刻意識到形勢不妙。公文上的標題是——關於加強和規範各個鄉鎮財政資金使用監管的決定。

當柳擎宇以一目十行的速度流覽完整個文件之後，他感覺到後背有一股涼颼颼的感覺，心中則有一股怒火在熊熊燃燒著。

太過分了！薛文龍為了收拾自己，竟然弄出這麼一份收攏財政資金支配權的文件。這明顯是針對自己而發的公文。按照這份公文的指示，雖然自己募來的五百多萬資金已經到了鎮財政所了，但是自己卻沒有使用權，必須要縣招標辦統一招標後才能動用。

這一招太陰險了。讓柳擎宇無語的是，薛文龍的這一招完全是陽謀！他的做法有著相關依據，是符合政策規定的。

柳擎宇心中之鬱悶和生氣啊！沒想到薛文龍竟然來這麼無恥的一招！這簡直是釜底抽薪啊，同時，柳擎宇也不得不擔心縣招標辦能否公平公正公開的招標，找到一個認真負責的供應商來提供物資。這可是關係到三萬多老百姓的切身利益啊！自己無法完全做主和操作，這讓柳擎宇十分頭疼，以薛文龍的官位，他根本無法去破解啊。

怎麼辦呢？我到底應該怎麼辦呢？柳擎宇急得滿頭大汗。孫子兵法與三十六計一一在腦海中閃現著，但是卻沒有找到一個好的破解之法。

這時，五分鐘的時間到了。

石振強對著麥克風道：「好了，我們正式開始。根據這份公文的指示，鎮裡凡是超過一定數額的採購資金，必須要先向縣招標辦提交招標申請，由縣招標辦統一進行招標，由縣裡財政支付的資金將會由縣財政直接付款，我們鎮裡籌集的資金，則由鎮裡進行支付……」

石振強嘴裡說是討論公文的指示精神，其實也就是把公文上一些重要的條文重新念一遍而已，這不過是走個形式，主要目的就是為了讓全體鎮委委員知道，柳擎宇雖然有本事籌集到資金，卻沒有能力去控制這筆資金到底會交給哪個供應商來做。

在官場，尤其是涉及到資金的使用問題上，很多人之所以熱衷於搞專案，其中最關鍵的問題就在於他能夠決定把所負責的案子給誰，一旦此人和案子承包人之間達成了合作協議，甚至是回扣協議的話，那撈錢不過是幾分鐘的事，甚至操作好了可以把風險降到最低。

在石振強看來，柳擎宇敢暴打薛文龍應該也是看上了這個特權，想要從中漁利，現在薛文龍直接一記狠招把這個特權拿走，絕對會讓柳擎宇鬱悶無比，柳擎宇完全是為他人做嫁衣了。他要用這種方式告訴全體鎮委委員，在整個關山鎮，他石振強永遠都是老大。

石振強很開心，看到在會議期間，柳擎宇一直愁眉不展的樣子，心中樂開了花。

會議臨近尾聲的時候，石振強突然說道：

「好了，這份公文大家應該都清楚了，準備散會吧。哦，對了，柳鎮長，縣委負責人讓我轉告你，說是關山鎮的賑災物資採購迫在眉睫，現在縣招標辦已經開始運作了，為了縮短採購週期，儘快把物資運抵我們關山鎮，縣招標辦決定採取邀標形式來舉辦本次招標會，並且按照相關流程成立了一個評標小組。由於這筆錢是你從市裡要來的，縣招標辦想要讓你當這個評標小組的組長，你看你是同意還是不同意？」

石振強說完，大家都愣住了。鎮委委員們已經猜到縣裡之所以出爐這份公文絕對是針對柳擎宇來的，很多鎮委委員已經打算要看柳擎宇的笑話了，但是沒想到縣招標辦竟然會邀請柳擎宇做評標委員會的組長，這是給柳擎宇一個很好的機會啊！一時之間，很多鎮委委員們都陷入了一頭霧水之中。

柳擎宇為之一愣後，毫不猶豫地說道：「沒問題，我同意。」

石振強點點頭：「好，那我回去立刻跟縣招標辦那邊打個招呼，到時候你就等縣招標辦的通知，在招標的那天前往縣招標辦就成。」

等散會回到自己的辦公室後，柳擎宇不禁沉思起來。

他可以肯定這份公文絕對是薛文龍針對自己搞的，以薛文龍在景林縣的影響力，縣招標辦一定會聽從他的招呼，縣招標辦絕不可能在得知薛文龍被自己暴揍一頓之後還把自己設定為評標委員會的組長，但是他們偏偏把自己設為組長，這到底是為什麼呢？裡面是不是有什麼**更深的目的**？是不是這個組長本身就是一個陷阱呢？

柳擎宇深深思索著。這是他在狼牙大隊時養成的習慣。

他是狼牙特戰大隊歷史上最年輕的隊長，經常前往世界各地執行各種高危險任務，任務的對象也往往是各種極端厲害的人物，帶隊和這樣的人交手，不僅要有超強的單兵作戰素質，更需要具有出色的戰略戰術素養，所以磨煉出柳擎宇做事果決卻又會在關鍵時刻深思熟慮的習慣。

越是危機時刻，柳擎宇的心態越是平靜，思考越是深入。

他十分確定一個道理——**事出反常即為妖。往往看來不可能屬於你的東西卻偏偏落在你的手中**，這背後往往會**暗藏殺機**。

薛文龍讓縣招標辦把自己推到評標委員會組長的位置上，肯定是藏有後招，那麼他的後招是什麼呢？柳擎宇的大腦在飛快地轉動著。

沉思良久，柳擎宇想了很多可能的方案，嘴角露出一絲冷笑，暗道：

「薛文龍啊薛文龍，你果然是一隻老狐狸，哼，想要用陰謀陽謀相互嵌套的方式逼我就範，我要是不來一招以彼之道還施彼身，你還真以為我年輕好對付呢。等著吧，我要讓你知道什麼叫搬起石頭砸自己的腳！」

想通了其中關節，柳擎宇的心情釋然下來，雖然手頭沒有什麼可以批閱的文件，但是柳擎宇卻沒有放鬆自己，而是從檔案室找來關山鎮各種的檔案資料，仔細地研究分析。

對他來說，長久這樣被石振強架空下去絕不是辦法，他肯定要反擊的。但是，反擊也要講究策略和時機，尤其是要有大局觀。現在他的大部分精力全都放在了賑災上，必須先把老百姓的問題給解決了，才是政治鬥爭的開始之機。

知彼知己，百戰不殆，柳擎宇必須趁著有限的時間，多瞭解一些關山鎮的各種問題，包括石振強處理各種問題的風格，好心中有數。這樣等將來自己需要收回屬於自己權力的時候，才能有效的採取各種手段。

當天下午，柳擎宇便接到了縣招標辦的電話，讓他明天上午九點半前趕到縣招標辦，參加縣招標辦舉行的賑災物資採購大會。

柳擎宇隔天八點半左右便趕到了縣招標辦，縣招標辦主任丁志遠親自接待了柳擎宇，連寒暄帶聊天磨蹭了半個小時後，等到了九點左右，才拿了一份招投標流程規範以及縣委縣政府聯合發下的有關招投標的相關文件交給柳擎宇，讓他先熟悉一下，九點半正式舉行招投標大會。

柳擎宇拿著厚厚的一疊文件，眉頭一下子緊皺起來。只有半個小時的時間，卻要看這麼多相關的資料，這明顯是在為難人嘛。

如果是一般人根本不可能做到，而且柳擎宇十分確信，在這些規範和文件中，絕對有薛文龍針對自己所設下的一些陷阱。剛才這個招標辦主任之所以對自己那麼熱情，目的恐怕是為了拖延時間，讓自己沒有足夠的時間去看文件內容。一旦自己在流程上出了問題，他又有話可說，不需要承擔責任，畢竟他的確把這些資料交給自己看了。

看穿了對方的陰謀，柳擎宇嘴角再次露出一絲冷笑，同時眼神中也充滿了鄙夷之色。

這個招標辦主任丁志遠實在是太鼠目寸光了。他這種辦法可以拿來對付別人，但是用來對付自己卻是班門弄斧。因為丁志遠肯定沒有看過自己的簡歷，他十四歲便考上清華，十七歲便拿到了雙碩士學位，別的不敢說，快速閱讀記憶的能力絕不是一般人能夠比得了的。

所以柳擎宇立刻裝出一副漫不經心的樣子，快速的一頁一頁的翻閱著這些資料，等他翻閱完，距離九點半還有五分鐘的時間。

丁志遠一直在旁邊冷眼旁觀，心中對柳擎宇裝模作樣的姿態充滿了不屑。在他看來，柳擎宇絕對是在裝樣子，照他這樣的翻閱速度，一般人恐怕連每一頁寫的是什麼都看不清楚呢。不過這樣正好，讓自己可以順利地執行薛縣長的指示。

此刻，柳擎宇看完所有的文件後，文件中的內容都已經印刻在他的腦海中了，他看完後才弄明白，為什麼縣招標辦要讓自己當這個組長了。原來文件中嚴格規定，為了便於實施問責制，縣招標辦實施評標委員會組長負責制，所有文件都要由組長簽署後才能生效。但相對的，一旦出現問題，組長也要承擔主要責任。

看明白這一點，柳擎宇對薛文龍他們可能採取的後招便心中有數了。

這時，丁志遠說道：「柳鎮長，時間差不多了，咱們去開標室吧，供應商們都在那邊等候著了。」

柳擎宇點點頭，二話不說，跟著丁志遠一起來到了開標室。

開標室只是一個小型的會議室，長條形的會議桌，北側坐著縣招標辦邀請過來參加本次招標會的三家供應商，南面一側坐著的則是評標小組成員，以及招標辦的負責人和主持人。

大家都落座後，丁志遠主持道：

「現在有關關山鎮賑災物資邀請招標會正式開始。下面，我們先請各家投標公司提交相關的投標文件，提交完後，投標公司到外面等待，評標委員會會一家接著一家進行談話議標。」

三家供應商提交完文件離開後，丁志遠看向柳擎宇說道：「柳鎮長，你是本次評標小組的組長，你看看這些投標文件有什麼問題沒有？」

柳擎宇根本就沒有去看這些投標文件，隨手拿起一份招標文件說道：「這份招標文件我還沒有看呢，我先看兩眼，然後再說說我的意見。」

丁志遠早就做好了把所有責任都推到柳擎宇身上的想法，所以對柳擎宇這個外行他根本就不擔心，笑著說道：「好，那我們大家等著。」

柳擎宇拿起文件看似隨意地翻了不到五分鐘便放了下來，看向眾人說道：

「關於這些投標文件的細節我就先不看了，畢竟我是外行嘛！不過既然身為評標委員會的組長，那我就得負起責任來，談三點我的看法。第一，供應商們必須要確保供應賑災物資的品質，否則我們關山鎮不會付錢的；第二，供應商必須要確保供貨時間，否則關山鎮會採取懲罰措施；第三，供應商的得標價格必須要低於市價，一旦被我們發現得標商的價格高於市價，我們會拒絕支付。

「具體的細節我就不過問了，請大家按照我的這三條意見去評標吧。哦，對了，我看這招標文件上只寫著一輪報價，這個不太好，恐怕很難控制價格，我建議採取三輪報價方式競標，最低價得標。當然了，如果大家有什麼意見，也可以書面提出來，拜託大家了。」

這個時候，柳擎宇毫不猶豫地端起了組長的架子，不客氣地提出了自己的意見，一下子打得丁志遠等人一個措手不及。丁志遠以及其他幾個早已被丁志遠講好的評標委員們臉色全都綠了下來。

他們沒有料到，柳擎宇竟然順桿爬，拿著組長的架子進行了犀利的反擊！

丁志遠更沒有想到，柳擎宇的反擊這才只是剛剛開始！**更犀利的招數還在後面**呢。

此刻，丁志遠的腦門上開始冒汗了。因為按照他和供應商事前的約定，他們會在價格上做一些手腳，讓供應商的價格要高出市價一些，然後供應商再找機會故意去給柳擎宇送點回扣，以便抓住柳擎宇的把柄。

到時候把把柄往紀委手裡一交，柳擎宇百口莫辯。供應商只要死死咬住是柳擎宇故意索賄，自己不想行賄，又有薛文龍的背後支持，柳擎宇只能罪加一等，供應商卻不會有任何問題，反而還會得到好處。但是現在柳擎宇突然說的這三條意見，直接就把丁志遠他們的第一招給破解了。

丁志遠有些鬱悶，但是畢竟柳擎宇是形式上的組長，他必須要遵照組長的意見辦事。尤其是當他看到柳擎宇說完之後，便靠在椅子上假寐起來，他便意識到這個柳擎宇還真不是個省油的燈。

他眼珠一轉，立刻計上心頭。

隨後，在招標的過程中，丁志遠把柳擎宇的意見一一通知給這些供應商，同時衝著眾人使了使眼色，眾供應商全都會意。

在接下來的報價中，三家的競爭雖然表面上看起來十分激烈，但實際上，三輪過後，最終的競標價格依然要高出市價一小部分。

柳擎宇聽完丁志遠的彙報後，只是淡淡一笑，交代道：「丁主任，你可以直接把這三家供應商的代表們喊進來了，我有話跟他們說。」

很快，三家供應商的代表們再次回到開標室。

柳擎宇掃了一眼三家供應商代表們說道：「各位，看來你們對這次的賑災物資採購招標並沒有誠意啊，而且看來你們也沒有把我的意見聽進去，既然這樣，那這次的投標結果就全部作廢。」

接著，柳擎宇冷冷地看向丁志遠說道：

「丁主任，我不知道這三家供應商你們招標辦到底是怎麼邀請來的，也不知道他們是否有相應的資格，看在你們縣招標辦這塊牌子的面子上，我沒有對此提出任何意見，應該算是很給你們面子了。但是現在，這三家供應商竟然把我的話當作耳邊風，三輪報價後，價格竟然還遠遠高出市價不少，是不是他們認為我柳擎宇年輕不懂事很好糊弄啊？既然是這樣的話，那我看就重新再邀請三家好了。而且我們也不一定非得局限於本縣內，可以把蒼山市以及景林縣周邊縣區的供應商一起邀請過來嘛，我就不信了，我們這個五百多萬的大案子還愁找不到供應商？」

柳擎宇說話的語氣很嚴肅，大有立刻把三家供應商踢出去的意思。這一下，不僅丁志遠頭大了，三家供應商更是頭大。對他們來說，這筆採購案絕對屬於大案子，雖然糧食的利潤很低，但是量大的話賺頭依然十分可觀。最重要的是，關山鎮資金已經到位，完全沒有擔心對方不支付貨款的後顧之憂，屬於優質案子。所以，三家公司的代表們全都看向了丁志遠，希望他趕快出面勸說一下柳擎宇。

丁志遠沒想到柳擎宇竟然如此殺伐果斷，所以他也當機立斷，立刻說道：「柳鎮長，我看這樣不好吧，這三家供應商畢竟是我們縣裡很大的供應商，他們給本縣的糧食和蔬菜市場做出了很多貢獻，而且又屬於我們本縣的企業，我們應該大力扶植才行啊。」

柳擎宇冷冷說道：「扶植本地企業是應該的，但是前提對方必須按照規矩走才行，可是現在，他們卻根本沒有按照規矩走，既然我是這個評標委員會的組長，我就有權決定一些事情吧？否則的話，你們就換一個人當組長吧！」

柳擎宇說完，仰面靠在椅子上，擺出一副十分強勢、不可妥協的樣子。其實他早就看穿丁志遠了，他肯定不會讓自己離開組長這個位置的。

柳擎宇猜得沒錯，聽到柳擎宇這樣說，丁志遠連忙說道：「柳鎮長，要不這樣吧，我把他們叫出去，好好做一做他們的工作，咱們再搞二輪競標，我相信他們一定會把價格降到市價以下的。」

柳擎宇聽完，故作沉思道：「好，既然丁主任這樣說了，那我就給你這個面子，不過二輪競標就沒有必要了，最後一輪價格高於市價的直接出局。市價是多少我早就確認清楚了，不要把我當成傻子！」

說完，柳擎宇繼續閉目養神。

很快的，丁志遠把三家供應商代表們全都喊了出去，假裝勸說了一會兒之後這才回來，對柳擎宇道：「柳鎮長，經過我苦口婆心的勸說，三家供應商已經答應降到市價以下了。其實他們也有自己的難處，畢竟現在全縣糧食緊張，糧食價格上漲，他們的成本壓力也挺大的，不過他們最終還是決定以低於市價競標。」

柳擎宇點點頭：「嗯，那就開始吧。」

經過最後一輪競標之後，最終由景林天華糧油公司以最低價得標，評標小組當場發下了得標通知書。柳擎宇告訴對方明天下午之前，必須按照合同，把第一批糧食和蔬菜運到關山鎮，至於雙方的合同，對方可以在今天下午下班之前到關山鎮找自己進行簽訂。

看到柳擎宇沒有再出其他的花招，丁志遠長長地出了一口氣。雖然競標過程中有些波折，但是薛縣長交給自己的任務總算是完成了。

把柳擎宇送走後，他回到自己的辦公室立刻向薛文龍進行了彙報。

薛文龍接到彙報，接連說了三個好字便掛斷了電話，隨即狠狠一拍桌子，興奮地說道：「柳擎宇啊柳擎宇，這次你終於要落到老子手上了，等你簽訂合同接到賑災物資的那一刻，便是你的**官場生涯正式壽終正寢的時候**，我要讓你知道知道**什麼叫雙規**，**什麼叫百口莫辯！**」

薛文龍在期待著。

柳擎宇也在期待著。

回到關山鎮，柳擎宇立刻把鎮財政所的所長張宏軒喊了過來，聲音嚴厲地說道：「張宏軒同志，我找你過來主要是想要問問你，相關的財政流程你到底清楚不清楚？」

張宏軒聽了一愣，說道：「柳鎮長，財政流程很多啊，您指的是哪一條流程？」

「所有流程！」

張宏軒忙道：「知道，知道。」

柳擎宇點點頭：「知道就好，就目前而言，我希望你記住一點，有關我從市裡弄回來的那五百萬賑災資金，沒有我的簽字，其他任何人都無權動用。而且現在市縣鄉鎮財政上實施的是政府一把手簽字負責制，我希望你好好理解理解這條公文的指示精神，千萬不要誤入歧途，否則後悔莫及。好了，你回去吧。」

等張宏軒走後，柳擎宇嘴角露出一絲淡淡的冷笑。他這一招叫敲山震虎，他要通過敲打張宏軒這個山，讓他傳話給鎮委書記石振強。他要通過這種方式告訴石振強，別看你架空了老子，但是老子是鎮長，手握財政審批大權。這是在鄭重警告石振強，在這次的賑災物資採購過程中，最好不要採取什麼小動作。

果然，張宏軒離開柳擎宇辦公室後，便立刻轉身走進了石振強的辦公室，把柳擎宇跟自己所說的那些話跟石振強重複了一遍。

石振強聽完，無所謂地道：「老張啊，柳擎宇不過是在隨便放個臭屁而已，他這隻泥猴子蹦躂不了多久了，你回去之後該怎麼辦就怎麼辦。」

張宏軒得到石振強的指示後，腰桿又再次硬了起來。

「柳擎宇啊，你就上躥下跳吧，看你還能囂張多久！」石振強心中暗道。

商人的辦事效率就是高！上午剛剛參加完投標，下午三點半，得標商「景林天華糧油公司」的老闆侯天華便趕到了關山鎮鎮政府。

來到柳擎宇的辦公室內。他十分恭敬的把得標通知單以及早已列印好、自己也蓋好章的合同樣本一起遞給了柳擎宇。

「柳鎮長，這是我們公司的得標通知單以及招標文件中規定的合同樣本，您過目一下，把合同簽了吧。」

雖然侯天華臉上是恭恭敬敬的，但是他的心中早已經罵開了：「哼，柳擎宇，等這份合同一簽，你小子就死定了，薛縣長會整死你的。」

柳擎宇接過侯天華遞過來的文件，只淡淡地掃了一眼，然後說道：

「這次得標文件中所提供的合同範本本身沒有什麼問題，雖然可以在一般的案子上應用，但是對我們這次的賑災物資的採購並不太適合。如果使用這份合同範本，將會出現嚴重的漏洞，如果真的出現意外，將會給我們關山鎮來帶來巨大的損失，所以我們不能使用這份範本。我這裡有一份重新擬定的新的合同，你可以先看一下，如果沒有什麼異議的話，我們再簽訂。」

說著，柳擎宇拿出一份新的合同放在桌子上。

侯天華拿起新的合同翻看了一遍後，臉色便陰沉下來。身為公司老闆，他自然對合同中的相關條款心知肚明。他很清楚這次收拾柳擎宇的關鍵點之一，就是招標文件中的範本合同，這份合同的漏洞是薛縣長收拾柳擎宇的主要依據。但是現在，柳擎宇竟然在他所拿出來的合同中，把那些漏洞都給堵住了，讓他以及薛縣長就沒有空子可鑽了。

侯天華不悅地說道：「柳鎮長，你提供的這份合同也太苛刻了吧，這完全不給我們供應商一點兒活路啊，照你這份合同執行的話，恐怕我們不僅沒有錢賺，弄不好還得賠錢啊！我不服！我要向縣招標辦進行上訴！」

柳擎宇絲毫不以為意地道：「哦，那你就去上訴吧，沒有關係，我不會攔著你的。不過呢，有一點你必須要認識清楚，這次賑災物資的採購雖然是縣招標辦主持的，但是這錢卻是我們關山鎮的，想要拿到錢，需要我這個鎮長簽字確認才可以。我這個人沒啥優點，就是喜歡專治各種不服。」

侯天華差點氣背過去。他沒想到柳擎宇說話這麼霸氣！

但是仔細一想，柳擎宇說得沒錯啊，錢掌握在人家手裡，自己就算是再去找縣招標辦，柳擎宇要是不給，自己也一點辦法沒有。

想到此處，侯天華心中轉了幾個圈之後，最終還是認清了眼前的現實，自己不過是個商人而已，雖然有時候必須要依附薛文龍這些人才能獲得更大的利益，但是也不宜捲入過深，否則隨便一個浪打過來也會無法翻身的。尤其是這個柳擎宇實在是太強勢了，和他對抗，還是小心一點為好，何況這個案子的利潤相當可觀。

想到此處，侯天華的語氣緩和了下來，苦笑著說道：「好吧，那就按照柳鎮長的這份合同來簽約吧。」

柳擎宇點點頭，笑道：「不忙不忙，我這裡還有一份補充協議呢。這是一份協力廠商監理確認協議，本來呢，我們應該找一家協力廠商來進行監理的，不過呢，考慮到這次賑災物資的採購案子比較特殊，而且時間緊迫，資金緊張，所以這個協力廠商就不專門請別的公司了。但是，這個環節卻不可以少，等你們公司的物資運到我們關山鎮後，我會隨機從我們鎮裡的百姓中選出二十名村民，來對你們的糧食和蔬菜進行臨時抽檢。如果發現不合格的產品，立刻退貨處理，如果不合格率超過協議上規定的數目，你們公司將會直接被取消供應商資格，由下一家供應商替補進行供貨。我本人也會作為客戶方代表，對產品進行驗收，如果不合格我們是不會接收的，因此所帶來的一切損失將會由你們公司自己全權承擔。」

說著，柳擎宇又從抽屜裡拿出一份協力廠商監理確認協議擺在了桌上。

看到這份協議，侯天華感到自己的腦袋嗡的一下變大了，**柳擎宇竟然還有這麼一個後手**，如果在供貨時按照縣府辦主任的意思，提供劣質貨物的話，那麼最終遭受損失的肯定是自己；但是如果不按照縣府辦主任左明義的意思去做的話，又會壞了他們的事，到時候自己會吃不了兜著走的，眼前的合同自己是簽還是不簽呢？

柳擎宇並不說話，只是淡淡地看著侯天華。

第八章

直接交鋒

當有人把柳擎宇曾經找過財政所所長張宏軒，向他交代必須要遵守財政流程和相關政策後，這個消息一下子被推到了高潮。很多聰明人一下子就意識到了這件事絕對是老牌的鎮委書記和新上任的強勢鎮長之間一次直接交鋒。

時間一分一秒的過去，侯天華腦門上的汗珠越來越多，臉色也越來越蒼白。這的確是一個十分難以抉擇的選擇！不過在進行了一番心理鬥爭之後，侯天華最終還是做出了對自己最有利的抉擇。

他抬起頭來看向柳擎宇苦笑道：「好，柳鎮長，就按照你的這兩份協議簽了吧。」

柳擎宇笑著點點頭，看著對方拿出隨身攜帶的公司章蓋章並簽字後，他才拿出鎮裡的公章蓋上並簽字確認。合同一共是六份，關山鎮、縣招標辦、侯天華各兩份。

一切都辦好之後，侯天華火急火燎的告別了柳擎宇，上了自己的汽車，一邊開車一邊給縣府辦主任左明義打了一個電話，把情況跟左明義說。

左明義聽完，連忙又向薛文龍進行了彙報。

薛文龍聽了頓時大怒，直接把桌子上的水杯狠狠地砸在地板上，杯子摔了個粉碎，然後怒聲道：「混蛋！一群混蛋！這柳擎宇到底是怎麼回事？縣招標辦不是說柳擎宇沒怎麼看那些文件嗎？怎麼在最後關頭居然還搞出一份協力廠商監理協議出來？這樣搞下去，還怎麼整柳擎宇啊！還有那個侯天華，你不是說他辦事穩妥嗎？明知道這份合同如果按照柳擎宇的意思去簽會對我們沒有任何好處，他居然還簽了，怎麼這麼不聽招呼啊！」

左明義可是收了侯天華的禮品的，所以這個時候他得幫侯天華說話：

「縣長，這個穩妥，侯天華倒也算做到了，他說如果當時要是不簽的話，柳擎宇威脅說要重新招標，從外縣尋找供應商，那樣就得不償失了。」

說著，他從口袋中拿出一張銀行卡說道：「縣長，這是侯天華讓我給您的。」

薛文龍看到銀行卡的字條上寫著一個「一」字，便明白裡面裝了一萬塊錢。看在錢的份上，他這才決定放過侯天華，隨即皺眉道：「真沒有想到柳擎宇這小子倒是挺機靈的，連招投標裡的相關貓膩都能看得清楚，照他這樣搞下去，我們靠招投標來整他是不可能了。老左啊，你還有什麼好的辦法沒有？」

左明義略微沉思了一下，隨即說道：「縣長，我認為目前這個階段，我們要想直接從上面對柳擎宇進行打擊有些力有不逮，畢竟關山鎮距離我們縣裡有些遠，而且我們還必須得顧忌到柳擎宇在市裡的靠山唐市長。我們能夠採取的手段很有限，所以我認為我們應該把這個任務還是下放給石振強，畢竟他是關山鎮的一把手，讓他想辦法多逼一逼柳擎宇，以柳擎宇那火爆脾氣，沒準哪一次再次爆發出來，到時候就肯定會惹禍的。只要有一次柳擎宇被我們抓住了把柄，我們就可以直接通過縣紀委和其他部門直接將他拿下，到那時即便是唐市長出面也無濟於事。其實我還有一個狠招，只是這一招操作起來比較麻煩。」

薛文龍問道：「什麼狠招？在我面前不用顧慮，直接說吧。」

左明義的臉上露出陰險之色說道：「縣長，您想想看，柳擎宇上次去市裡要錢的時候，不是把市委鄒副書記的兒子鄒文超和市政法委董書記的兒子董天霸全都給得罪了嗎？而且鄒書記和董書記都給咱們打電話，暗示咱們要好好『照顧』一下柳擎宇了，如果沒有唐市長這次過來給柳擎宇站臺，我們要想收拾他易如反掌，但是既然唐市長過來，我們就得小心些了，不能完全被兩位大老闆當成槍使。要是我們能夠想辦法把鄒文超和董天霸這兩位公子忽悠到我們景林縣來，只要稍微提一下柳擎宇，他們肯定會不爽的，一定會想辦法找柳擎宇的麻煩。如此，他們在前面出手，我們在後面幫忙，收拾柳擎宇的同時，我們也不用擔心被唐市長找我們麻煩，此乃借刀殺人之計。」

薛文龍沉思了一會兒，然後使勁地點點頭說道：「嗯，不錯不錯，借刀殺人之計可行，不過鄒文超就暫時不要去找了，這小子為人很精明，做事謹慎，不好忽悠；但是董天霸這傢伙卻是個大草包，要不是他有一個政法委書記的老子，恐怕早不知道被抓進去多少回了，我們可以在他的身上做一做文章。至於石振強那邊，我一會兒給他打個電話，我相信他非常樂意好好搞一搞柳擎宇的。」

薛文龍是一個實幹家，和左明義商議完畢，立刻給石振強打了一個電話，告訴他自己的想法。

作為薛文龍的嫡系手下，石振強當即表示自己會想盡一切辦法把柳擎宇給搞下去的。

隨後，薛文龍又給董天霸打了個電話，請他到蒼山市來轉一轉，品一品蒼山市的地方特色美食和活動娛樂。

董天霸雖然為人莽撞，但是腦瓜並不笨，從薛文龍的話語中，他聽出薛文龍有討好自己之意，尤其是聽說有娛樂活動，立刻便想起一件事。景林縣可是號稱整個蒼山市的美人縣，一向以出產具有東北特色的美人而著稱。

想到這裡，他的心一下子就活躍起來。不過由於他的手腕骨折，短時間內肯定是過不去了，所以和薛文龍約定，等過段時間自己會去景林縣，到時候會提前通知薛文龍。

等一切都安排妥當之後，薛文龍便把柳擎宇的這件事情暫時放了下來，畢竟他是一縣之長，需要忙碌的事情太多。柳擎宇在他看來不過是他砧板上的一塊帶刺的肉，只要時機合適，弄掉他不過是小菜一碟。

薛文龍這邊是放下柳擎宇的事了，但是石振強這邊卻開始加強了行動。

石振強的第一招依然是從鎮委辦這邊著手。

其實，按照相關的精簡機構的指示精神，鎮委辦和鎮府辦早已經合併起來了，名字叫作黨政辦。黨政辦主任是王東洋，副主任是洪三金。只不過在關山鎮，由於王東洋和洪三金在兩個不同的辦公室辦公，分別服務於鎮委書記和鎮長，所以大家依然習慣的稱他們為鎮委辦主任和鎮府辦主任。

由於他們分別在兩個不同的辦公室辦公，而石振強在整個關山鎮又是一言九鼎，所以所有的請示和下達的文件都是先送到鎮委辦主任王東洋的辦公室內。而王東洋又得到了石振強的指示，將所有原本應該屬於鎮長負責的事務全都拿到了石振強的辦公室內由他來進行批示，所以鎮府辦主任洪三金那裡幾乎沒有什麼文件，相應的，柳擎宇那邊更是沒有什麼人。

尤其是隨著賑災物資全部到齊，加上省裡和市裡也派出了相應的賑災工作指導小組到關山鎮後，在賑災方面，柳擎宇的工作量大大的減少。

隨著時間的推移，一個月後，所有的工作都走上了正軌，在省裡和市裡的協助下，大部分災民全都住進了臨時的活動屋，而他們的新居也開始加班加點地建設起來，估計在冬天來臨前，鄉親們就可以住進新居了。

生活有了期盼，老百姓們心情自然非常高興，便開始紛紛四處找工作琢磨起賺錢的門道來，更有人出去打工，如此一來，賑災的壓力又減少了許多。

眨眼之間，時間已經進入到了八月中旬。

柳擎宇坐在辦公室內，臉色卻顯得有些凝重。

鎮政府辦公室主任洪三金坐在柳擎宇對面，正在向柳擎宇報告最近一個多月的工作情況：「柳鎮長，鎮委辦主任王東洋那邊做得也太過分了，很多本來應該屬於您職權範圍內的文件全都被他拿給石書記去批示了，這種情況已經持續了整整一個半月了。而且最近我發現，幾乎沒有什麼人過來向您彙報工作，所有人都跑到石書記那邊去了，長久下去，形勢十分不利啊。鎮裡的這些委員和各個單位的頭頭們都勢力得很，誰的勢力大他們就倒向誰，您必須要儘快立威才行啊。」

洪三金跟柳擎宇彙報的時候，臉上的表情十分焦慮，因為他已經下定決心跟著柳擎宇了，所以柳擎宇的地位直接決定著他的前途。不過他卻發現，柳擎宇聽完他的話之後，顯得十分平靜，絲毫沒有焦急之色。

柳擎宇淡淡地看了洪三金一眼，然後笑著說道：「老洪啊，不要著急嘛，做任何事情都需要等待時機，不過你這次彙報得非常及時，很不錯。」

看到柳擎宇如此淡定，洪三金有些疑惑地說道：「鎮長，難道您一直都在等待著時機嗎？」

柳擎宇點點頭道：「沒錯，我一直在**等待著時機，一個可以出手的機會**。以前，因為賑災工作太忙，而且災情又十分緊急，為了大局著想，我一直按兵不動，把精力全都放在賑災上，只有這樣，鎮委鎮政府才能上下一心把賑災工作做好。那段時間是不適合內鬥的，現在賑災工作已經走上正軌，只需要各個部門按照已經部署好的工作就可以順利展開了，而且還有市委工作組在裡面協調，大局已定，所以此刻是我出手拿回應該屬於我的權力的時候了。」

洪三金聽完，這才恍然大悟，對柳擎宇這種以大局為重和敬業的精神充滿了敬佩。柳擎宇這是一心在為老百姓著想，所以一直都在忍著啊！

不過，他心中又升起了另外一個疑問：「鎮長，現在您反擊是不是有些太晚了啊，經過這一個半月的觀察，很多部門的頭頭和各個村的一些村支書們雖然都認為您有為民辦事之心，但是卻太年輕了，肯定鬥不過石書記的。所以他們很少向您來彙報工作，都去投靠石書記了。」

「對他們這些人，我並不擔心，他們既然是牆頭草，那麼只要我的實力強大了，他們自然會投靠到我這一邊的。我們要想對付石振強，必須要在鎮委委員中想辦法。對了，老洪，你是關山鎮的老人了，在你看來，關山鎮剩下的這九個鎮委委員之中，有哪些是我們可以爭取過來的？」柳擎宇請益道。

聽到柳擎宇的問話，洪三金低頭在心中盤算了一會兒，這才說道：

「柳鎮長，現在我們關山鎮一共有十名黨委委員，分別是您、鎮委書記石振強、鎮委副書記秦睿婕、人大主任劉建營、黨委委員、常務副鎮長胡光遠、黨委委員、副鎮長王學文、組織委員石景州、宣傳委員姜春燕、武裝部長尹春華、紀委書記孟歡；在這些人中，組織委員石景州是石振強的族弟，同屬一個大的宗族，是石振強的鐵桿嫡系。常務副鎮長胡光遠、副鎮長王學文這兩個人也是石振強的鐵桿嫡系，他們四人是一個共同進退的小團體，在關山鎮勢力極大，一般人很難撼動他們。

「而宣傳委員姜春燕的老公是縣裡的一位副局長，據說很快就要提成局長了，她在關山鎮其實就是熬資歷來的，所以平時她都扮演牆頭草的角色，哪邊實力強她就倒向哪邊，她屬於可以爭取，但是很難爭取到的類型。而武裝部長尹春華、紀委書記孟歡，他們兩個人平時在不涉及到他們自身業務的時候都很少發言。尤其是紀委書記孟歡，據說家裡好像有些背景，是下來鍍金的，但是具體是啥背景沒有人知道。」

洪三金停頓了一下，回憶著說道：

「他們兩個都是屬於可以拉攏的類型，但是，如果沒有什麼讓他們眼前一亮的底牌，很難拉攏到他們。至於人大委員劉建營，在你上任之前是擔任你這個鎮長之位的，他一直在石振強的高壓下工作，雖然表面上對石振強服服貼貼的，但實際上他經常借酒澆愁，心中很是鬱悶。想拉攏他倒有可能，但是畢竟石振強在關山鎮積威甚久，劉建營在心底深處很畏懼石振強，而且此人一向膽小，所以想拉攏他有些困難。

「至於鎮委副書記秦睿婕，由於她剛到關山鎮還不到一個月，我暫時沒有看出什麼來。但是從她能夠在這次的賑災過程中配合您展開工作，可以看出來此人是一個實幹派，倒是可以考慮拉攏一下。不過根據我的觀察，這位美女副書記的政治智慧頗高，心性也很高傲，能否拉攏得動也很難說。」

不得不說，洪三金對於鎮裡的事果然十分清楚，聽完他的詳細闡述後，柳擎宇對整個關山鎮的情況基本上有了一個大體的瞭解。點點頭說道：「嗯，老洪，我知道了，你先忙去吧，我好好思考一下。」

洪三金離開後，柳擎宇不禁盤算起來。

關山鎮的情況竟然如此複雜，不僅石振強一家獨大，而且還潛伏著孟歡這樣有背景的人物。雖然不知道他到底有啥背景，但是看孟歡的年紀並不是太大，這麼年輕就能擔任鎮委委員、紀委副書記，肯定不是一個簡單人物。而秦睿婕這個美女，柳擎宇更不敢輕視，他總感覺這個女人應該也是有背景之人，但是現在這些人卻全都選擇潛伏狀態，以至於整個關山鎮陷入了一潭死水之中。

我到底**應該如何破局**呢？柳擎宇在心中反覆地詢問著自己。

柳擎宇點燃一根菸，站起身來，一邊抽著菸，一邊在辦公室內來回地踱步。

他不斷地分析著眼前關山鎮的局勢。此刻，柳擎宇突然想起了一句話：廟小妖風大，水淺王八多！在關山鎮這麼淺的池塘內有這麼多風雲人物和實力人物，自己要想在這裡站穩腳跟，甚至是掌控大局，絕對不是容易之事啊。

尤其是石振強，不僅在本地擁有著絕對優勢，在縣裡也有人給他撐腰，自己要想對他進行反制，需要注意的問題實在是太多了。但是要讓自己像以前那樣繼續隱忍下去，絕對不行！

困局！艱難的困局！我應該怎麼辦呢？

柳擎宇不斷思考，分析著。

在自己決定前往關山鎮就任鎮長之前，父親曾經親口告訴自己，在沒有達到正廳級級別之前，他不會給予他任何的支持。一切都必須要靠自己才行，除非有人膽敢使用超常規的高壓手段對付自己，否則就算被對手打壓得死死的，父親也不會出手的。

因為如果連正廳這個級別都無法依靠自己的能力闖過去，那麼即使在父親的幫助下提拔到正廳級以上的崗位，恐怕也很難掌控局勢。

畢竟級別一旦到了正廳級以上，哪個都不是簡單的人物，都是踩著競爭對手的腦袋上來的，每個人都有著超凡入聖的能力，面對這樣強勁的對手，如果能力不行，失敗是早晚的事情。

不行！絕對不能認輸！我柳擎宇能夠成為狼牙特戰大隊有史以來最年輕的隊長，能夠在世界各地敵對勢力的槍林彈雨中安然無恙，**在官場上我怎麼能夠認輸呢！**這絕對不是我柳擎宇的風格！**我寧可站著死，也絕對不能跪著生！**

柳擎宇的心漸漸平靜下來，再次坐在椅子上，拿出一張白紙，在上面寫寫畫畫起來。

他先在紙上寫上石振強的名字，畫了一個圈，然後在圈的周圍開始寫起石振強的優勢來：鎮委書記、主管人事、地方勢力、宗族勢力、羽翼眾多；隨後，又寫上自己的名字，畫了個圈，但是當他想要寫上自己優勢的時候，卻發現竟然一直無法落筆。

就在此時，柳擎宇的目光突然瞥見放在桌角一份有關鎮長職責和權力的文件，他的目光立刻被吸引了過去，再次仔細閱讀完後，柳擎宇的嘴角露出了一絲笑意。隨即，他提起筆來在寫著自己名字的圈外寫上了幾個字——財政大權！

自己可是鎮長啊！財政所是鎮政府下屬的直管部門，現在可是鎮長一枝筆簽字審批！雖然石振強有人事大權，但是自己卻有財政大權，這可是最基本的權力，自己怎麼把這個法寶給忘了呢！

想到此處，柳擎宇眼珠一轉，計上心來。他立刻一個電話把鎮財政所所長張宏軒給喊了過來。

「張所長，上次我曾經跟你提到過，鎮財政所的工作流程你應該清楚吧？」

張宏軒連忙點頭道：「明白，明白。」

張宏軒是一隻老狐狸了，自從看到柳擎宇居然敢直接出手暴打韓國慶，甚至連縣長都敢打之後，他在面對柳擎宇的時候便開始採取陽奉陰違的手段，柳擎宇說什麼，他聽著就是了，但就是不按柳擎宇的意思辦。

柳擎宇也不是傻瓜，他自然能夠猜得出來此刻張宏軒的心思，不過這一次，他打算狠狠地點一下張宏軒，便意有所指地說道：

「張所長啊，據我所知，你和石書記的關係特別好，很多事情，石書記吩咐下來你都照辦了。本來石書記是鎮裡的一把手，如果是其他方面的事呢，我也不會說什麼的，但是，我希望你明白一點，那就是財政所是屬於鎮政府的下屬直管部門，按照相關的規定，財政大權是政府一把手簽字負責，所以，不管以前在關山鎮是什麼情況，但是現在，既然我是關山鎮的鎮長，我希望鎮財政所的所有流程都必須是正常的，如果讓我發現鎮財政所在流程上存在不妥甚至是故意混淆流程的行為，到時候我可能會採取一些措施。」

柳擎宇的話說得十分平常，但是張宏軒卻感覺到後脊嗖嗖地發涼，似乎能感受到柳擎宇話語中所蘊含的殺機，連忙點頭說道：

「柳鎮長，這點請您放心，我在財政所幹了十多年了，到現在為止還沒有出現過什麼問題，該走的流程我明白的。」

「嗯，你明白就好。對了，有一件事情我得通知你一下，我剛才查閱了一下鎮裡有關鎮長簽字批示的相關文件，發現上面明確寫著一條規定，凡是鎮裡高於一千元的支出，沒有鎮長的簽字，財政所不能給予出納。我是新上任的鎮長，暫時也就先不制定其他的規定了，但是蕭規曹隨還是可以的，以後在出納上面，就按照這條規定執行吧。另外，我看這條規定上還寫著，凡是低於一千元高於五百元的支出，次數超過五次就必須向我進行彙報，我希望你們財政所要負起責任來，如果出現任何問題，你這個財政所所長是要承擔責任的。」

柳擎宇說完，端起了茶杯。張宏軒看到這裡，連忙起身告辭。

從柳擎宇辦公室離開後，張宏軒不禁犯起難來。

自己雖然是財政所所長，但是一直以來，由於石振強十分強勢，所以上一任鎮長對財政所基本上是不怎麼伸手的，石振強想要花錢也就是一句話的事情。但是現在，柳擎宇這麼強勢，他不得不有所顧慮啊，如果柳擎宇真的找自己麻煩的話，自己還真是很難應付。

張宏軒眼珠一轉，立刻跑到了石振強的辦公室，把柳擎宇所說的話轉述了一遍，接著為難地說：「石書記，您看我現在應該怎麼辦？柳擎宇這明顯是針對您的啊。如果真要照他說的去辦的話，以後財政大權可都是他的了，您可不得不防啊。」

石振強很訝異柳擎宇竟然會想到從財政所這個地方下手，按照規定，財政所是鎮政府的下屬部門，自己要是真的伸手過去，還真有點撈過界的嫌疑。不過當著張宏軒的面，他自然不會表露什麼，只是說道：

「沒事，柳擎宇一個毛頭小夥子懂得什麼！我們該怎麼做還是怎麼做，他逃不出我手掌心的，你就放心幹你的工作就成，什麼都不用擔心，他動不了你的。畢竟，在關山鎮任何人想在人事上做手腳，沒有我的支持，根本是不可能的。」

聽石振強這麼說，張宏軒心中稍稍安定許多。因為他清楚，石振強和他的族弟石景州，一個書記，一個組織委員，手握人事大權，一般人很難和他們抗衡。所以在內心深處，張宏軒對柳擎宇的畏懼之意減少了很多。

不過他依然保持警覺，他相信，有了自己的提醒，石振強肯定會做事更加謹慎些，收斂一些的。

事實上，恰恰相反。他剛走，石振強便開始琢磨起怎麼對付柳擎宇來。他要用事實告訴柳擎宇，在關山鎮，他石振強才是老大。

石振強把鎮委辦主任王東洋喊了過來，「東洋，去財政所取一些錢，分六筆取，第一筆取一千五，其他的五筆每筆取六百元。」

王東洋聽完石振強的吩咐後，覺得石振強的這個指示有些奇怪，因為如果真要是取錢的話，直接讓財政所給送過來就行了，幹嘛非得讓自己親自去取呢，而且還分成六筆，這有些不同尋常啊，不過他啥也沒多問，轉身就要走。

石振強卻又說話了：「哦，東洋啊，等把這些錢取出來之後，你立刻找人傳播出去，讓整個鎮委鎮政府的人都知道這件事，尤其是要確保這件事傳達到柳鎮長的耳朵裡。明白了嗎？」

「明白了。」王東洋點點頭，立刻去財政所取錢去了。

石振強這樣吩咐，王東洋就算是再笨也已經猜出來了，這件事根本就是衝著柳擎宇去的。不過他是下屬，只要按照領導的意思去辦就行了，不需要想得太多。

王東洋到了財政所，把自己的取錢意圖跟張宏軒一說，張宏軒的腦門一下子冒起汗來。

這是赤裸裸的直接打柳擎宇的臉啊！你柳擎宇不是說你掌控財政大權嗎？人家鎮委書記石振強根本就不把你的意思放在眼中，還偏偏踩著你畫下的紅線去頂風作案，有本事你動一下試試。這就是石振強的意圖！這是**赤裸裸的挑釁！**

汗水順著額頭劈里啪啦的往下掉。張宏軒很清楚，一旦自己把這筆錢給了王東洋，也就意味著自己將會捲入**這場鎮委書記和鎮長的巔峰較量之中，不管誰勝誰負，自己都將會成為他們手中的一枚棋子。**

悲哀的棋子！如果石振強勝了，自己可能沒事；但如果是柳擎宇勝了，自己將會死無葬身之地。怎麼辦？此刻，涉及到自己的利益，張宏軒心中焦急不已。

「張所長，你怎麼了，腦門上怎麼出這麼多汗？不會是生病了吧？」王東洋問。

張宏軒連忙說道：「沒事沒事，今天天有點熱，我心裡有些發燥。」

王東洋笑道：「嗯，把空調溫度調低不就成了，哦，對了，這錢趕快給我支出來，石書記那邊還等著用呢。」

張宏軒聽王東洋這樣說，便知道這錢自己想不給都不成啊，除非自己想要投靠到柳擎宇那邊，但是這基本上不太可能。所以他一咬牙，直接在申請條子上簽字確認，讓他拿著條子去出納那裡取錢去了。

王東洋取完錢後，第一時間便打電話安排手下的人四處散播自己已經從財政所取了六筆錢的消息。

在機關單位裡，越是小道消息傳得越快，這個消息很快就在鎮委鎮政府裡傳得沸沸揚揚，雖然很多人不知道這個消息到底意味著什麼，但是當有人把柳擎宇曾經找過財政所所長張宏軒，向他交代必須要遵守財政流程和相關政策後，這個消息一下子被推到了高潮。很多聰明人一下子就意識到了這件事絕對是老牌的鎮委書記和新上任的強勢鎮長之間一次直接交鋒。

整個事情的因果很多人基本上都埋清楚了，就是鎮長想要通過財政所扼住鎮委書記，但是鎮委書記根本就不鳥鎮長這一套，而且財政所所長也不聽上級領導的指揮。

現在，所有人都在等待、觀望著，大家都想看一看，在被如此直接打臉的情況下，柳擎宇會如何反擊。

鎮長辦公室內。

洪三金滿臉憂慮地坐在柳擎宇對面，正在向柳擎宇報告著機關內傳得沸沸揚揚的小道消息。

說完之後，立刻又補充了一句：「鎮長，有關王東洋去財政所取錢的事，我已經透過財政所的關係確認過了，他的的確確是在沒有經過您的批准情況下，用石書記的條子取走了六筆錢。現在很多人都在觀望，如果這次咱們要是處理不好的話，形勢極其不妙啊。」

柳擎宇聽了，卻是老神在在地說道：「好！很好，一切都在我的預料之內。」

洪三金一愣，充滿疑惑地問道：「柳鎮長，這不會是您所設下的一個圈套吧？」

柳擎宇笑著說道：「沒錯，這就是我設下的一個陷阱，而且這裡面還有你的功勞呢，你以前跟我說過，張宏軒此人是石振強的鐵桿嫡系，所以他肯定不會聽我的話的。而且自從我到了關山鎮以後，他一直對我的話陽奉陰違，所以我一直想要動他，但是師出無名很容易在形勢上陷入被動，所以，我要想動他，就必須要做到師出有名。」

洪三金立刻問道：「柳鎮長，那您完全可以說他對您的話陽奉陰違而動他啊，幹嘛這麼大費周章呢？」

「我的確可以用這個理由，但是這個理由有些牽強，尤其是我在關山鎮的根基實在太淺，甚至可以說是一點根基都沒有，我要是現在就對人事問題指手畫腳的，很容易遭人詬病，畢竟我才剛來一個多月。尤其是關山鎮的情況如此複雜，到時候石振強完全可以反咬一口，說我有意插手人事工作，是野心勃勃。這樣一來，我不僅很難得到別人的支持和同情，甚至還容易遭到別人和石振強的聯手打擊，這絕不是我想看到的情況。」柳擎宇分析道。

洪三金有些不解地道：「那您設下這個陷阱又有什麼意義呢？不是把自己推到了沒有任何退路的境地了嗎？」

柳擎宇點點頭道：「沒錯，我就是要達到這種效果，然後置之死地而後生！這就是我所設下這個陷阱的真正目的。根據我的推測，我把張宏軒找來，跟他特別強調了財政流程的重要性和政府一把手簽字負責制以後，他肯定會去石振強尋找支持，以石振強的個性，聽到我居然想要掌控財權，一定很憤怒，畢竟在他心中，關山鎮他是老大，啥都是他說了算，尤其是財政大權，這更是一個強勢書記不能丟掉的陣地，所以我料定這時候他一定會想盡一切辦法對我進行反擊，只要他一反擊，肯定會從挑釁我的權威開始，然而，只要他這麼做了，他就徹底落入我的陷阱中了。你想想看，照目前這種局勢發展下去，我必須得出手了吧？而且現在全鎮的鎮委委員們都知道這件事情了吧？」

「是啊，現在全鎮的人都知道了，很多人都等著看您的笑話呢，尤其聽王東洋說，這是石書記故意給您點顏色看看。」洪三金點頭如搗蒜地說。

柳擎宇聽了哈哈大笑道：「好！真是太好了。沒想到石振強對我的設計如此配合，我想要不出手都不行啊。」

見洪三金仍是一副困惑不解的表情，柳擎宇問道：「老洪，看過《孫子兵法》嗎？」

洪三金不好意思地說：「聽說過，沒怎麼看過。」

「老洪，孫子兵法可是好東西啊，你可以好好地看一看。在《孫子兵法》虛實篇中，有這麼一句話：『夫兵形象水，水之形，避高而趨下；兵之形，避實而擊虛。水因地而制流，兵因敵而制勝。故兵無常勢，水無常形；能因敵變化而取勝者，謂之神。』在這句話中，最重要的思想就是避實而擊虛，以目前我和石振強之間的形勢對比，他佔據絕對優勢，而我要想和他鬥，如果直接就猛打猛衝，敗的人一定是我，因為我職務比他低，勢力比他小，又比較年輕。所以，要想正面對付他必輸無疑，而且這樣對我沒有任何好處。

「我和他之間的鬥爭主要是針對鎮裡權力的掌控問題，所以，怎麼樣能夠樹立我在鎮裡的威信，又打擊到石振強的威信，在這個過程中能得到好處，這才是我最看重的。表面上看，我喊來張宏軒，意圖看似想要掌控財政大權，扼住石振強的咽喉，實際上，這是我故意晃點他的，我的真正目標是張宏軒。」

洪三金一愣：「怎麼又繞到張宏軒身上了？」

柳擎宇呵呵一笑：「我的真正目的就是張宏軒啊，現在石振強想要打我的臉，故意去取錢挑釁，那麼我要反擊的話，肯定是先對張宏軒出招，等明天的鎮黨委會上，我就會提出罷免張宏軒的議題。」

洪三金還是不太懂，問道：「為什麼非得繞這麼大的圈子呢？」

柳擎宇笑道：「孟子曾經說過，**得道多助，失道寡助**，我這樣做，就是想把石振強推到失道寡助那一邊。石振強表面上是打我的臉了，但他這樣做也等於是向所有鎮委委員們表達出一種訊息，那就是在整個關山鎮，他石振強說一不二。你說說看，咱們鎮委委員之中藏龍臥虎的，那些人聽到這個，心中會是怎樣一個滋味？」

洪三金直到此刻才恍然大悟，眼中閃爍著興奮的光芒說道：

「我現在終於明白了，柳鎮長，原來您是想要通過引誘石振強強勢出手挑釁，從而讓他囂張跋扈的形象更加深入人心，尤其是深入鎮委委員們的心中。而咱們鎮的鎮委委員中藏龍臥虎，有背景的人可不是一個兩個，他們雖然這段時間以來什麼都沒有說，心中是怎麼想的，外人很難知道，但是有一點卻是肯定的，**誰都不希望自己的權力被架空**，自己什麼發言權都沒有！

「誰也不願意當一個傀儡官員的，尤其是那些有背景的委員們，心中肯定有所不爽。這種不爽，平時風平浪靜的時候自然什麼事情都沒有，但是一旦有了外力的推動，一定會集中爆發出來的。您只要在明天的鎮委會上提出對張宏軒的處理意見，肯定會有一部分鎮委委員出於對石振強的不滿，選擇站在您這一邊，即使他們不站在您這一邊，至少也會選擇中立，這就是您的機會所在，也就是您所說的得道多助，失道寡助。」

柳擎宇滿意地點點頭，這個洪三金的腦子雖然轉得不快，但是悟性還是相當不錯，於是柳擎宇說道：

「沒錯，這就是我所要達到的目的，這就是利用對手來造勢，然後再利用對手所造的勢來乘勢，達到自己的目標。我老爸曾經說過，**不管是在官場、商場還是在職場上，必須要時刻注意對勢的掌控**，要時刻**讓自己處於最有利的形勢之中**，如果沒有勢，就自己去**造勢**，也可以利用對手去造勢。三金啊，你現在也去外面散佈消息，就說石振強下一步準備逐漸收攏各種權力，打算插手紀委、人大和宣傳窗口的事務，從而實現一家獨大。哼哼，不是他石振強才會玩這一手，我也會玩！」

聽完柳擎宇這番話，洪三金對柳擎宇簡直佩服得五體投地了。

「柳鎮長，您這一招實在是太高了，只要這個消息傳出去，不管是真是假，肯定會給相關的鎮委委員們帶來一些心理壓力。石振強就算想解釋也得別人相信啊，尤其是在他強勢插手你的鎮長工作職權之後，別人肯定也會有所防範的。高！實在是太高了！」

洪三金毫不猶豫地拍起了馬屁。他知道，自己這次投靠到柳擎宇這邊，絕對是這輩子做得最正確的一件事。

「好了，不要拍馬屁了，趕快去幹正事吧。」柳擎宇笑著催促道。

「好，您就等著好消息吧。」洪三金一溜煙的跑出去了。

洪三金不愧是關山鎮的老人，辦事相當俐落。當天下午，關山鎮機關單位內另外一個火爆的消息便再次傳揚開了，據傳，石振強準備全面掌控整個關山鎮，逐漸插手關山鎮紀委、宣傳、人事、財政等諸多權力部門，要把整個關山鎮打造成為他石振強的獨立王國。

這個消息中，真假各半，尤其是有前面石振強囂張挑釁柳擎宇的舉動在先，消息的可信度被很多人所信服。在這種謠言的鼓噪下，很多單位的大小領導們幾乎全都一溜煙的跑到石振強那邊彙報工作去了，誰都希望在石振強掌控大局之後能夠獲得一些好處。

此刻，紀委辦公室內。

紀委書記孟歡已經得知了自己的副手們一一去找石振強彙報工作的消息，他的眉頭深鎖著，臉色陰沉。

孟歡如此年輕就能混到關山鎮鎮委委員、紀委書記這個位置上，可不僅僅是有關係而已，他本身也是個十分厲害之人。從接連爆出的兩個小道消息中，他可以明確地判斷出這絕對是石振強和柳擎宇在過招。他甚至能夠揣摩到兩人的心理想法，而且已經有所判斷了。

第二個消息說石振強要全面插手諸多權力部門的消息，肯定不是真的，但問題在於，這個消息也許不是真的，但是這種可能性卻並不是沒有！

自從他上任紀委書記後，幾乎沒有辦過一個案子，一直都是默默地坐在辦公室內讀書看報，即便是有自己想辦的案子，一拿到鎮黨委會上便被石振強給否決掉。

雖然礙於自己的面子，有時候也會通過自己的提議，但是下面的副手們卻根本不用心辦事，一件小案子也一直拖著，拖著拖著也就大事化小，小事化無了。

雖然孟歡心裡明白自己是鍍金來的，只要不犯什麼錯誤，到時候等自己離開後，石振強這個一把手會給自己一個很好的評語，這樣對大家都有好處。但問題在於，他是一個很有理想、很有抱負的人，只是他很善於分析和判斷形勢，知道自己在什麼情況下應該做什麼事情。

自從柳擎宇來關山鎮，孟歡一直在觀察著柳擎宇。當他得知柳擎宇居然連縣長薛文龍都敢打之後，他心中立刻斷定，柳擎宇這哥們兒絕對是猛龍過江，不是個好惹的主。別說打縣長了，就是打鎮長自己都不敢，畢竟這事要是真鬧騰起來，最後很難收場。可柳擎宇的厲害之處就在於他把縣長給打了，除了背一個不輕不重的處分以外，居然沒有任何事情，這就不得不說是柳擎宇的厲害之處了。

從那之後，孟歡就對柳擎宇更加地留心。他發現，柳擎宇雖然人很年輕，但是協調組織能力十分強，而且在老百姓中的威望很高，這一點就連石振強都不如他。

想明白了這些後，孟歡心中不由得興奮起來，不管這個柳擎宇到底是不是猛龍，但是有一點可以肯定，此人絕不是一個甘於人下之人。他想反制石振強，肯定需要盟友，而始終保持中立態度的自己，絕對是柳擎宇想要拉攏之人！

到時候，石振強和柳擎宇鷸蚌相爭，自己便可以漁翁得利。如果柳擎宇表現得比較厲害，那自己就可以逐漸向他靠攏，以獲得更多好處；如果柳擎宇輸給了石振強，自己也只需要做好原來的自己就可以，石振強是絕對不敢對自己下手的。

想到此處，孟歡的臉上露出一絲得意的微笑。

……

與此同時，鎮委書記石振強辦公室內。

石振強聽到散佈出來的消息後，頓時勃然大怒，狠狠地一拍桌子怒聲道：「這個柳擎宇，真他媽的太陰險了，他這明顯是幫我四處樹敵啊，卑鄙，真是太卑鄙了！」

人在一旁的王東洋心中則暗道：「石書記啊，您可比他卑鄙多了。」當然，這話他也就在心裡說說，嘴上是萬萬不敢說的，反而勸慰道：

「石書記，對於這些謠言，您根本不必在意，以您的實力，就算真的要插手這些工作，那些鎮委委員們也沒有什麼脾氣，而且明天就要召開鎮委會了，您只需要在會議上稍微解釋那麼一兩句就可以了。」

石振強聽王東洋這麼一說，心中的怒火稍微平息了一些，臉色卻依然暗沉著說道：「這個柳擎宇實在是太不像話了，明天的鎮委會上，我得好好的點點他才行。」

說完，石振強便開始琢磨起來，明天的鎮委會上，自己應該如何狠狠地打柳擎宇的臉。

然而，石振強卻萬萬沒有想到，就在他琢磨柳擎宇的時候，柳擎宇已經行動起來，他直接到了紀委書記孟歡的辦公室外面，敲響了房門。

第二天上午十點整，關山鎮例行鎮委會正式開始。

由石振強主持本次會議。

會議一開始，石振強便黑著一張臉說道：

「各位，我昨天聽到了一個謠言，謠言說我石振強要全面插手紀委、宣傳等工作，想要在關山鎮建立我的獨立王國。聽到這個謠言，我非常痛心啊，製造這個謠言的人實在是太卑鄙了。大家想一想，我石振強有必要這麼做嗎？我能這麼做嗎?!我為什麼要這樣做呢？雖然我不知道這個謠言到底是誰散佈出來的，但是在這裡，我想要提醒一下在座的各位鎮委委員們，我希望這樣的謠言以後不要再發生了，否則的話，我一定會下令嚴查，抓住必定嚴厲懲罰。這是一種故意製造鎮委班子內部不和諧的下流行為！」

石振強將目光故意看向柳擎宇，問道：「柳鎮長，你說呢？」

會議室內所有鎮委委員的目光也全都看向了柳擎宇。

大家都是明白人，石振強說完問題後直接問柳擎宇，意思非常明顯，那就是他認為柳擎宇正是這個謠言的散佈者。

柳擎宇聽完後只是淡淡一笑，說道：「石書記，對於你說的這個意見我是相當認可的，任何時候，散佈謠言的行為都是不妥的。」

說到這裡，柳擎宇頓了一下，接著說道：「但是，有時候，一些謠言並非空穴來風啊，尤其是當有一些事實作為參照依據的時候，在某些人看來是謠言的東西，實際上卻未必是謠言，之所以結論不同，只是因為大家所處的立場不同罷了。石書記，既然說到了謠言問題，那麼我這裡倒還真有一件事情要拿出來和大家一起討論討論。」

柳擎宇目光在會議室眾人的臉上一掃過，沉聲道：

「我相信各位委員們昨天都應該聽到過一個謠言，說是鎮委書記石振強同志派王東洋去鎮財政所取了六筆錢，其中一筆是一千五百元，其他五筆是六百元，這個消息昨天可是甚囂塵上啊，幾乎所有鎮委鎮政府的工作人員都在傳播著這個謠言。

「石書記，我認為這個謠言製造者才是真的太無恥卑鄙了，這明顯是在抹黑您啊，我相信您擔任鎮委書記這麼長時間了，而且之前您也擔任過鎮長，您怎麼可能不知道財政所是鎮政府下屬的部門呢？怎麼可能不知道財政資金實施的是鎮長一枝筆簽字的規則呢？您怎麼可能故意破壞這種規則呢！

「而且據我所知，這些規定還是您當鎮長的時候根據相關的文件制定的。這些規定一直執行的非常好，所以，我認為我們必須要把這個謠言查清楚才行，否則的話，您剛才所說的那個謠言很有可能會被大家誤認為是真的啊！您說是不是這個道理？大家說是不是這樣？我們絕不能讓謠言損毀了石書記的信譽和名聲啊！這件事我們必須要查清楚才行啊！」

柳擎宇說得句句鏗鏘，實則句句如刀如箭。

石振強的腦門開始冒汗了。柳擎宇居然來這麼一手，竟然借著自己的話題，把自己故意散佈出來的謠言拿出來說話，更無恥的是，柳擎宇居然一上來就給自己戴了那麼多高帽，讓自己想要找個臺階下來都不可能，這讓他一下子為難了。

這時，石振強的鐵桿盟友——副鎮長胡光遠看出了局勢有些不妙，連忙站出來給石振強解圍：

「柳鎮長啊，我看這件事情就算了吧，既然石書記連下午的謠言都不在乎了，上午的謠言也就算了吧。清者自清，我相信大家都知道石書記的人品，他是絕對不會做出這種事情的。為了維護我們鎮委班子團結穩定的大局，這件事就沒有必要追查下去了。」

柳擎宇使勁地搖搖頭說道：「不行不行，那怎麼行呢，如果上午的這個謠言不查清楚，下午的謠言可就真的成為事實了啊，我相信胡書記也不願意看到這種情況發生吧？」

說到這裡，柳擎宇似乎想到了什麼，故意露出震驚的表情說道：「胡鎮長，難道你認為上午的謠言是真的？你真的認為是石書記故意派王東洋去財政所取錢，從而故意掃我柳擎宇的面子，打我的臉，打擊我的威望？」

胡光遠連連揮手道：「不是的，不是的，我怎麼會這樣認為呢，這件事絕對和石書記沒有什麼關係啊。」

柳擎宇立刻大聲說道：「既然是這樣，那你還擔心什麼呢，我也相信這件事絕對不是石書記幹的，否則的話，石書記也太沒有水準了。石書記，您說是不是？」

柳擎宇繼續拿話擠兌石振強。

此刻，石振強的肺都快被柳擎宇給氣炸了，柳擎宇這是明知故問啊，但偏偏現在是在鎮委會上，即便大家都知道這件事絕對是自己幹的，自己也不能承認，否則一旦落人口實，對自己的前途是十分不利的。

所以，他只能暗氣暗憋，還得裝出一副十分嚴肅的樣子說道：「嗯，柳鎮長說得沒錯，我怎麼可能幹出這種事情來呢。」

孟歡、秦睿婕等人看到石振強吃癟，心裡那叫一個爽啊。

尤其是孟歡，笑得都快要抽筋了，但卻不敢笑出來，只能低著頭，繃著臉，控制著自己臉上的肌肉，緊緊地閉著嘴，憋得十分辛苦。他心中暗道：「這個柳擎宇年紀不大，招數倒是不少，這一招反客為主可是夠狠啊！這絕對是把石振強的牙齒打落還得逼他吞進自己的肚子裡啊！看來，這個柳擎宇還真是不能小覷。」

而此刻秦睿婕則用一雙美麗的大眼睛充滿震驚地望著柳擎宇。在她看來，此刻的柳擎宇哪裡還是一個才二十出頭的毛頭小子，完全就是一隻**官場老狐狸**嘛，這小手段玩得那叫一個溜，就算是那些官場老手們也沒有這種水準啊。

此刻，秦睿婕也開始對柳擎宇的來歷產生了濃厚的興趣，要知道，很多像柳擎宇這個年紀的人還在大學校園裡只顧談情說愛呢！

柳擎宇聽石振強這樣說，便笑著說道：「那好，既然石書記沒有幹這件事，那麼我們就非常有必要把這件事情給搞清楚了。王東洋同志，你把財政所所長張宏軒同志喊過來吧，我們一問便知。」

柳擎宇這是在步步緊逼啊，此刻眾目睽睽之下，王東洋不敢有任何作弊行為，只能顫巍巍地拿出手機撥通了張宏軒的電話，讓他立刻到鎮委會議室來一趟。

財政所距離鎮政府大院不過幾十米的距離，不到十分鐘，張宏軒便走進了會議室內。

柳擎宇立刻開門見山地說道：「張宏軒，昨天上午傳得沸沸揚揚的那個謠言，想必你也知道了吧，而且就在昨天上午，我還專門把你喊到我的辦公室裡，對你千叮嚀萬囑咐，讓你一定要遵守相關的財務流程，這個我沒有說錯吧？」

張宏軒此時只能苦笑著點點頭。

柳擎宇接著道：「張宏軒，我問你，昨天上午，王東洋同志到底有沒有去你們財政所取錢，而且還是在沒有我這個鎮長批示的情況下把錢取走的？」

張宏軒的目光向著石振強的方向看了一眼，發現石振強正臉色鐵青地低著頭，看都不看他。張宏軒意識到，在這種情況下，自己是絕對不能把石振強給供出來的，否則就徹底完蛋了，所以只能咬著牙說道：

「柳鎮長，昨天上午王東洋主任的的確確是去我那裡取錢了，不過石書記並沒有跟我打過招呼。」

聽到張宏軒這樣說，石振強這才抬起頭來，充滿鼓勵地看了張宏軒一眼，隨後又低下頭去。

柳擎宇聽了張宏軒的話後，立刻冷冷地看向王東洋說道：「王東洋同志，張宏軒說的話可是事實？你到底是奉了誰的指示去財政所取錢的？你的條子上有誰的簽字？」

柳擎宇立即將矛頭指向了石振強。這一下，很多鎮委委員們都感覺到心中一寒，誰也沒有想到，柳擎宇竟然在這裡等著石振強呢，這一招絕對是釜底抽薪啊。最重要的是，柳擎宇幾乎可以說是個光桿司令，什麼盟友都沒有，僅僅是憑藉著對形勢的掌控便把石振強、王東洋等人逼到這種程度，這心思、權謀之術的運用，簡直讓人匪夷所思啊。

此刻，王東洋只有兩個選擇，要麼把責任全都推到石振強的身上，要麼就是自己把事情給扛下來，不管怎麼樣，這次石振強這一方受到損失肯定是避免不了的了。

第九章

害群之馬

怒火在柳擎宇的心中熊熊燃燒起來，此刻的柳擎宇似乎忘掉一切，也無視一切，此刻他心中想著的只有一件事，那就是絕對不能讓這個害群之馬，讓這個人性泯滅的無恥敗類再逍遙法外，哪怕把天給捅個窟窿也在所不惜。

王東洋自然不是傻瓜，知道自己只有一條路可以選擇，那就是把事情全都扛下來。否則的話，不僅柳擎宇不會放過自己，石振強更不會放過自己。

想到此處，他和張宏軒一樣，十分硬氣地說道：「柳鎮長，錢是我去鎮財政所那裡領的，因為當時鎮委石書記不在辦公室，而鎮委那邊又有需要用錢的地方，所以我只好匆匆模仿了一下石書記的簽字，寫了批條，直接去鎮財政所那邊領錢了。由於時間急迫，我也沒來得及去找您批示，請您見諒。」

王東洋不愧是老江湖，簡簡單單幾句話，不僅把石振強給摘了出去，更是把自己的責任減輕到了最低，而且還沒有人可以指證他撒謊。

然而，自始至終，柳擎宇的臉上一直都顯得十分淡定，甚至還掛著一絲淡淡的冷笑。對王東洋的自我開脫之舉，柳擎宇早有預料，因為王東洋只是他今天的次要目標，柳擎宇非常清楚，以王東洋的所作所為，自己根本動不了他，也拿他一點辦法都沒有。但是通過此舉給他一個處分和警告還是可以的。

所以，等王東洋說完之後，柳擎宇立刻看向石振強說道：「石書記啊，王東洋是黨政辦主任，更是鎮委辦的主任，你說像他這種情況應該如何處理呢？」

一張口，柳擎宇便把這個燙手的山芋直接甩給了石振強。

石振強也不是傻瓜，自然看得清楚柳擎宇此舉實乃包藏禍心，一旦自己說出的處理意見重了，那麼王東洋肯定會對自己心生不滿，畢竟他是為了掩護自己才把所有責任扛起來的；可是如果自己的處理輕了，又容易落得其他人的口實，說自己包庇下屬，柳擎宇這一招真是一石二鳥啊。

不過石振強也是老狐狸了，處理起這個問題來倒也乾脆，只是淡淡一笑說道：

「柳鎮長啊，就像你所說的，王東洋同志是我們鎮委辦主任，算是我的直接下屬，由我來談他的處理意見有些不太合適，我看我就回避吧。你是鎮裡的二把手，還是讓大家聽聽你的處理意見吧。」

太極推手！石振強只是輕輕這麼一推，便把燙手的山芋又推回了柳擎宇這一邊。

柳擎宇早有對策，於是說道：「好吧，既然石書記這樣說，我也就不客氣了，我看王東洋這一次的行為雖然不妥，但是呢，也不算是嚴重違紀事件，給一個口頭警告處分就可以了。希望王同志以後千萬不要自作主張，否則再發生這種事情，絕對嚴懲不貸。」

本來王東洋一直提心吊膽，非常擔心柳擎宇獅子大開口，把自己處理嚴重了，聽柳擎宇說完後，算是徹底放下心來。就連石振強也同時放下了心。

然而，柳擎宇再次發話了：

「各位，有關王東洋同志的問題可以從輕處理，但是，關於財政所所長張宏軒的問題卻必須從嚴從重處理。」

柳擎宇的聲音變得異常嚴厲，眼中也射出兩道寒光。

石振強的臉色一變，他突然明白柳擎宇今天在鎮委會上發飆的真正目標了。柳擎宇的目標是張宏軒。他是想要敲山震虎啊！

此刻，其他鎮委自然也都看出了柳擎宇的真實意圖，不由得對柳擎宇翻手為雲、覆手為雨的手段充滿了欽佩。這個年輕人實在太厲害了，**翻手之間便將石振強玩弄於股掌之上，讓石振強節節敗退**，高招啊！

石振強臉色陰沉著，沒有說話，只是冷冷地看著柳擎宇。他想要看看柳擎宇到底想要怎麼玩。

如他所願，柳擎宇出招了：

「各位委員們，剛才我相信大家也都聽到張宏軒同志承認了，在王東洋去他那裡領錢之前，我曾經專門把張宏軒同志喊到我的辦公室內，就財政所的相關工作流程對他進行了千叮嚀，萬囑咐。然而，在不到半天的時間內，他就把我的囑咐拋到了九霄雲外。

「我想問一問各位，對於這樣一個把領導指示置之不理、拒不服從的下屬，我們還能再任用嗎？不能！絕對不能！財政所的工作可是關係到關山鎮三萬多老百姓的利益，關係到我們鎮委鎮政府諸多機關人員的工資和福利待遇，把這麼重要的部門交給這樣一個不靠譜之人來負責，我是堅決不能同意的。所以，在這裡我提議，免去張宏軒財政所所長職務，另選一個新的人選來擔任財政所所長。」

柳擎宇說完，張宏軒小臉立馬蒼白起來，他趕忙用充滿求救的目光看向石振強。

石振強還擊道：「柳同志，這人事工作和行政工作可不是一個套路啊，雖然張宏軒同志工作中出現了一些疏漏之處，但是我們也不能一棍子打死嘛，這些年裡，張宏軒在財政所所長的位置上幹得還是非常出色的，所以我認為，對於張宏軒給予一個黨內警告處分就可以了，沒有必要直接免去職務。」

副鎮長胡光遠附和道：「我同意石書記的意見，柳鎮長的處理意見有些偏激了，這樣會容易讓鎮裡的同志們寒心的，也不利於鎮委班子的團結。對於幹部的任用，我認為還是多聽一聽石書記的意見為好，畢竟他是主管人事的一把手啊。」

不得不說胡光遠很犀利，直接就指責柳擎宇插手人事工作了。

柳擎宇聽了，只是冷冷一笑，說道：

「胡鎮長，你不要忘了，我柳擎宇也是鎮裡的二把手，雖然是主管行政的，但是在人事上還是有一定的發言權。要說到發言權，你可是比我小很多啊。再說了，誰說張宏軒只有眼前這麼一點問題，如果只有眼前這一點點問題我還會動他嗎？張同志，要不要把財政所以前的帳目和收支資料全都拿出來，看一看以前張同志是否在沒有鎮長批示的情況下，不顧財務程序，違規給予某些同志行使方便？

「要不這樣吧，我建議由紀委書記孟歡同志親自介入，帶人去財政所查帳，看看張宏軒同志到底有沒有問題。如果他沒有什麼問題，那麼我立刻收回之前的提議。石書記，胡光遠同志，你們看怎麼樣？」

這是赤裸裸的挑釁！甚至還帶著一絲挑撥離間的味道！

石振強立刻從柳擎宇的話語中嗅到了一股**陰謀的味道**，因為他發現，柳擎宇話說完，原來的鎮長——現在的人大主任劉建營臉色一下子就沉了下來，張宏軒的臉色也更加蒼白了。

石振強很清楚，張宏軒所有的問題都是在自己一手操控下實施的，真要查的話，不僅會把張宏軒給查出來，還會把自己給牽出來，如此一來，石振強頭疼了。

偏偏在這個時候，孟歡站起身來說道：「柳鎮長的提議我很贊同，石書記，要不我帶人跟著張宏軒同志去一趟財政所？」

看到孟歡站起來，石振強的身體馬上一僵。對孟歡，他早就聽說他有背景，此人也一直安分守己，大有等鍍完金後平安回去的意思。因此他沒想到孟歡竟然會在這個關鍵時刻選擇支持柳擎宇，此刻，他必須要做出選擇了。

石振強立即說道：「查帳我看就不必了，我相信張宏軒同志肯定是有一些問題的，至於如何處理他，我認為我們必須要從長計議，大家可以再坐下來商量商量，最後投票決定。柳鎮長，在這件事情上，你有什麼意見？」

石振強見勢不妙，立刻來了一招丟卒保帥。不過現在張宏軒在場，他必須要考慮到張宏軒的感受，所以極力在為張宏軒爭取最好的結果，以此來拉攏人心。

柳擎宇沉聲道：「我剛才已經說過了，張宏軒就地免職，等問題查清楚之後再考慮如何處理。這件事情絕對不能馬虎。」

柳擎宇的話直接封死了石振強所有可能的退路，逼著石振強只能和他硬碰硬。

石振強反擊道：「對於柳鎮長的意見我不太贊同，我認為張宏軒同志雖然有些問題，但還不足以一棒子打死。查沒有問題，但是也不能胡亂的查，必須要有針對性的查。我建議組成一個調查小組，由我帶頭，鎮委辦和鎮府辦全都派人參加，一起調查，等散會後立刻籌組。但是在問題沒有查清楚前，張宏軒的財政所所長位置暫時保留。大家投票決定吧，柳鎮長，你看怎麼樣？」

柳擎宇這回倒是沒有反對，說道：「沒問題，那就投票決定吧。」

柳擎宇話音剛落，會議室的大門突然被人推開了，一名工作人員滿頭大汗地跑進來說道：「石書記，財政所出事了，由於電路老化，財政所檔案室失火，所有資料全都被燒毀了。」

看到這名工作人員闖進來，張宏軒知道自己安排的後手終於起作用了。他來鎮委會之前，便叮囑自己在財政所的親信，告訴他如果自己二十分鐘內沒回來，或者沒有給他打電話，就讓他立刻把檔案室引燃，將所有檔案全部燒毀。因為他預料到自己很有可能會遇到麻煩，把柄就是石振強以前那些違規支取現金的憑條。

石振強聽了亦是心中暗喜，對張宏軒的能力更加欣賞了，也下定決心一定要保住他。

柳擎宇和孟歡沒料到對方竟然還有這麼一招，看來調查小組是沒有什麼用了，現在雙方只能在鎮委會上投票硬磕了。

石振強立刻指示讓王東洋出面去協調救火和善後處理事宜。鎮委會隨後接著進行下去。

這時候石振強已經勝券在握，自然不會同意會議擱淺，指揮道：「下面我們開始投票表決吧！」

柳擎宇心知如果立刻進行投票的話，自己就算和孟歡聯合起來也獲得不了最終的勝利。因為石振強在關山鎮的根基實在是太深了，再加上他積威甚久，即便是有些鎮委委員們看不慣他的行為，但是迫於他的權威和勢力，也不敢不支持他，否則會擔心遭到打擊報復。

但是，柳擎宇自從聽了洪三金對於鎮委局勢的分析後，得出一個結論，那就是石振強雖然表面上看起來十分強大，卻並不是鐵板一塊，只要找到一個合適的切入點，想辦法造成對方內部的分裂，哪怕僅僅是短時間內的分裂，也足以實現自己將張宏軒拿下的目標。這就足以樹立起自己在整個鎮委會裡的威望了。

想到此處，柳擎宇立刻說道：「我同意石書記的意見，對關張宏軒的處理意見進行最終表決，不過在處理張宏軒之前，我有一個提議，需要大家先討論一下。等這個提議討論過後，我們再就張宏軒同志的處理意見進行表決，石書記你看如何？」

石振強繃著臉道：「什麼提議？等討論完張宏軒的事情之後再討論不行嗎？」

柳擎宇笑道：「這個提議很簡單，只需要大家表決一下就可以了。」

石振強聽他這麼說，只好說道：「什麼提議？你說吧。」

柳擎宇侃侃而談道：「各位委員，我認為我們鎮裡的公務用車管理實在是太混亂了，有時候有些委員們需要用車，卻沒有車可用。與之形成對比的，明明有幾輛車停在停車場內卻無人動用，這種情況是極其不正常的。所以我認為，關於公務用車上，我們應該加強管理，取消領導專車專用制度，限制領導特權，採取流動用車制度，所有公務車統一管理，誰需要用車，通知司機派車就可以。這樣一來，可以最大限度的提高公務車使用效率，限制某些領導的特權行為，防範公器私用的行為，讓所有有需要的領導都可以用上車，以提高鎮委的辦事效率。大家認為我的這個提議如何？」

柳擎宇話音剛落，秦睿婕第一個站了出來：

「我同意柳鎮長的意見，專車制度嚴重限制了公務車的流通和使用效率，我這個堂堂的鎮委副書記需要用車時，常常連一輛車都找不到。這時候，卻偏偏有車停在停車場不能動用，說是什麼領導專車，逼得我只能從鎮上搭計程車去縣裡開會，很丟面子啊。偏偏有些領導平時喜歡開著車帶著家人到處去遊玩，油費什麼的卻全都是鎮裡買單，這種行為必須被限制。」

秦睿婕說話的時候，粉臉含怒，杏眼圓睜，顯得十分憤慨。柳擎宇提到的公務用車一事，恰恰說到了她最痛恨的事情上。

實際上，和秦睿婕一樣有怨言的絕對不止她一人。

秦睿婕說完，孟歡立刻接口道：「沒錯，秦書記說得太對了，自從我當了這個紀委書記以後，從來沒有一次使用過公務車，辦點事不是騎自行車就是到鎮上搭三輪車，沒少被別的鎮裡同行們笑話。」

隨著孟歡的吐槽，姜春燕、尹春華等人也紛紛表態，對以前的用車制度表示反對，要求按照柳擎宇的提議對公務車進行管理。雖然他們也可以找下面村裡或者下屬單位的車借用一下，但畢竟不是自己的車，用著也不方便，還得搭上人情，讓他們很是鬱悶。

這一下，石振強當場傻眼！因為現在鎮裡僅有的三輛公務車分別在他、胡光遠和劉建營的手中。他們三人是公務車的最大受益者，所以肯定是不希望公務車用車制度進行改革的。

所以，他立刻把目光看向了劉建營，說道：「劉主任，你對於柳鎮長的這個提議有什麼意見嗎？」

本來，石振強是想拉攏劉建營一起反對柳擎宇的，但是他沒有想到，劉建營卻抬起頭來表示贊同：「石書記，我認為柳鎮長的意見非常好，流動用車制度可以保證公務車效率使用最大化，我完全贊同。」

意外！太意外了！劉建營的表態不僅石振強沒有想到，就是柳擎宇都沒有想到。

其實，劉建營的內心深處也並不平靜，他很清楚自己贊同柳擎宇的意見肯定會讓自己的利益受到損害，但是他憋屈的時間也太久了，想要借此機會好好的出一口惡氣。

雖然他有專車可用，但是在用車費用上，以前自己當鎮長的時候，本來應該屬於自己簽字批示的財政大權偏偏被石振強越俎代庖給接手了，連用車費用都受到了限制。先是每個月油錢不能超過五百塊，等自己當了人大主任之後，五百塊的油錢更是直接降到了兩百塊錢；現在油價這麼高，兩百塊錢的油錢能跑多少公里啊。

劉建營對此十分不爽，但也只能一直忍著，尤其是看到其他鎮委委員們出去辦事還得到處求爺爺告奶奶去借車時，他的心理便平衡了許多。

但是，當今天柳擎宇丟出這個提議以後，他突然覺得自己應該做點什麼，否則就這樣一輩子活在石振強的陰影之下實在是太憋屈，人生也太沒有意義了！反正自己也快要退休了，得罪就得罪吧。

正是因為有了這樣的想法，劉建營才會語出驚人。

當劉建營表完態後，柳擎宇笑著看向石振強說道：「石書記，你看現在我們一共十名委員，已經有六名同意對鎮裡的公務車用車制度進行改革了，你不會反對吧？」

此時，石振強已經被逼到了牆角，現在大勢已去，就算自己反對也已經無用，除非動用書記特權。但是，在這樣的小事上輕易動用特權，對自己的威信實在是一種損害，於是只能陰沉著臉點點頭說道：「嗯，公務車制度改革是好事，我同意。」

說完，冷漠地看了柳擎宇一眼，眼神中滿是敵意。

然而，柳擎宇卻報之以一笑。因為對他來講，公務車制度改革只是今天鎮委會上的一個開胃小菜而已，他的主要目標是徹底拿下張宏軒。他拋出這個公務車制度的改革，是想藉由這件事引起鎮委委員們對石振強的不滿，以激發大家的鬥志。

所以，柳擎宇立刻接口說道：「好，既然是這樣，那公務車的改革方案就由黨政辦的王東洋同志和洪三金同志一起去制訂吧，同時也要多聽一聽各位委員們的意見，確保新的制度可以讓每一位有需要的委員都可以用上車。這個事情定下來了，我們就可以對張宏軒同志的處理意見進行表決了，石書記，你看現在我們表決嗎？」

柳擎宇對於火候的把握相當到位，他並沒有直接拍板要進行表決，因為他非常清楚自己只是二把手，在拍板的事情上還得向一把手進行請示，否則就容易授人以柄。

此刻，石振強還能再說什麼？只能沉著臉說道：「好，那就進行表決吧，同意我的處理意見的請舉手。」

說著，他自己先舉起了手，隨後，他的目光在每一個委員的臉上一一掃過。他要用自己的氣勢壓倒柳擎宇，逼迫眾位鎮委委員們支持他。

石振強信心十足，因為在柳擎宇到來之前，他從來沒有在鎮委會上失手過。然而，當他舉起手後，過了足足半分鐘的時間，除了他的三個死忠盟友石景州、胡光遠和王學文以外，其他人沒有一個舉手的！

石振強的臉垮了下來，再次沉聲道：「還有沒有人同意我的意見？」

沉默！壓抑的沉默！讓石振強鬱悶的沉默！沒有人舉手支持他！

又過了一會兒，石振強見沒有人舉手，只好說道：「支持柳鎮長意見的請舉手。」

刷刷刷，六隻手全都舉了起來。

六比四！在柳擎宇到達關山鎮以後的第一次鎮委會上，在重量級的人事較量中，柳擎宇出人意料的打敗了石振強。

當這個結果出來後，石振強震驚不已。舉手支持柳擎宇的委員們自己也有些震驚，誰也沒有想到竟然有這麼多人支持柳擎宇，其中還包括他們自己。

石振強的嘴角抽搐了一下，對這次的失利充滿了憤怒。但是此刻，他只能控制著內心的憤怒，語氣平緩地說道：「好，結果已經出來了，那就按照柳鎮長的意思辦吧，張宏軒就地免職，等待調查。」

柳擎宇卻還不罷休，又說道：「石書記，既然張宏軒被免職了，我看新任所長我們也一起討論一下吧，你看怎麼樣？」

石振強猛的站起身來，眼神犀利地看了柳擎宇一眼說道：「柳擎宇，做人做事不要太過，這事容後再議，散會！」說完，便自顧轉身向外走去。

這一次，他是徹底暴怒了。他被柳擎宇差點給氣瘋了。柳擎宇竟然步步緊逼，想要乘勝追擊，他怎麼可能讓柳擎宇得手呢。財政所必須處於他石振強的掌控之中，他得等散會之後，好好佈局一下，等到自己認為機會合適的時候再召開會議討論此事。

石振強決定了，在新任財政所所長的人選上，一定要好好地打擊柳擎宇！

散會之後，柳擎宇走出會議室，邁步向自己的辦公室走去。

半路上，柳擎宇接到了一個意想不到的電話，正是前些日子他去蒼山市時那個美女護士蘇洛雪打來的。

對蘇洛雪，柳擎宇只是把她當成自己的妹妹一樣，在蒼山市時，柳擎宇看到蘇洛雪的處境，真心地想要幫助蘇洛雪擺脫困境，卻沒有想到蘇洛雪的母親不知道給她灌了什麼迷湯，最終蘇洛雪為了父親能夠進入常委，只好同意和鄒文超試著交往。

對於蘇洛雪的決定，柳擎宇只能給予尊重，畢竟蘇洛雪是個成年人，知道自己該做什麼。只是柳擎宇挺為她惋惜的，這樣的一個好女孩偏偏要嫁給一個花心大少，日後的生活註定會是一場悲劇。

自從那次見面之後，蘇洛雪便一直沒有和柳擎宇聯繫過。柳擎宇是個明白人，蘇洛雪不和他聯繫，他自然也不會主動聯繫蘇洛雪。因此今天蘇洛雪打電話來，讓柳擎宇頗感意外。

「洛雪，你現在還好嗎？」

很平淡的問候，但是電話那頭卻是一片沉默。

柳擎宇也沉默下來。他能夠感受到電話那頭蘇洛雪的情緒有些低沉。

柳擎宇的感覺是對的，蘇洛雪在沉默了一會兒之後，便嗚嗚嗚地抽泣起來，哭得十分傷心。

柳擎宇最見不得女人哭了，連忙安慰道：「洛雪，怎麼了，有人欺負你了嗎？告訴柳哥，柳哥哥幫你出面揍他去。」

蘇洛雪聲音哽咽著說道：「沒事，柳哥，我只是想要聽聽你的聲音而已。」

蘇洛雪說到這裡的時候，臉已經紅了，她其實還有下文不好意思說出來，只能在心中說道：「柳哥，這些日子，我無時無刻不在想著你，思念著你，雖然迫於父母壓力不得不陪著鄒文超去逛街，但即便是逛街的時候，我腦子中想著的依然是你。」

柳擎宇不是木頭，從蘇洛雪的聲音和話語中，他可以感受到蘇洛雪對自己濃濃的情意。但是這份情意他卻不能夠接受，一是因為自己的確對蘇洛雪沒有感情，二是因為自己的身分，柳擎宇對自己的另一半要求和期待非常高，這麼多年來，柳擎宇始終沒有碰到過真正讓自己心動的女孩，即便是曹淑慧那樣各方面都無可挑剔的頂級美女，在柳擎宇的心目中，依然不是他理想中的女孩。

其實他也不知道自己心中的另一半到底是什麼樣子，但是他一直相信緣分，堅信自己一定可以遇到心目中的天命之女。父母在這方面也對他十分放手，讓柳擎宇自由決定，除了給他一個三十歲前必須要結婚的條件外，其他絕不干涉。

蘇洛雪還在抽泣著，柳擎宇的心開始軟了下來，柔聲說道：「洛雪啊，既然你不喜歡鄒文超，幹嘛非得逼自己試著和他在一起呢？」

蘇洛雪連忙焦急地澄清說：「柳哥哥，你千萬不要誤會啊，我只是和鄒文超一起去逛過兩次街，我從來不讓他碰我的，連我的手都不讓他拉的，我和他之間什麼都沒有。」

蘇洛雪以為柳擎宇認為她和鄒文超好上了，連忙拼命地解釋。

「洛雪，你誤會我的意思了。我的意思是說，你完全沒有必要去應付鄒文超的，既然不喜歡他，直接離開他便是了，至於你父親那裡，我認為你完全可以和他談清楚的。身為一個男人，如果為了自己的官位升遷，連自己女兒的幸福都不顧，這樣的父親不是一個好父親，也不是一個合格的父親。

「洛雪，你的性格太溫順太善良了，你應該為了自己的幸福勇敢的做出決定，真的沒有必要委屈自己。如果你願意走出這一步的話，柳哥可以幫你，讓你徹底從鄒文超的視野中消失，安靜的按照你自己喜歡的方式生活。當然，這樣的話，你肯定短時間內看不到自己的父母，所以，究竟何去何從，需要自你己去權衡。」

蘇洛雪聽完，再次沉默下來。柳擎宇所說的，她不是沒有考慮過，只不過身為家中唯一的女兒，看著父親每天晚上回來在書房內愁得不停地抽菸，看著母親鬱鬱不樂的表情看向自己時，蘇洛雪實在很難鼓起勇氣去追求自己想要的生活。

柳擎宇也在沉默著。該說的話他都說了，蘇洛雪要如何決定他無權干涉。每個人都有自己的考慮和自己的命運。

過了好一會兒，蘇洛雪心情稍微平復了些，開口說道：「柳哥，非常感謝你今天和我說了這麼多，我非常開心，你放心，你的話我會好好思考的，如果有一天我真的來求你，希望你能夠幫助我。因為除了你，我沒有任何人可以信任。」

說完，蘇洛雪又嗚嗚地抽泣起來。

「洛雪，你放心，柳哥是男人，一諾千金，不管你任何時候任何情況下找到柳哥，只要在柳哥的能力範圍之內，我一定會毫不猶豫地幫助你的。柳哥只希望你能夠過得幸福快樂。」柳擎宇保證道。

「嗯，謝謝你柳哥，我真的很開心。哎呀，鄒文超那個討厭的傢伙又來我們家了，我先掛了，柳哥再見。」說完，電話那頭傳來了嘟嘟嘟的忙音。

柳擎宇嘆息一聲，收起手機，搖了搖頭。

讓柳擎宇想不到的是，星星之火可以燎原，他今天的一番話，竟成為蘇洛雪日後**命運轉變的那一點星星之火**，徹底改變了蘇洛雪的命運，而且也引爆了一連串的問題，不過這是後話，暫且不提。

當柳擎宇正準備往辦公室走去的時候，他的目光從大院門口無意間掃過，竟然再次看到了一個人——趙二丫，那個孩子被韓國慶給摔死的女人。

此刻，趙二丫蓬頭垢面，面黃肌瘦，手中抱著那個貼滿孩子照片的布娃娃，正在來回充滿焦慮地走著，邊走邊用充滿悲淒、焦慮的聲音呼喚著：

「兒子，你醒醒啊，醒醒啊，媽媽在你身邊呢，媽媽這就送你去醫院。兒子，你千萬不要拋棄媽媽啊，媽媽很疼你啊！」

看到此情此景，柳擎宇哽咽了，一向奉行男兒有淚不輕彈的柳擎宇眼角中不覺緩緩淌出了淚水。這就是偉大的母愛！

這是韓國慶所造下的罪孽！想到韓國慶，柳擎宇心中充滿了憤怒和憎恨！

此時，柳擎宇的電話響了起來，電話是洪三金打來的：

「柳鎮長，向您報告一件事，被鎮裡押送到縣裡的韓國慶被放出來了。」

「什麼？韓國慶被放出來了？什麼時候？」

柳擎宇的聲音一下子就提高了，雙眼中的怒火噌的一下冒了出來。拳頭緊緊握了起來。

正在大院外面抱著兒子深情呼喚著的趙二丫聽到韓國慶的名字，突然從瘋癲中醒來，雙眼充滿憤怒的四處查看著，嘴裡大聲吼道：「韓國慶，韓國慶你在哪裡，快點還我兒子命來！還我兒子命來。」

然而，當她看了一圈沒有看到韓國慶，目光中再次充滿絕望，用手輕輕拍打著布娃娃柔聲說道：「兒子，你不要睡著啊，睜開眼睛看著媽媽啊，媽媽給你唱歌好不好，世上只有媽媽好，有媽的孩子像塊寶……」

悲淒的聲音，沙啞的嗓音，絕望的眼神，這一切場景盡皆呈現在柳擎宇的眼前，讓柳擎宇的淚水再次不受控制的流下來，再想到剛才洪三金給自己透露的消息，柳擎宇的怒火爆發了。

他衝著電話裡大聲喊道：「洪三金，你在哪裡？」

洪三金聽到柳擎宇那充滿憤怒的聲音，嚇得顫聲說：「鎮長，我在我的辦公室裡。」

「不要動，我立刻過去找你。」說完，柳擎宇掛斷電話，快步向著鎮政府大樓走去。

怒火在柳擎宇的心中熊熊燃燒起來，此刻的柳擎宇似乎忘掉了一切，也無視一切，連工作人員向他打招呼他也都無視了。此刻，他心中想著的只有一件事，那就是絕對不能讓這個害群之馬，讓這個人性泯滅的無恥敗類再逍遙法外，哪怕為此把天給捅個窟窿也在所不惜。

就在柳擎宇往樓內走的時候，天空突然毫無徵兆的下起雨來。雨下得還不小，大雨中，趙二丫依然抱著被她當成兒子的布娃娃，充滿悲淒地呼喚著，似乎想要把兒子喚醒。

柳擎宇此刻已經走進了洪三金辦公室，看到外面下起雨來，立刻對洪三金說道：「立刻派人給大門口外面的趙二丫送件雨衣，最好把她送回家，好好安頓一下，不要讓她再出來受苦了。」

洪三金無奈地說道：「鎮長，不是我們不行動，其實我們早就採取過行動了，即使我們把她送回家，她也還是會偷偷跑過來的。她這是心病啊，在沒有看到韓國慶被繩之以法之前，估計她的病是不會好了。哎，韓國慶真是造孽啊！」

柳擎宇聽了，眉頭一皺說道：「這樣吧，你先派人給趙二丫送件雨衣過去，如果她願意的話就開車送她回家。」

洪三金點點頭，立刻拿起桌上的電話給鎮府辦的工作人員交代下去，讓他們去安頓一下趙二丫。

等一切都安排妥當後，柳擎宇這才問道：「老洪，你是從哪裡聽到韓國慶被放出來的消息的？我當時不是和石振強說得非常清楚了嗎？如果他膽敢在韓國慶這個問題上做手腳，我一定會讓他後悔的！」

洪三金苦笑道：「柳鎮長，我說句不該說的話，您別介意。」

柳擎宇點點頭：「你說吧。」

「柳鎮長，您實在是太高估自己的威望了，您想想看，石書記在關山鎮一家獨大這麼長時間，他怎麼可能被您三言兩語就嚇退呢，就算是您和賈新宇手中握有證據那又怎麼樣？人家石書記在縣裡有人啊，而且韓國慶不僅是石書記的死忠親信，縣裡薛縣長也對他十分重視，本來都打算把他提拔到縣裡做副局長了，只是發生了這麼一檔事，副局長是肯定沒戲了。不過我聽我的高中同學說，韓國慶不僅被放了出來，而且還被派到劉家鎮繼續擔任派出所所長，並且韓國慶到了劉家鎮後，依然氣焰十分囂張。才兩天就開始大肆排除異己，想要全面掌控派出所大權，據說還和鎮裡的一個小寡婦好上了。」

「你這番話可靠嗎？」柳擎宇憤怒地問道。

洪三金連忙說道：「絕對可靠，因為我的同學就在劉家鎮派出所擔任副所長一職。本來這次他馬上就要被提拔為所長了，卻沒想到韓國慶突然空降過去，將他的所長美夢徹底打斷。所以他對韓國慶的消息特別關注，知道他是從咱們這兒出去的，也聽說那天您打韓國慶的事，所以就給我打了個電話，告訴我這些情況。」

柳擎宇相信，洪三金絕不會在這種事情上欺騙自己，尤其是他的那個同學，更不可能在這種事情上開玩笑，於是狠狠一拍桌子道：

「混蛋！一群混蛋王八蛋！韓國慶犯的可是重罪！是應該被判處死刑的重罪！屬於蓄意殺人罪，居然說放就給放出來了，縣城那幫法官是幹什麼吃的？檢察官是幹什麼吃的？相關的主管領導是幹什麼吃的？這樣關係到老百姓切身利益的事，竟然如此草率處理，甚至是縱容包庇，他們眼中還有沒有王法？還有沒有黨紀政紀？不行，我絕不能容忍這種事情發生！我必須要為趙二丫討還個公道。」

柳擎宇猛的轉過身來，向著窗外看去。只見瓢潑的大雨中，趙二丫那瘦削、單薄、可憐的身影依然在鎮政府大院外面徘徊著。她的身上披著鎮政府工作人員給她的雨衣，雨衣下面，布娃娃被她緊緊地護在雨衣裡，不讓雨澆到一點點。

看著此情此景，柳擎宇堅毅地說道：「哪怕是粉身碎骨，哪怕是豁出我這個鎮長不當了，我也要為我們關山鎮的老百姓，為趙二丫討回一個公道。不管是誰，膽敢阻擋我，我不會讓他好過的。」

說完，柳擎宇對洪三金道：「老洪，立刻給我準備一輛車，半個小時後趕往縣裡。」

洪三金聽了一愣：「鎮長，現在外面正在下雨啊！真的要去嗎？」

「沒錯，必須得去，老百姓的事情大於天，晚辦一天，老百姓就會多受一天罪，犯罪分子們就多逍遙一天。趕快去準備吧，我相信這種天氣下，公務車應該不會全都出去的。如果石書記沒有出去的話，就用他的車。公務車改革，我來當第一個吃螃蟹的人。」

柳擎宇出了洪三金的辦公室，直接走進了紀委書記孟歡的辦公室。

孟歡看到柳擎宇十分意外，不過還是站起身來主動迎了出來：「柳鎮長，是哪陣風把你給吹來了啊，有啥指示？」

柳擎宇沒有和孟歡寒暄，直接開門見山地說道：「孟書記，我找你是有一件事情需要你的協助。」

柳擎宇竟然開口說需要自己的協助，這讓孟歡有些吃驚，不過還是沉聲問道：「是什麼事情？」

柳擎宇聲音悲痛地說道：「是有關趙二丫兒子被韓國慶摔死的事，我聽說韓國慶被送到縣裡後，竟然無罪釋放了，而且還被派到劉家鎮擔任派出所所長職務，這是我絕對無法容忍的。如果放任這種事情繼續下去，我感覺我對不起關山鎮老百姓對我的信任；也對不起黨和國家對我的信任，我身為鎮長，必須要為關山鎮的老百姓做主。所以，我要想個辦法拿下這個韓國慶！你在關山鎮也待了一兩年了，處在紀委書記的位置上，我相信你手中應該有一些關於韓國慶的違紀資料吧？」

孟歡聽完柳擎宇的話，心中隱忍許久的怒火也被引爆出來。雖然他深諳官場哲學，懂得**含蓄內斂才是生存之道，但是這並不代表他可以容忍一些骯髒之事在自己眼前如此囂張上演**。

孟歡忿忿說道：「柳鎮長，如果你說的是真的，那麼我孟歡就是豁出去這個紀委書記不幹了，也會協助你搞定這個韓國慶的。我還就不信了，我們堂堂景林縣就沒有一個敢為老百姓做主之人，你不是要韓國慶的資料嗎？我這裡有！」

孟歡從口袋中掏出鑰匙，打開檔案櫃，從裡面找出一個檔案袋，把裡面足有上百頁厚的資料全部遞給柳擎宇，說道：

「柳鎮長，這是最近一兩年來我收集到的有關群眾舉報韓國慶的資料，韓國慶在擔任派出所所長期間，不僅幹了摔死趙二丫兒子這件事，還強行霸佔一家村民的漂亮老婆，導致那個女人最後喝農藥自殺。他還和柳城村的一個小寡婦相好，並且利用職權幫她在鎮上開了家飯店，公安局幾乎所有的公款吃喝都在小寡婦那裡，每年花費不菲。他還和鎮上的流氓地痞相互勾結，霸佔了鎮上位置最好的一間房子，將那個家庭硬生生的給擠走，那家人只好流浪他鄉。」

柳擎宇接過資料後翻了幾頁看了一下，隨即帶著一絲憤怒問道：「孟書記，既然你手中掌握著這麼多資料，身為紀委書記，你為什麼不想辦法懲辦韓國慶呢？」

孟歡苦笑道：「柳鎮長，不是我不想辦他，我早就將這份資料交給縣紀委，可縣紀委一直沒有任何行動。而且韓國慶是派出所所長，級別和我是平級的，只能由上級紀委來動他，我還不夠分量，所以我只能暫時把這些資料保留著，等待時機。」

說到這裡，孟歡嘆息一聲道：「柳鎮長，說實在的，就算我把這些資料給你，恐怕你也沒有多大用處，因為縣紀委書記牛建國是縣長薛文龍的人，和韓國慶好像還沾著那麼一絲親戚關係，而韓國慶也是薛文龍的鐵桿嫡系，所以想要動韓國慶很難很難，否則的話，我早就採取行動了。」

柳擎宇聽完孟歡的話後，臉上露出凝重之色，他知道，自己來找孟歡這第一步棋算是走對了。從孟歡這裡，總算知道了韓國慶背後的一些關係，但是，就算知道很難動到他，自己也絕對不會退縮。他一定要把韓國慶給擺平，否則對不起關山鎮老百姓的期待，更對不起當初自己許下的「為官一任，造福一方」的承諾。

想到這裡，柳擎宇拿著這些資料對孟歡說道：「我一會兒就讓洪三金複印一下這些資料，原件會儘快給你送回來，韓國慶的事就交給我吧，希望到時候有需要你配合的時候，你能配合一下。」

孟歡毫不猶豫地說道：「柳鎮長，這一點你儘管放心，在韓國慶這件事上，我會毫無保留的進行配合的。像這樣的人渣，能夠早點除去，是我最大的心願。」

拿著從孟歡這裡得到的資料，柳擎宇再次找到洪三金，讓他去複印一下這些資料。把原件還給孟歡後，接著便帶著這些資料上了洪三金早已經安排好的汽車，直奔縣裡。

在車上，柳擎宇陷入了沉思，他必須要好好的謀劃一下怎麼做才行。

他很清楚，以自己目前的實力，想靠自己扳倒韓國慶，那根本就是癡人說夢，畢竟韓國慶背後的關係網錯綜複雜，而且還有薛文龍的支持。薛文龍在景林縣一手遮天，想要動韓國慶，肯定會驚動薛文龍，何況薛文龍在市裡也有靠山，所以這事絕對是牽一髮而動全身，如果謀劃不好，還有可能會把自己搭進去。

這時候，自幼便熟讀三十六計的柳擎宇腦海中浮現出一條計謀——借刀殺人。在三十六計原文裡說：「敵已明，友未定，引友殺敵，不出自力。」他眼前的處境，恰恰和此計所設定的環境大致相當。

那麼現在便有一個問題擺在柳擎宇的面前，**借刀？借誰的刀？誰會心甘情願的把刀借給他呢？**

在這個借刀人的人選上，柳擎宇倒是並不發愁，因為他早有打算。這個借刀人便是縣委書記夏正德。

自從上次他暴打薛文龍，夏正德借機落井下石打擊薛文龍的威望之舉被柳擎宇看在眼中後，柳擎宇便開始重點研究起夏正德來。

在經過這些天對夏正德各種新聞報導以及各種縣委下發的文件的研究，柳擎宇十分驚訝的發現，這個縣委書記還真不是一個簡單的人物。

他所做的一切事情，表面上看起來全都是微不足道的，甚至可以說是完全被薛文龍壓得死死的，但是，如果有心人把夏正德所做的事情串聯起來仔細的思考一下，就會發現他所做的每一件事，都沒有任何破綻。

而且一旦夏正德能夠找到一個不錯的時機，樹立起自己的威望，那麼憑藉著他以前所做的這些事情，他能夠在最短的時間內就會把自己的威望鞏固下來並達到頂峰。

透過對夏正德的研究，柳擎宇認定夏正德絕對是一個精於佈局之人，而且又善於謀略，知道在什麼局勢下採取什麼策略。

雖然夏正德一直在示弱，但是他的實力卻在一點點地增強。所以在整個景林縣，自己能夠借刀之人只有夏正德。只要自己能夠提供足夠的火力和證據，夏正德一定願意出刀。因為柳擎宇相信，如果夏正德能夠擺平韓國慶，那麼絕對能夠借此對景林縣的人事方面進行重新佈局，甚至是洗牌。

要知道，韓國慶的罪行可是證據確鑿，按理說應該重判，就算不是死刑，判個無期徒刑也是應該的，但是卻偏偏無罪釋放了，這樣一來，這個案子中勢必牽扯到了法院、檢察官等許多單位的執法問題，只要這件事情鬧大，這些單位的負責人都是要被問責的。

一旦被問責，就地免職是肯定的，那麼就會有新的官員遞補上去，如果夏正德能夠提前佈局，絕對能夠在這一次洗牌中獲得最大利益。而且，如果鬧得更大的話，甚至政法委系統都要有人承擔責任，這樣對夏正德更加有利了。有這麼大的好處，柳擎宇相信夏正德一定會動心的。

天下熙熙，皆為利來，天下攘攘，皆為利往。柳擎宇深諳人性。

車在半路上的時候，柳擎宇便給夏正德打了一個電話，表示自己要過去彙報工作。

夏正德此刻正在辦公室內批閱文件呢，聽到柳擎宇說要過來彙報時就是一愣。他向窗外看了一眼，雨還在下，雖然雨勢有所減小，但是柳擎宇出來的時候恐怕雨應該不小。這大雨天的，柳擎宇跑到縣裡找自己來彙報什麼工作呢？

夏正德雖然心中有所疑惑，不過嘴上卻是直說道：「好，你過來吧，我在辦公室等你。」

乘車來到縣委大院內，柳擎宇直接前往夏正德的辦公室。

柳擎宇並不知道，在他剛進入縣委大樓後不久，那名司機便拿出手機給石振強打了個電話，將柳擎宇的行蹤偷偷報告了石振強。

石振強聽了不由得眉頭一皺，一時之間，石振強也摸不清柳擎宇的意圖到底是什麼，不過他還是把這個情報趕快向縣長薛文龍彙報了，以此來表達自己的忠心。

薛文龍聽到石振強的彙報後，眉頭也是緊皺著，他也想不通柳擎宇這時候到縣裡來到底有什麼事。

「柳擎宇到縣裡來到底所為何事呢？」

此刻，柳擎宇來到了夏正德的辦公室內。

夏正德笑著站起身來和柳擎宇握了握手，然後說道：「小柳啊，有啥事你打個電話就行了，幹嘛冒雨前來呢？」

柳擎宇表情嚴峻地說道：「夏書記，我有重要事情一定要向您當面彙報才行。」說著，便拿出了從孟歡那裡拿到的有關韓國慶的資料。

對柳擎宇放在桌上的資料，夏正德並不急於去看，而是笑吟吟地盯著柳擎宇。

身為縣委書記，夏正德的城府相當深。他知道，**天下沒有免費的午餐**，柳擎宇帶著這麼多資料來找自己，肯定是有所圖的。

處於他現在的這種境遇，做任何事都要謀定而後動，從來不會倉促出手。而且他本人又是一個善於佈局之人，喜歡十面埋伏，畢其功於一役，從來不爭一時之短長。所以，雖然不知道柳擎宇拿出來的是什麼資料，但是他對於柳擎宇提供的資料興趣並不是特別濃厚。只是淡淡地問道：「小柳，你提供的這些都是什麼資料啊？」

在夏正德看來，任何時候都必須要把主動權掌握在手中，他如果先去看資料，反而容易陷入被動之中；如果先問柳擎宇，讓柳擎宇口述完他的目標，自己再去看文件，就有了抉擇之權，也就掌握了主動權。對於這些權謀之術，夏正德還是很輕車熟路的。

看到夏正德這隻老狐狸如此做派，柳擎宇倒也不焦急。作為一個在戰場上從槍林彈雨中穿梭過的高手，柳擎宇什麼樣的情形沒有遇見過，所以，對夏正德的可能反應他早有心理準備。

柳擎宇淡淡一笑，臉色如常地說道：

「夏書記，這些是我從我們鎮紀委書記孟歡那裡搜集到的有關前派出所所長韓國慶違紀、違法的資料，從這些資料上看，韓國慶本人的問題極為嚴重。而韓國慶所犯下的最嚴重的一件事，就是在一年多前，當街摔死老百姓趙二丫兒子一事，此事在當地引起十分惡劣的影響，雖然當時被壓了下去，但是老百姓們對此事依然怨聲載道。而且趙二丫因為這件事變得瘋瘋癲癲的，每天都抱著一個貼滿兒子照片的布娃娃在鎮政府大院外面徘徊，處境淒慘，身為鎮長，我對此十分憤怒。」

柳擎宇越說越是氣憤，臉上早已怒氣衝天：

「夏書記，上次在鎮委會散會時，我曾經親眼看到趙二丫看到韓國慶之後，衝上去要他還她兒子的情景，當時派出所副所長賈新宇還出示了監控畫面，證明韓國慶的確親手摔死了趙二丫的兒子，可是當時我急著去籌集賑災款，所以這件事由石振強負責操辦。就在今天，我聽說韓國慶居然無罪獲釋，還被派往劉家鎮擔任派出所所長。

「我認為，這是一起十分嚴重的領導事件，在證據確鑿的情況下，為什麼被無罪釋放？這裡面到底發生了什麼事？很有必要好好的調查一下，不僅要給關山鎮老百姓一個交代，同時也是給縣委縣政府一個交代。身為公務人員，我們不能執法犯法，更不能縱容包庇罪犯，否則，就是對人民的犯罪！夏書記，我請求您為了我們關山鎮老百姓，為了縣委縣政府的清譽，出手處理此事。」

即使柳擎宇講得情緒激動，夏正德的臉色依然顯得十分平靜。然而，在他內心深處卻並不像他表面上看的如此平靜。

夏正德是個十分善於抓住機會、利用機會之人，只要機會來了，他是絕不會放過的。柳擎宇還沒有說完，他就敏感地意識到韓國慶這件事裡所蘊含著的機會。

他早就聽說韓國慶摔死孩子這件事，也曾經想要出手狠狠震懾一下韓國慶這種喪盡天良之徒，無奈自己那時剛來景林縣不久，立足未穩，又沒有什麼親信，所以一直無法插手。事後，他曾經試圖秘密收集證據，無奈勢力過於薄弱，一直沒有得到什麼有利的證據，所以這件事只能一直這樣耽擱下去，但是，作為一個有理想有抱負的縣委書記，夏正德一直沒有忘記此事。

他也非常清楚，如果柳擎宇提供的情報是真的，那麼自己絕對可以藉由這次機會查處韓國慶的案件，再次打擊一下薛文龍的威望，增強自己在景林縣的實力，並扭轉相對弱勢的局面。

因此看到韓國慶的資料，他的內心是有些波動的。

只不過夏正德的城府極深，尤其在下屬面前，他更需要維持自己縣委書記的威嚴，所以表現得不急不躁。

他拿起資料翻看了一會兒後，緩緩放下資料，沉聲說道：「小柳，聽你這麼說，這個韓國慶倒真是一個罪大惡極之徒，但是從你提供的這些資料上來看，這頂多只能對韓國慶進行違紀調查。你應該清楚，我雖然是縣委書記，但是縣紀委書記牛建國同志和薛文龍之間的關係相當好，牛建國和韓國慶也有親戚關係，恐怕這些資料我就是幫你轉交到了紀委那邊，韓國慶能否被查處仍是個未知數啊。」

夏正德直接點出了問題的癥結所在，同時也是對柳擎宇的一種試探。因為他早就看出來，柳擎宇的確有為民請命之心，這一點他非常欣賞，但是他也看出來，柳擎宇到這兒來，是想要借刀殺人來了，如果柳擎宇的證據夠充足的話，他不介意為了雙贏局面出手相助。但如果柳擎宇僅僅是憑著這些資料就想要借自己這把刀，那麼他是絕對不會出手的。

身為縣委書記，身為領導，在駕馭手下的問題上，夏正德也是相當有手段和心機的，對於一個想要借刀殺人的手下，他更需要小心提防。

不過夏正德對柳擎宇的能力還是讚賞的，畢竟能夠從紀委書記孟歡那裡拿到這些資料，這就說明柳擎宇已經和孟歡有了不錯的關係，表示柳擎宇是相當有本事的。

不過，一切還都有待觀察。

柳擎宇之所以沒有一開始就把早已準備好的韓國慶摔死趙二丫兒子的視頻拿出來，也是有自己考慮的。他也在試探夏正德的態度。如果夏正德沒有出手的欲望，那麼柳擎宇絕不會把視頻拿給他的。

不過從夏正德的話中意味來看，表明夏正德是願意出手的，只是證據不足以讓他動手而已。所以，柳擎宇不再猶豫，從身上拿出一個隨身碟遞給夏正德說道：

「夏書記，這個隨身碟裡有從鎮派出所監視器錄下的事發烤貝視頻，足以證明韓國慶罪大惡極了。」

夏正德默默地接過隨身碟，插在電腦主機上，打開視頻看了起來。

看完後，他的臉色刷地沉了下來，一拍桌子怒聲道：「混蛋！暴徒！殺人犯！像韓國慶這樣的人必須要受到法律的嚴懲，否則如何能夠讓老百姓心安，如何能夠讓老百姓再信任我們縣委縣政府，我們又如何再面對老百姓？這件事我必須插手，柳同志，這個視頻你還有備份吧？有的話就留在我這裡，我必須要好好的調查一下，絕對不能讓韓國慶這個暴徒逍遙法外。」

柳擎宇聽到夏正德如此義憤填膺，心中也有些激動，站起身來，向夏正德深深地鞠了一躬，沉聲道：「夏書記，不管您能否真正將韓國慶拿下，但是我柳擎宇代表我們關山鎮的老百姓謝謝您！有什麼需要我配合的，您儘管說，我一定盡力而為。」

夏正德連忙道：「小柳，你不必謝我，身為縣委書記，為官一任、造福一方是我的職責，為老百姓說話是我應該做的。以後你有什麼事情都可以到縣委來找我，只要我能夠幫你解決，一定會盡力的。」

夏正德現在等於是直接示好，拉攏柳擎宇了。他相信柳擎宇絕對是一個可造之材，只要拉攏住他，自己就能夠將關山鎮掌控在手中。

柳擎宇自然也看出來夏正德是真心對自己示好，畢竟這件事牽涉頗多，政治風險相當大，夏正德敢接下這件事，足以說明夏正德的心中還是有老百姓的。對這樣一個有城府，又肯為老百姓做事的官員，柳擎宇不介意站在他的陣營裡。

身在官場，就不可避免的要選擇站隊，而站隊的成敗與否十分關鍵，甚至能夠直接**決定一個官員的仕途命運**。自己在踏上仕途的第一站中，終於決定站隊了，而且是毫不猶豫地站在了夏正德這一邊。

因此柳擎宇也是表情嚴肅地說道：「夏書記，您儘管放心，我一定做好我的本職工作，為老百姓多做實事、好事。」

柳擎宇的態度讓夏正德非常滿意，知道他決定站在自己陣營這一邊了，這令他十分開心。

略一沉思，他決定打鐵趁熱，在加大對柳擎宇的拉攏力度的同時，也再次對他的能力和素質做一次綜合考察，以便為以後如何提拔柳擎宇做好鋪墊。

想到這，夏正德笑道：「小柳啊，下午你就別回去了，一會兒先去縣委招待所休息一下，五點鐘我準備召開一次緊急常委會，討論韓國慶的事，到時候你也列席這次常委會，一方面能夠提前感受一下縣委常委會上的氛圍，一方面在關鍵時刻也可以發言，給眾位常委們講述你所看到的情況。」

聽到夏正德的安排，柳擎宇心中一動，他明白夏正德這是真的接納自己了，十分感激地說道：「謝謝夏書記，一切聽您的安排。那您忙，我先去招待所。」

夏正德點點頭，突然發現這個柳擎宇就是自己的福星，以前他在景林縣只能穩紮穩打，步步為營，而柳擎宇來了之後，就彷彿是一枚**專門用來攪局的棋子**一般，把薛文龍搞得灰頭土臉的，自己的壓力不但減小很多，還獲得了更多的機會。

夏正德不禁拿起柳擎宇送來的資料仔細看了起來，看完，便拿起電話開始聯繫。這一忙，就是整整一個小時。

等他忙完後，臉上露出一副高深莫測、志得意滿的表情，他相信，這一次有柳擎宇提供的這些炮火，他有信心帶給薛文龍這個強勢地頭蛇一個驚喜。

第十章

步步驚心

自己把資料交給夏正德也不過才五個小時。但是夏正德卻在五小時內，不僅把觸角伸到了省電視臺，還採取了緩兵之計、誘敵深入、聲東擊西這一連串的計謀，真是步步驚心，將薛文龍等人一步一步的帶入到他策劃的陷阱內。

柳擎宇離開夏正德的辦公室後，並沒有去縣委招待所休息，而是直接上了汽車，靠在後座上深思起來。

對柳擎宇來說，他的時間每一分鐘都是寶貴的，容不得半點浪費。尤其是現在，雖然他眼前最關心的是韓國慶這件事，但他腦中同時要思考的問題非常多，其中最重要的便是如何發展關山鎮的經濟！只有經濟發展了，老百姓才能富裕起來。

但是關山鎮的地理位置實在欠佳，四周是連綿的群山，交通十分不便，只有一條破舊不堪已經用了二十多年的小公路通往景林縣。關山水庫之所以建在這兒，也是因為這裡的特殊地形。可以說，關山鎮就好像是一座偏居一隅的孤島，要想真正發展起來，的確是一個讓人頭疼的問題。

但是，柳擎宇從來不是一個懼怕挑戰的人，當初在轉業安排的時候，負責人問他要去哪裡工作，柳擎宇毫不猶豫地說道：「去條件最艱苦的地方。」於是，他便被分配到了關山鎮。

柳擎宇的大腦在飛快地運轉著，時間一分一秒的過去。

兩個小時後，距離五點還有不到十五分鐘左右，柳擎宇的手機響了，是縣委辦主任陳凡宇打來的：「柳鎮長，夏書記說讓你儘快到縣委常委會議室，列席五點鐘舉行的緊急常委會。」

柳擎宇連忙說道：「好的，陳主任，我馬上過去。」

到了會議室，陳凡宇已經在那裡等著了。他先安排柳擎宇在列席位置上坐下，隨後便招呼工作人員準備會議相關的事務。這時，已經有常委們陸陸續續的走了進來。

最先走進會議室的，是縣委統戰部部長呂新宇，隨後是常務副縣長王雨晴（女），緊接著，縣政法委書記金宇鵬、縣紀委書記牛建國、縣委宣傳部部長周陽、縣委組織部部長王志強、縣人武部政委程凱相繼走了進來。

眾人進來後，一眼便看到坐在列席位置上的柳擎宇，都有些吃驚，因為召開這次常委會的時候，縣委辦並沒有指出柳擎宇會列席會議。不過對於柳擎宇，眾位常委卻並不陌生，於是紛紛各自就座。

距離五點鐘還有不到四分鐘左右，縣委副書記包天陽走了進來，他也看到了柳擎宇，當即眉頭便是一皺，卻沒有說什麼，便坐在了他的位置上。

一分鐘後，薛文龍邁步從外面走了進來，薛文龍看到坐在那裡的柳擎宇，臉色當時便沉了下來，立刻就猜到肯定是夏正德讓柳擎宇過來的。

想起自己曾經被柳擎宇暴打，薛文龍心中怒意上湧，決定好好的羞辱柳擎宇一番，他冷冷地看向柳擎宇說道：「柳擎宇，你怎麼在這裡？你知道這是什麼地方嗎？這是縣委常委會，是縣委常委們討論全縣重大事件的地方，你的級別太低了，還不夠資格進入這裡，現在請你馬上離開。」

這是赤裸裸的打臉！薛文龍想用這種方式狠狠地羞辱柳擎宇一番。

他說完，在場眾人臉上的表情全都變得有意思起來，紛紛看向柳擎宇。大家都想看看這個年輕的鎮長如何接招。

只見柳擎宇連動都沒有動一下，只是淡淡地說道：

「薛縣長，你好歹也是我們景林縣的縣長，一定要注意形象，不要在這裡大呼小叫的，那樣會讓別的縣委領導看輕你的。而且說話做事前，你一定要動腦筋好好的想一想，不要隨意做出任何武斷的結論，否則只會顯得你人很輕浮，你說是不是？我之所以會出現在這裡，是因為縣委夏書記讓我列席本次會議，怎麼？難道你認為夏書記的指示你可以隨意的推翻？還是你認為你可以替夏書記做出讓我離開會議室的決定？難道你認為你的話比夏書記的話還大不成？我到底是聽你的？還是應該聽夏書記的呢？」

薛文龍一下子噎住了，柳擎宇的這番話實在是太嗆人了，要不是在這種場合，薛文龍會毫不猶豫的說夏正德算個屁啊，老子壓得他死死的！但是現在是公開場合，除了夏正德以外，其他常委全都在場，就算薛文龍再囂張也不敢這樣說。

柳擎宇卻偏偏利用這種時機，直接用夏正德來壓他，把薛文龍駁斥得啞口無言，呆立當場。

這時，旁邊坐著的牛建國說話了：「柳擎宇，你怎麼這樣和薛縣長說話呢？你眼裡還有沒有上級領導？」

政法委書記金宇鵬也附和道：「柳擎宇，你就這樣和縣委領導說話？你家大人沒有教過你要敬老尊賢嗎？」

金宇鵬這話說得可就很重了，柳擎宇噌地一下從座位上站起來，怒視著金宇鵬道：「金書記，我想問你一句，如果有一條老狗過來咬你，你怎麼辦？你難道還要笑著對這條老狗說：你咬我吧，誰讓你是我的領導呢？尤其是當這條老狗又召來幾條老狗過來一起咬你的時候，你怎麼辦？」

柳擎宇這話說完，不僅金宇鵬怒了，薛文龍和牛建國也全都怒了，他們沒有想到柳擎宇竟然將薛文龍等人比喻成是老狗，讓三人臉色一下子掛不住，全都怒視著柳擎宇。

其他本來還想要幫薛文龍說話的常委們一看柳擎宇臉色不善，身上散發出的濃烈殺氣，頓時全都蔫了，不敢輕舉妄動。

就在這時候，會議室門一開，夏正德從外面走了進來。正是會議室內劍拔弩張，雙方的怒氣都快要到達頂點的時候。其實，他早已在門口清楚地聽到幾人的對話，之所以按兵不動，就是想要看看柳擎宇如何應對眼前這種局面。

夏正德看向柳擎宇教訓道：「柳擎宇，你給我坐下，我是讓你列席會議，不是讓你惹事來的，你怎麼這麼不懂事，還和領導頂撞呢？就算是薛縣長他們說話再過分，事情做得再不對，畢竟他們也是領導啊，你怎麼還能要求和他們理論呢？你要弄明白自己的身分，你是一個鎮長，不是潑皮無賴，不要做出和你的身分不相符的事情出來，這樣只能讓別人看笑話，認為你沒有教養。」

雖然夏正德怒目而視，甚至疾言厲色，但是柳擎宇是多聰明的人，立即就聽出夏正德雖然表面上是在呵斥自己，實際上他是在指桑罵槐，直接打薛文龍他們三個人的臉！

被夏正德這麼一說，薛文龍自知理虧，惡狠狠地瞪了柳擎宇一眼，憤憤地坐了下去。

看到薛文龍都坐下了，牛建國和金宇鵬也只能鬱悶地坐了下來。

坐下後，夏正德開門見山地說道：「今天我提議召開緊急常委會的主要目的，是討論一下有關韓國慶同志嚴重違紀、犯罪的問題，柳擎宇同志是我今天特意邀請過來列席本次會議的。各位同志們，韓國慶的問題非常嚴重啊，我不知道大家聽說過沒有？」

柳擎宇心中暗暗豎起大拇指，夏正德果然厲害，直奔主題，而且直接先下了定論，這才問大家聽說過沒有。很顯然，這是想要先聲奪人，給薛文龍和在座的常委們造成一個先入為主的局面。

不過薛文龍也不是好惹的，毫不猶豫地說道：「夏書記，你這是從哪裡聽說的啊，您可是縣委書記，說話做事可得講究證據啊，據組織部考察的結果，他可是一位非常優秀的幹部啊。」

夏正德等的就是薛文龍來反駁自己，他並不急著和薛文龍進行理論，而是轉頭看向其他常委說道：「不知道大家聽說沒有，前些天，關山鎮方面由於掌握了韓國慶違法亂紀的證據，向有關部門請示後，已經把韓國慶送到了縣裡。但是根據我向有關部門求證後得知，韓國慶不僅沒有被有關部門按照相關程序給予審批收押，反而被無罪釋放，甚至還被派到了劉家鎮擔任派出所所長。金書記，你是政法委書記，這件事你應該知道吧？」

金宇鵬點點頭道：「嗯，這件事我聽下面的同志報告過，關山鎮之所以把韓國慶送來，是因為他們認為韓國慶暫時不適合待在關山鎮，但並沒有掌握到韓國慶違法亂紀的證據。雖然有人提供了所謂的視頻，從視頻上看，那個摔死孩子的人只是和韓國慶長得很像而已，並不是韓國慶本人。而且相關部門在經過鑒定後，已經做出最終結論，所以韓國慶沒有任何問題。」

金宇鵬的話令柳擎宇心中的怒火暴升，這可真是**官字兩張口，你說黑就黑，你說白就白**啊！明明證據擺在眼前，就連孩子的母親都親口指認韓國慶是摔死孩子的兇手了，現在照金宇鵬這麼說，韓國慶簡直就一點罪行都沒有了。這可比巧舌如簧厲害多了。

夏正德的臉色也很不好看，冷冷說道：「其他常委們知道這件事嗎？」

大家紛紛發言，有的說知道，有的說不知道。

等眾人說完後，夏正德沉聲道：「好，既然大家有的知道，有的不知道，那麼我們現在就請關山鎮的柳擎宇同志為我們講述一下他那天在關山鎮的經歷，以及韓國慶在關山鎮的所作所為。」

還沒等柳擎宇開口說話，牛建國便搶先道：「夏書記，柳擎宇不過是關山鎮鎮長而已，他根本沒有資格在我們常委會上發言啊，能夠讓他列席會議已經是很高規格的對待了，有必要讓他在會議上發言嗎？而且據我所知，柳擎宇和韓國慶關係不睦，誰能保證他在講述時不會帶有個人主觀色彩，這對一名在戰線上辛苦奮鬥的同志是非常不公平的。」

柳擎宇質疑道：「牛書記，你這話說得可就有問題了，我的確不是縣委常委，但是我既然列席了會議，而且夏書記都已經允許我發言了，難道我就不能發言嗎？難道說你的意見能夠壓過夏書記的意見不成？或者是你意見的權威性比夏書記意見的權威性更大？」

牛建國聽到柳擎宇再次拿出夏正德來壓自己，心中那叫一個氣啊，不過他可不敢怠慢，連忙撇清道：「柳擎宇，你胡說什麼，我可沒有那個意思！」

「沒有那個意思，那你到底是什麼意思？據我所知，您和韓國慶還有一些親戚關係吧，按照相關規定，在涉及自己親人的時候，有關領導應該要有所回避，你口口聲聲說我沒有資格發言，難道您就真的有資格在會議上發言嗎？」

這句話把牛建國問得啞口無言。

這時，夏正德冷冷地看向牛建國道：「怎麼？牛書記，我剛才有說要讓柳擎宇參與到我們常委會的討論中來嗎？我只是讓他講述一下他在關山鎮與韓國慶間的種種事情而已，如果你非得要上綱上線的話，那我看柳擎宇所提到的回避原則真的應該拿出來討論討論了。」

薛文龍一聽夏正德語氣，立刻意識到形勢有些不妙，連忙出來打圓場說道：「好了，老牛，這件事就不必那麼認真了，既然夏書記說讓柳擎宇發言，那就讓他發言好了。」

牛建國哼了一聲，也意識到柳擎宇剛才那個回避原則的確夠狠的，為了能夠確保薛文龍對常委會的掌控，他也只能暫時先忍一下了。

夏正德其實也不願意牛建國在這個時候退出，因為他可是準備了厲害的後手，牛建國越不退出，對自己後手的發揮作用越是有利，所以看牛建國不敢再唧唧歪歪的了，這才滿意地點點頭看向柳擎宇說道：「好了，柳擎宇同志，你可以發言了。」

即使是面對滿屋子的縣委常委，柳擎宇並沒有露出怯態，依然侃侃而談，將韓國慶的事有條有理地講述了一遍。尤其是特別強調趙二丫在鎮政府大院外徘徊的辛酸場景。

講完之後，柳擎宇語氣沉重地說道：「各位領導，我認為視頻中的人是否真的是韓國慶本人，這一點應該是毋庸置疑的。當然，有關部門和有關領導的確可以提出質疑，但是不能因此就做出結論說此人不是韓國慶，我們可以請相關的專家來進行比對。而且說句實在的，只要不是瞎子，誰都看得出來凶手就是韓國慶。但是有關部門竟然做出無罪釋放韓國慶的判決，讓我很是意外，好了，我的話就到這裡，僅供領導們參考，絕對不敢參與到各位領導的討論之中。」

柳擎宇最後那幾句話讓在場的人心中全都是一顫。其實在座的眾人全都是明白人，誰不知道韓國慶的事到底是怎麼一回事?!但是清楚歸清楚，該裝傻的時候就得裝傻，誰也不願意在這個時候表達出自己的態度，尤其是直接說韓國慶就是凶手。畢竟韓國慶和牛建國是親戚，牛建國又是紀委書記，誰能保證日後自己或者自己的下屬、親戚不犯在牛建國的手中呢？

夏正德接著說道：「各位，我相信從柳同志的描述中大家應該有所感觸，我今天把話直接擺上來說了，這件事我們景林縣縣委縣政府必須要重視起來，絕不能有同志再玩什麼潛規則，更不能再仗著自己勢力大就想要玩瞞天過海，欺騙老百姓。否則的話，我這個縣委書記第一個不答應！我現在以景林縣縣委書記的名義正式提議，由我們景林縣組成專案小組，重新對這個案件進行徹底的審查，同時立刻將韓國慶控制起來。我們必須確保案件公開、公正、透明，絕對不允許任何人黑箱操作，大家還有什麼異議嗎？」

從夏正德到景林縣以後，他從來沒有像今天這樣強勢過。

這讓薛文龍看得直皺眉頭。他相信夏正德應該非常清楚，韓國慶是自己的鐵桿嫡系，自己肯定要保他的，但是卻偏偏要提議對韓國慶進行重新立案調查，難道這是他想要掌控景林縣常委會大局的節奏嗎？他真的想要和自己全面敵對嗎？

想到這裡，薛文龍鐵青著臉道：「我反對，既然相關部門已經對韓國慶的案子做出過鑑定和判決，那麼我們根本沒有必要再次對這起案件進行重新調查。我們要相信我們的公安、檢調單位的同志們嘛，他們的工作可從來沒有出現過錯誤。如果我們重新調查這個案件的話，會讓很多同志寒心的。」

夏正德立刻反駁道：「讓有些不負責任的幹部寒心，總比讓老百姓寒心的好。老百姓是我們執政的基礎，水能載舟亦能覆舟，我們必須要考慮這起案件在老百姓中的形象啊！薛縣長，我相信你剛才也聽柳同志講了，在韓國慶這件案子上，關山鎮的老百姓意見非常之大啊，他們經常說的一句話是：景林縣，大法院，衙門口，朝南開，有理沒錢別進來。薛縣長，你知道老百姓能說出這樣的話，這說明老百姓對我們景林縣法院有多失望嗎?!」

薛文龍眼珠一轉道：「如果僅憑眼前的這些證據就調查韓國慶這樣一個重量級的派出所所長，是不是有些太草率了？」

這是薛文龍在使用拖字訣了，如果夏正德提不出更好的證據，他就準備通過表決的方式來阻止夏正德的提議。

然而，夏正德對此早有部署，怎麼可能讓薛文龍得逞呢，他拿出了柳擎宇帶給自己的那些韓國慶違法違紀的資料遞給一旁的薛文龍說道：「薛縣長，你看看這些資料吧，這是關山鎮紀委收集起來的，有這些資料，難道還不足以對韓國慶立案嗎？」

薛文龍愣了一下，卻隨手把資料又遞給了紀委書記牛建國說道：「牛書記，這是你們紀委系統整理的資料，不知道你看過沒有？」

牛建國掃了幾眼，便淡定地說道：「夏書記，這些資料我也收到過，而且專門從紀委派出調查小組調查過它的真實性，根據調查小組的結論，這些全都是子虛烏有，雖然韓國慶的確有些地方做得不妥，但是並沒有達到違法違紀的程度。如果需要的話，我可以提供紀委方面的調查結論。」

原來牛建國對此也早有準備。

柳擎宇一直冷眼旁觀，他發現夏正德出手十分老辣，並沒有一下子把所有的底牌都亮出來，而是逐步升級。不過薛文龍那邊也很厲害，竟然把夏正德的招數一一破解，毫無破綻，看來，自己需要學習的地方還真是不少啊。他現在最好奇的是，接下來，夏正德將會如何應對眼前這種困局呢？

果然，夏正德仍是滿臉鎮定之色，沒有任何敗退之意，沉著地說道：「好，那就請牛書記把你們紀委方面有關這些資料的調查結論都拿過來吧，讓在座的常委們都驗證一下，記住，要拿原件。」

夏正德說完，牛建國和薛文龍全都傻眼了，他們沒有想到夏正德竟然真的叫起板來了。要知道，一般這個時候，是沒有人會較真的，畢竟身為紀委書記的牛建國根本不可能撒謊。但是，夏正德卻偏偏較真了。薛文龍總感覺哪裡有些不妥，卻又說不出來。

牛建國一氣之下，直接給紀委那邊打了個電話，讓他們把調查結果拿過來。

這時，夏正德對政法委書記金宇鵬說道：「金書記，我看為了確保我們在座常委能夠把這件事弄個清楚，麻煩你也給公安、檢察、法院方面打個招呼，讓他們把有關韓國慶的所有資料都送過來吧。記住，要原件。我們必須要把這件事徹底弄清楚，否則沒有辦法向老百姓交代！」

說到這裡，夏正德又轉頭看向薛文龍說道：「薛縣長，關於是否要對韓國慶立案調查之事，我們是不是等看完這些資料之後再舉手表決？」

薛文龍最不怕的就是舉手表決，因此毫不考慮地說：「好，沒問題，那我們就先看看這些資料。」

此刻，看到夏正德和薛文龍達成了一致意見，柳擎宇心中不禁一動。他有一種預感，夏正德絕不會看不出薛文龍在常委會上的實力，但是他卻偏偏要這樣說，這說明夏正德心中有數。那麼也就可以推斷，夏正德應該是給薛文龍設計了一個陷阱，正等著他往裡面跳呢！那麼這個陷阱到底是什麼呢？

時間，就在眾常委的等待中，在柳擎宇的思考中，一分一秒的過去了。

這時候，很多單位的工作人員都已經下班了，畢竟縣裡的單位在管理上比起市省級要寬鬆很多，只要不是特殊的日子，沒有誰會真的照上下班時間準點走，甚至有的乾脆就不上班，自己在外面跑些別的生意，這種事屢見不鮮。

所以，紀委和公安、檢察院、法院的資料來得特別慢，一直等到六點左右才全部送到。

這中間，紀委的資料是最先送到的，牛建國就提議說要先就此份資料進行檢查和討論，但是卻被夏正德直接否決了，說是要等所有資料全都到了之後再一起討論。

因為這點小事，牛建國倒也不願意和夏正德直接對立，所以也沒有多說什麼。等所有資料都到齊後，一直感覺到有些不安的薛文龍立刻看向夏正德說道：「夏書記，現在可以開始了吧？」

夏正德點點頭道：「好，下面我們開始逐一審閱相關資料，等討論完這些資料的真實性後，我們大家再舉手表決是否需要重新對韓國慶進行立案調查，這一點大家沒有什麼意見吧？」

「沒有意見，我們趕快開始吧。」薛文龍催促道，心中隱隱有一種不妙的預感。

其他人也紛紛表示趕快開始，畢竟都已經六點多了，要是往常，很多人早都回到家吃飯了。

夏正德沒有再說什麼，先從紀委的資料看起，當每個人把資料傳閱著看完後，夏正德突然提出疑問道：「牛書記，我有一點不明白，為什麼這些調查資料上沒有簽署調查人的姓名呢？」

牛建國被問得一愣，這份資料根本就是自己暗示手下人隨意編造的，自然回答不出來。他假裝看了一眼資料後才說道：「哎呦，真是不好意思啊，我還真沒有注意到這種情況，這樣吧，回頭我讓他們補簽一下吧。」

夏正德當即詰問道：「牛同志，根據相關規定，沒有簽名的資料根本不能算作是真正有效的文件，即便是有單位蓋章也不成，所以，這份資料我們是不是可以當作無效來處理？」

牛建國一聽，臉色沉了下來，立刻說道：「這樣吧，我馬上叫負責人過來簽字。」

夏正德點點頭：「可以，只有簽字後的文件才能算是有效文件。牛同志，你先聯繫相關負責人，其他常委們再看看其他的文件有沒有沒有簽字的。」

隨後，在夏正德的帶領下，眾人又驚訝地發現在檢察院和法院的相關文件中，竟然也沒有主要領導簽字。雖然有一些有簽字，但是簽字人的級別根本不足以保證文件的有效性，在這種情況下，薛文龍和金宇鵬只能立刻打電話讓相關負責人立刻趕過來簽字。

越是這樣，薛文龍心中的不安就越深，眉頭一直緊鎖著。

此刻，柳擎宇卻突然雙眼放光，暗暗地興奮起來。他已經看出來，夏正德自始至終一直在做的一件事，就是緩兵之計。他一直在拖延時間，那麼他拖延時間的目的是什麼呢？

想到這裡，柳擎宇毫不猶豫的把目標鎖定在那些文件上。

柳擎宇估計這些文件很有可能會成為夏正德實施反擊的一個關鍵步驟，但是到底夏正德會如何反擊，這一點柳擎宇暫時還想不明白，**他試著進行換位思考，如果自己是夏正德的話，自己會怎麼做？**

到了晚上六點半左右，各個部門的負責人全都屁顛屁顛地跑了過來，簽了字。

薛文龍臉色不善地看向夏正德說道：「夏書記，現在我們可以開始正式討論了吧？」

夏正德點點頭：「好，我們正式開始討論吧！陳主任，務必把討論過程中每個人的發言全部記錄下來。」

縣委辦主任陳凡宇連忙表示沒有問題。

接下來的討論中，夏正德堅持認為這些資料不夠扎實，甚至有造假的嫌疑，存在很大問題；但是以薛文龍為首的薛家軍卻反對夏正德的觀點，認為結果十分明確，而且有負責人的簽字，沒有任何問題。雙方僵持不下。

晚上七點鐘，是中央台新聞聯播的固定時間，這個時間點沒有任何一家電視臺會播放自己的新聞，畢竟央視新聞的權威性和關注率非常高，所以很多省級電視臺會把本省新聞聯播的時間調整到晚上六點半或者七點半以後，以和央視新聞錯開。

此時，電視臺正在播放新聞聯播。

就在新聞快要進行到尾聲的時候，播音員拿過一篇稿子，臉色嚴峻地念了起來：「各位觀眾，現在為您插播一條新聞，我們的記者在進行多方調查走訪之後，確認了一起在蒼山市景林縣關山鎮發生的大人摔死孩子的悲劇，以下是相關的新聞報導。」

播音員說完，畫面便切換到一個錄影視頻上，正是身穿警服的韓國慶摔死趙二丫孩子的整個過程。視頻播完後，再次切換到趙二丫抱著布娃娃在大雨中的鎮政府大院外來回走動的畫面。

播放完這些畫面後，接著是一名特約評論員的點評。

在點評中，評論員一邊流著眼淚，一邊譴責道：

「根據我們得到的消息，畫面中這位派出所所長韓國慶曾經被送到景林縣走司法程序，但是現在卻被無罪釋放了，而且還派到劉家鎮擔任派出所所長。據景林縣官方給出的答案是，畫面中摔死孩子的人並不是韓國慶，而是一名普通的民警。但是經過有關專家進行鑑定後，百分之百確認凶手就是韓國慶，而且死者家屬和目擊者也確定就是韓國慶。

「對於我們的質疑，景林縣官方並沒有給出任何回覆，我現在有四個問題想質問景林縣：第一，景林縣官方到底如何鑑定摔死孩子的不是韓國慶，而是普通的民警？這個民警到底是誰？第二，為什麼趙二丫多次上訪並且親自指認韓國慶，卻得不到景林縣相關單位的出面解決？第三，景林縣官方到底代表的是誰的利益？有沒有存在官官相護的情形？為什麼老百姓怨氣沖天卻沒有人理會？第四，為什麼只有鎮長柳擎宇站出來為受害者趙二丫鳴不平，在柳擎宇同志堅持下把嫌犯送到景林縣有關部門，最終的結果卻是無罪釋放？這中間的環節是否全部符合流程？」

這名特約評論員的四個疑問直接將所有矛頭直接指向景林縣縣委縣政府和有關部門，這是極其罕見的，但是，卻偏偏發生了，而且從評論員發言時的神情來看，這四個疑問明顯是早有準備的。

作為省級電視臺的新聞，一般都需要進行新聞審核，過於激烈的言辭一般是不會通過的。但是這一次，如此激烈的言辭竟然直接出現在白雲省電視臺全省新聞聯播上！

新聞聯播播放完的同時，整個白雲省的網路輿論立即沸騰起來，不只線民們怒火滔天，更大的怒火則是發生在白雲省省委大院內。

白雲省省委書記曾鴻濤有一個習慣，不管工作有多忙，除非實在抽不開身，否則每天六點半開始的全省新聞聯播和七點的央視新聞聯播一定必看。

今天，剛剛忙完工作的曾鴻濤並沒有急著回家去吃飯，而是直接在辦公室裡看起了全省新聞聯播。當他看完韓國慶的新聞後，頓時勃然大怒。

曾鴻濤是草根出身，深諳老百姓的疾苦，所以他到白雲省上任之後，制定的各種政策都體現了以民為本的理念，盡最大的可能為老百姓謀取利益，發展白雲省。可以說，在曾鴻濤心中，分量最重的就是老百姓。

因而聽到在自己的治下竟然會出現摔死孩子的事情，簡直不敢置信，尤其是景林縣還有故意包庇之嫌，更是令他震驚萬分。

曾鴻濤怒不可遏！

不過，即使是震怒之下，曾鴻濤的大腦依然極其冷靜。他沉思了一下，迅速地意識到，這樣的新聞出現在省電視臺絕對不是偶然的，像韓國慶這種新聞屬於很敏感的領域，宣傳部對這則新聞會放行，說明這條新聞的背後應該有很大的價值。

而且新聞報導是有意地直指景林縣的有關部門，這說明在這則新聞的背後，絕對有一個**隱藏在幕後的推手**，此人肯定是這個新聞報導後的**既得利益者**。

想到此處，曾鴻濤心中一動，像是想起了什麼事。

不過，不管事情的背後有什麼內幕，單就這件事本身而言，曾鴻濤絕對要追究到底！

他給蒼山市市委書記王中山打了個電話，聲音中帶著怒意問道：「中山同志，今天晚上的全省新聞聯播你看了沒有？」

王中山此刻正在辦公室裡忙著批閱公文呢，所以並沒有看到新聞，聽省委書記這麼問，他心中便是一顫。因為即使是隔著電話，他也可以感受到曾鴻濤那洶湧的怒意，於是連忙恭敬地問道：「書記，發生什麼事了？」

曾鴻濤寒聲道：「中山同志，你們蒼山市景林縣關山鎮出了一個名人啊，估計很快就會火遍全國了，你自己去看看新聞吧，明天中午之前，我必須要看到有關韓國慶事件的調查和處理結果。我們必須給關山鎮的老百姓，給全省的老百姓，甚至是全國人民一個交代。我們省委省政府、市委市政府一心為民的形象必須得到維護，所有有問題的官員必須受到問責！」

說完，曾鴻濤直接掛斷了電話。

曾鴻濤那邊掛了電話，王中山這邊可著急了。

省委書記曾鴻濤平時一向以沉穩、老練、強勢而著稱，而且總是為老百姓著想，嫉惡如仇，對待問題官員從不手軟。現在直接給自己打電話，還提到了景林縣，看來很有可能是景林縣那邊出大問題了。

所以他連忙把市委秘書長葉明宇給喊了過來，問他知不知道景林縣發生了什麼事，結果葉秘書長也很忙，也沒有看新聞。不過他很快就找來了新聞聯播有關景林縣和韓國慶的那段新聞，看完之後，王中山的火氣也一下子就飆升起來。他終於明白為什麼曾書記那麼憤怒了，韓國慶事件根本就是天理難容啊！

王中山二話不說，當即拿起辦公室的電話，直接撥打縣委書記夏正德的電話。

在縣委常委會議室內，夏正德和其他人正在激烈地討論著有關韓國慶的這些資料是否真實有效。

就在這個時候，王中山的電話來了。

看到這個電話，夏正德的臉上露出高深莫測的笑容，揮揮手道：「大家先暫停討論，我接一下市委王書記的電話。」

電話很快接通，而且夏正德按了免持聽筒鍵，這樣可以讓會議室內的人都能夠清楚聽到王中山的聲音。

夏正德恭敬地說道：「王書記您好，我是夏正德。」

王中山充滿怒火的聲音便響了起來：

「夏正德，你們景林縣到底是怎麼回事？韓國慶那件事情到底是怎麼處理的？就算是傻瓜都看得出來韓國慶就是摔死孩子的凶手，為什麼被你們給處理成這個樣子？而且韓國慶居然沒有受到法律的制裁，還當了劉家鎮派出所所長？你這個縣委書記是怎麼當的？你們景林縣縣委班子還有沒有一點為民做主的能力？

「你們景林縣班子的能力可真是強啊，竟然讓這件事直接上了省新聞聯播，丟人都丟到全省去了。你們就沒有一點團體榮譽感嗎？這件事情省委大為震怒！現在我命令你們景林縣縣委班子，立刻派人將韓國慶抓起來等候處理，市委這邊馬上就會召開緊急會議討論此事，很可能會派出一個調查小組前往你們景林縣調查此事。」

隨後，王中山又給市委秘書長打了一個電話，讓他立刻召集所有留在市裡的市委常委召開緊急常委會，討論有關韓國慶事件的後續處理問題。

此刻，在景林縣縣委常委會議室內，真正的動盪才剛剛開始。

剛才王中山的電話所有人都聽到了，薛文龍和牛建國等人聽完臉色立時蒼白起來。他們誰也沒有想到，韓國慶這件事不僅震動了縣委常委，更驚動了市委常委和省委領導。尤其是王中山更是直接下達了立刻控制韓國慶的指示，會議室裡頓時炸開了鍋。

夏正德立刻對縣委辦主任陳凡宇道：「你立刻給縣電視臺打電話，讓他們把全省新聞聯播的視頻錄影資料發過來，我們觀看研究一下。另外，把現場所有有關韓國慶的資料封存起來，等市委調查組下來的時候交給調查小組以便進行調查。」

陳凡宇立刻行動起來。

薛文龍、牛建國、金宇鵬等人的臉色更加蒼白了。

這時，一直坐在列席位置上的柳擎宇突然恍然大悟，他明白了，他全都明白了！

夏正德之前一直在紀委以及法院等資料上做文章，原來是大有深意的！

他這樣做的第一個目的便是緩兵之計，通過召集縣委常委會，先把所有縣委常委們召集在一起，讓他們沒有時間去察覺他所進行的佈局，同時藉此把時間拖到全省新聞聯播報導之後。

柳擎宇相信，夏正德絕對知道省電視臺會報導這則新聞，甚至很可能這條新聞和他有著密不可分的關係，柳擎宇幾乎可以斷定夏正德就是幕後推手之一。

只是這樣一來，柳擎宇不得不重新正視夏正德的背景了。

要知道，能夠讓韓國慶這樣的事件上全省新聞聯播，沒有強大的宣傳系統的能力是很難做到的，就算是一個普通地市的市長都未必有能力影響省委宣傳系統，但是夏正德卻做到了。而且通過這次縣委常委會和資料簽字事件，成功的把薛文龍、牛建國以及金宇鵬等嫡系勢力給圈進了陷阱裡。

當資料簽字事件爆發時，夏正德特別強調要各個單位報送的必須是原件，這也絕對是早有部署的，恐怕目的就是為了便於收集證據。現在，該簽字的簽字了，原件也落在了縣委辦主任陳凡宇的手中，在這種情況下，薛文龍這些人就算是想要毀滅證據都不可能了，因為原件就封存在現場。市委書記震怒，誰敢胡亂採取行動?!

高明！實在太高明了！

柳擎宇發自內心的對夏正德這一連串縝密而又犀利的佈局表示欽佩不已。

從自己把資料交給夏正德到整個佈局完美實施，也不過才五個小時左右的時間。但是夏正德卻在這短短五個小時內，不僅把觸角伸到了省電視臺，還直接採取了緩兵之計、誘敵深入、聲東擊西這一連串的計謀，真是步步驚心，將薛文龍等人一步一步的帶入到他策劃的陷阱內。

這種城府，這種能力，實在讓人嘆為觀止！

最讓柳擎宇激動的，是市委對韓國慶事件的定調！事件的真相終於大白於天下，趙二丫的冤屈終於可以得到昭雪了！

雖然夏正德用了不少心機，但是他最終達到了為民喉舌的目的，只要做到這一點，其他的就都無所謂了。

柳擎宇暗自下定決心要站在夏正德陣營中了，因為夏正德是真正的在為老百姓做事。而一個官員要想為老百姓做事，沒有手段和心機肯定是不行的，而夏正德全都有。

很快的，陳凡宇就把全省新聞聯播的視頻找來了，直接拿到投影機上播放起來。

當常委們看完評論員發出的四點疑問後，臉色都變得難看起來。

尤其是薛文龍和牛建國等人，臉上陰晴不定，他們知道韓國慶徹底完蛋了，而且很可能自己都會有麻煩。

柳擎宇也開始琢磨起來，事情發展到現在，局勢將會向哪種方向發展呢？事情的發展超乎了柳擎宇的想像。

就在景林縣縣委常委會這邊一片愁雲慘霧的時候，在蒼山市市委常委會議室內，激烈的較量也在進行著。

較量在以市委書記王中山、常務副市長唐建國為首的王派，和以市長李德林、市委副書記鄒海鵬為首的李派之間展開。

由於省電視臺已經對韓國慶事件有了論斷，所以雙方並沒有在如何處理韓國慶這件事情上進行爭論，雙方爭論的焦點在於景林縣縣委班子以及有關部門到底在這次事件中充當了何種角色。

王中山一派認為這起事件必須要一查到底，不管涉及到誰，絕不姑息；但是李德林一派卻認為只要把韓國慶處理了，對老百姓便算有交代了。對那些辦事不利、有包庇、縱容等不光彩行為的官員，雖然該處理，但是不宜公開，儘量不要損害景林縣、尤其是蒼山市的面子，這樣既能對省領導和老百姓有了交代，又不會太折損蒼山市的形象。

市委常委會已經爭論了一個多小時，還沒有討論出一個結果。

好在眾人都是成熟的官員，最終雙方各退一步，決定由市紀委書記孟偉成牽頭，市委辦和市府辦方面各自抽調一名副秘書長和一名工作人員組成一個高規格高效率的專案調查小組，孟偉成擔任組長，直接趕往景林縣進行調查。

之所以選擇紀委書記孟偉成擔任組長，是因為孟偉成在市委常委中一直都處於中立立場，做事一向鐵面無私，是一個雙方都可以接受的人選。

孟偉成在看到這個新聞後，也非常憤怒，得到市委常委會提名後沒有推辭，散會後，直接點齊人馬，乘車直奔景林縣。

由於韓國慶事件被省委、市委高度重視，所以景林縣縣委常委會並沒有散會，大家一邊吃著餐盒，一邊等待市委調查小組過來，同時也守護著桌上的這些資料。

此刻，最為鬱悶的要屬薛文龍了，他現在已經完全明白了，這次的常委會根本就是夏正德所布的一個局，把凡是和韓國慶事件有關的部門和相關的負責人全都給套了進來，想跑都跑不了。

他對夏正德再也沒有輕視之心。

一個小時後，市委調查小組在孟偉成的帶領下直接趕到景林縣縣委常委會議室內，當調查小組拿到夏正德提交上來的這些證據後，真相當場就全都揭開，根本不費吹灰之力。

在市委調查組面前，薛文龍等人可不敢像對待夏正德一樣還要爭辯這些資料是否真實有效，要知道，帶隊的可是鐵面無私的紀委書記孟偉成，在他面前耍心眼，弄不好連自己都搭進去。

有了這些資料，市委調查組直接順藤摸瓜，把涉及韓國慶事件的公安局副局長、檢察院檢察長和法院院長等人叫過來一一進行問話，在市委調查組的強大心理攻勢下，這些人只能承認自己接受韓國慶家人的賄賂，為其開罪的事實。

第二天上午，蒼山市舉行記者會，公佈對韓國慶事件的調查結果，宣布縣公安局副局長、縣檢察院副檢察長、縣法院院長副院長被雙規（**編按：指在規定的時間、規定的地點交代問題。**），而事件的源頭韓國慶，也按照司法程序進行異地重新審批，等待他的將會是最嚴厲的法律制裁。

最終由法院宣判，由於韓國慶涉嫌故意殺人罪、職務侵佔罪等多種罪名，最終數罪並罰，判處韓國慶死刑，褫奪政治權利終身。

當這個審批結果出來後，針對蒼山市和景林縣大肆批評的輿論一下子便平息下來。

蒼山市舉行新聞記者會的時候，柳擎宇便回到了關山鎮，開始忙碌起來。

他也派人給趙二丫帶去消息，告訴她韓國慶已經被抓了。

在韓國慶被宣布判處死刑的那一刻，趙二丫痛哭失聲，哭聲悲淒，久久不止。一邊哭一邊叨咕著：「兒子啊，老陳啊，你們的冤屈終於得以大白天下，韓國慶這個罪大惡極之徒終於要被槍斃了。感謝政府，感謝柳鎮長，謝謝你們！」

當天夜裡，清醒過來的趙二丫形單影隻地走出家門，走入茫茫黑夜，跳入了滾滾流淌的關山河中，結束了自己的生命。

後來，她的親人在趙二丫家中的牆上發現了一張用鮮血寫的字條，字條上歪歪斜斜的寫著一行字：「夫已去，兒已死，沉冤得雪，家徒四壁，人生無望，奈何！奈何！柳鎮長大恩如山，趙二丫來生再報。」

柳擎宇得到趙二丫投河自盡的消息，當時便是一呆，心中不禁充滿了苦澀，同時也有些憤怒。可以說，趙二丫的死，完全是韓國慶一手製造出來的。

但是，在趙二丫整個家庭悲劇的背後，卻又不僅僅是韓國慶一個人的責任，石振強有沒有責任？景林縣公安局、檢察院、法院的相關幹部有沒有責任？**如果不是他們官官相護，縱容包庇，會有趙二丫家庭的悲劇嗎？**

一個個問題浮現在柳擎宇的腦海中，讓柳擎宇久久不能平靜下來。

當柳擎宇平靜下來時，他想到了一個十分關鍵的問題。那就是在趙二丫家庭悲劇事件的背後，關山鎮經濟落後，老百姓生活貧困，資訊獲取滯後也是不能忽視的問題，像趙二丫這樣的事情如果是發生在經濟發達、資訊暢通的地區，可能早就被媒體關注，在輿論的壓力下得以解決了。

那麼，以自己現在的級別，要想避免這種事以後再在關山鎮發生，最重要的工作就是想辦法發展關山鎮的經濟，提高關山鎮老百姓的收入，讓現代化的電視、網路等設備進入關山鎮老百姓的日常生活，讓他們可以取得更多的資訊管道。

想到此處，柳擎宇立刻把鎮府辦主任洪三金給喊了過來，吩咐道：「老洪啊，你給我找一輛自行車，從今天開始，我要下鄉進行調研。」

「下鄉進行調研？」一聽到柳擎宇的指示，洪三金愣道：「柳鎮長，下鄉調研坐汽車就行了，幹嘛騎自行車呢？」

柳擎宇笑著說道：「你給我準備一輛自行車就是了，我想要認真地把關山鎮每一個地方都走一遍，看看到底該怎麼樣才能把關山鎮的經濟抓起來。坐車只能走馬觀花，騎自行車就沒有這種限制。」

洪三金聽柳擎宇這樣說，也就不再說什麼，立刻出去準備了。

然而，柳擎宇和洪三金都沒有想到，柳擎宇才剛騎著自行車離開鎮政府大院，石振強那邊便得到消息了。

他的嘴角上不由得露出一絲冷笑，對一旁的王東洋得意地說：「這個柳擎宇這回終於露出破綻了，等著吧，這次我們可要好好的修理修理他了。」

請續看《權力巔峰》卷2　全線崩潰

權力巔峰 卷1 天羅地網

作者：夢入洪荒
發行人：陳曉林
出版所：風雲時代出版股份有限公司
地址：10576台北市民生東路五段178號7樓之3
電話：(02) 2756-0949
傳真：(02) 2765-3799
執行主編：朱墨菲
美術設計：吳宗潔
行銷企劃：林安莉
業務總監：張瑋鳳

初版日期：2019年11月
版權授權：蔡雷平
ISBN：978-986-352-750-3
風雲書網：http://www.eastbooks.com.tw
官方部落格：http://eastbooks.pixnet.net/blog
Facebook：http://www.facebook.com/h7560949
E-mail：h7560949@ms15.hinet.net
劃撥帳號：12043291
戶名：風雲時代出版股份有限公司

風雲發行所：33373桃園市龜山區公西村2鄰復興街304巷96號
電話：(03) 318-1378
傳真：(03) 318-1378
法律顧問：永然法律事務所 李永然律師
北辰著作權事務所 蕭雄淋律師

行政院新聞局局版台業字第3595號 營利事業統一編號22759935

定價：270元

國家圖書館出版品預行編目資料

權力巔峰 / 夢入洪荒著. -- 初版. -- 臺北市：風雲時代, 2019.10- 冊； 公分

ISBN 978-986-352-750-3（第1冊：平裝） --

857.7 108013698